# 眼神

YanShen

华平 著

上海文化出版社

图书在版编目（CIP）数据

眼神/华平著. —上海：上海文化出版社，
2023.8
ISBN 978-7-5535-2798-7

Ⅰ. ①眼… Ⅱ. ①华… Ⅲ. ①散文集—中国—当代

Ⅳ. ①I267

中国国家版本馆 CIP 数据核字（2023）第 142302 号


出 版 人　姜逸青
责 任 编 辑　吴志刚
　　　　　　王茹筠
装 帧 设 计　长 岛


书　　　名：眼神
著　　　者：华平
出　　　版：上海世纪出版集团　上海文化出版社
地　　　址：上海市闵行区号景路 159 弄 A 座 3 楼　201101
发　　　行：上海文艺出版社发行中心
　　　　　　上海市闵行区号景路 159 弄 A 座 2 楼　201101　www.ewen.co
印　　　刷：苏州市越洋印刷有限公司
开　　　本：880×1230　1/32
印　　　张：9.125
版　　　次：2023 年 8 月第一版　2023 年 8 月第一次印刷
书　　　号：ISBN 978-7-5535-2798-7 / I·1081
定　　　价：48.00 元
告 读 者：如发现本书有质量问题请与印刷厂质量科联系　T：0512-68180638

# 序

华平打电话来时，我正在看他工作室出品的一部电视片。

"我要出一本书，作为七十岁时给自己的礼物，请你写个序吧。"

"我是合适的人选吗？"我问道。我知道，他的一位战友是苏州著名的文化学者，还在市委担任过要职。

"我想过的，感觉还是请你写，我们可是差点同生死的朋友。"听此言，我无话可说。

虽说我在《苏州日报》，华平在苏州电视台，但很长一段时间只闻其名难见其面。20 世纪 90 年代初，在江苏省委举办的新闻青年骨干培训班上，我俩住一个宿舍，这才有了真正走近彼此的机会。

一次晚间"卧谈"中，我偶然说起十分羡慕当过兵的人。1969 年初中毕业时，学校要求写决心书。我联络了五个同学，用五张红纸写下"我们要参军"贴到操场上，引起全校注目，可惜五人中只有我没如愿。华平听后，立即联络战友，安排去南空地空导弹部队参观。

军区的吉普车行驶在郊外的沙石公路上，蒙蒙细雨像纱幕般遮蔽着前方的景色，此情此景，正契合我寻险探幽的心境。突然间，前方出现了一个巨大的车影，随着尖利的刹车声，汽车剧烈地晃动起来，我与华平在车中被撞得东倒西歪。当晃动停止后我们才发现，汽车竟然转了180度斜在路中。幸亏当时车辆不多，否则后果不堪设想。我望着华平惊吓未定的脸笑着说："我们差点同生死了，否则《南京日报》上能刊出《苏州两记者昨在宁六公路遇车祸身亡》的新闻了。"

在这之后的三十年间，我们俩的友谊一直是"淡淡的牵挂"，秀才人情纸半张嘛，从没断过联系，也没有一日不见如隔三秋的感觉。每当华平策划的电视片获好评时，我会为他高兴；每当他有事要相帮时，我会为他尽力。我一直知道，尽管他退伍多年，身上还有着兵的气息，他好学好强，追求完美，他承诺有信，处世有度。

细读华平的书稿，作为同龄人，我能感觉到我们这一代人生中共同的困惑与渴求。

学识基础知识的单薄，让我们对读书充满渴望；新闻工作的快节奏，让我们对时间十分珍惜；来自周边的每一个相助，都会让我们感恩在怀；万千世界的每一个点滴，都值得我们细细品味。

我们这一代相信，你可以一辈子不登山，但你心中一定要有座山，它使你总往高处爬，它使你总有个奋斗的方向，它使你任何一刻抬起头，都能看到自己的希望。

我们这一代相信，世界的模样，取决于你凝视她的目光，人生的价值，取决于你自己的奋斗。只要你尽力了，世界上总有一种风景，会温暖到你；只要你奋斗了，人生总有一丝灿烂，让你欣慰自豪。

华平的书稿，朴实、真实，他的人生，每一步都走得很扎实，每一步都走得很用心很用情，他在自序中说，这是他的"传记"，这让我想起了秋日苏城一道独特的风景——

遍布古城的银杏树，在渐浓的霜意中，染上了金黄的色彩；一片片金蝶飞舞的"迷你折扇"，将小河边大路旁，装点得宁静而绚丽。富有情调的苏州人，习惯在这深秋里，默默寻找秋的精灵。

人们欣赏着，这片片落叶的洒脱和淡定；人们解读着，这满地金黄中深藏的春的记忆、生命的辉煌。

每个人心中，都有着一块属于自己的最柔软的地方。那里，安放着人生中最温暖的记忆；那里，是友情、亲情、爱情织就的锦绣；那里，是温暖的眼神、贴心的话语、用心的深思成就的篇章。

当人生的秋日来临的时候，这独特的人生瞬间，独特的人生感悟，都演化成了甜蜜温馨的显影，都成了人生在秋天里春天的回响。

请您与我一起珍藏华平人生中这一片金黄的树叶吧。

2022年10月

# 目录

*contents*

## 第三辑  编导手记

## 第四辑　电视解说词

## 第五辑　记者生涯

第一辑

往事如烟

# 口　福

　　我不知道自己是否算一个有口福的人。

　　苏州是一个美食的天堂，有许多好吃的东西。

　　因为在苏州电视台工作，有不少一饱口福的便利。以前还没有禁捕，春天在张家港吃过长江刀鱼，细刺很多，味道鲜美。还有刀鱼馄饨，做得也很讲究。

　　吃河豚，是一桩大事。吃之前要见一下厨师，询问情况，叮嘱一番，不得有误！我会领着厨师见一下他的食客——我们这些年轻的编导和摄像师，男男女女，你要绝对保证安全，这些人出事了，电视台可要关门啦！

　　拼死吃河豚，虽然味美，但是担惊受怕！

　　正宗的阳澄湖大闸蟹，味道是清甜清甜的，那真是一种享受。所以寄居吴中的章太炎夫人汤国梨发出"不是阳澄湖蟹好，人生何必住苏州"的感叹。有一次在昆山巴城的乡下，有一农户端来两脸盆热气腾腾的阳澄湖大螃蟹。我别的菜都不吃了，一口气吃了三只，连呼过瘾。可是舌头吃破了，痛了好几天。

现在，此物件其实很难吃到真正正宗的了。

有一年与农业局的几位同志去太湖边的渔村拍摄，渔民们款待我们，就在湖边一个歪歪斜斜的草棚里。已是黄昏，夕阳照着宽阔的湖面，还很亮堂，但很快就暗了下来。那边烧着鱼，大家围坐着，吃着一大脸盆热气腾腾新鲜的鱼和莼菜汤。那汤浓浓的奶白色，滚烫滚烫；那雪白的鱼肉，爽滑的莼菜，大家吃得十分忘情，样子也有点失态和可笑。

那真是印象深刻，快二十多年了，至今难忘！

这些口福还是寻常和寡淡，每个人提起来，都有一箩筐。

几件稀罕的享有口福的事情，主要还是在部队。

1983 年吧，我刚调到空军报社不久，正是大冬天，报社搞"边疆万里行"，进行采访报道。我是第一批，带着两个部队的报道员一起走小兴安岭。沿黑龙江、乌苏里江，再到大兴安岭，然后是加格达奇、内蒙古呼伦贝尔草原、满洲里一线，采访严冬下的空军边防雷达连官兵。

先是到小兴安岭，白雪，深山，满眼都是有着黄叶子的柞树林（奇怪的是严冬下，它不落叶子），阳光下衬着白雪，金光闪闪的，煞是好看。

在虎林附近深山里，驻着一个边防雷达连。我们快到吃晚饭时才驱车赶到，连首长就邀我下山，说是去参加一家村民的婚礼。

山民的婚礼简朴而又热闹。在昏暗的灯光下，热气腾腾。我们穿着军装，算是给他们家长脸的人物。主人家热情款待，新娘新郎长什么样早已淡忘，但吃的美食却记得十分清楚：有狍子肉、鹿肉、野猪肉，野鸡肉，小鸡炖山蘑，气氛十分热烈。印象最好的是野兔肉，特别的鲜美。以后再吃过几次野兔肉，都不及这次美味。一生中，第一次吃过这么多的山珍，也算是有了口福。所以几十年过去，还是记得很清楚。

到漠河时正是"四九"天气，零下四十多度，大兴安岭白雪皑皑，那号称"美人松"的樟子松高大而又挺拔，装点得大地异常壮美，那真是林海雪原。

我穿着厚厚的皮大衣，还是感到空荡荡的冷，冻手冻脚，主要是呼吸到的空气极冷极冷，像是有拳头，一拳又一拳狠狠地打击着、刺激着脸颊和鼻腔……

在连队也就待了两天，采访，座谈，周边的环境看了看，收集些素材，也是浮光掠影。

连队的伙食很单调，白菜，土豆，萝卜，里面稍许放点肉片。在北方当兵就是这样！我们也吃惯了。

最后的一顿饭，炊事班给我们加了一个菜，令我十分感动：端上来一盘大蒜炒肉丝，浅浅的，量很少；翠绿绿，油汪汪……我有点奇怪，问指导员哪里来的，指导员笑着说："华记者，你就吃吧，不要问了！"临走，我看到食堂窗台上两只破脸盆种的大蒜都齐刷刷剪到了根上，我一下明白了：连队把仅有的"绿色"贡献出来，为我们加了这样一盘菜！我心里真是暖呼呼的。这也算是一种口福吧。这么多年过去，我一直无法忘记！

离开连队，临上车，指导员悄悄地将一个用报纸裹着的东西送我。打开一看，是一只像斑鸠一样的鸟。"这是什么？""飞龙！"我忙问怎么来的，"老乡送的！"（现在可不敢捕捉，属国家保护动物）指导员把它塞进手提包里。

在极其寒冷的天气长途跋涉，我们来到内蒙古的呼伦贝尔草原深处。这里离边境线不远，一个叫"桃花岛"的地方，也驻着雷达连。

"桃花岛"，名字好听，可能春天这里有桃花林，盛开桃花吧？可现在一片冰天雪地的样子。

我们立即将仍冻得硬梆梆的"飞龙"取出来，让炊事班给做了。

到了饭点，炊事员端来热气腾腾的一只碗。我尝了一下，"放味精啦！""没有！原汁原味！"年轻的炊事员为能做上一碗"飞龙"而感到骄傲。

那真是美味啊，珍贵的美味佳肴！难怪古代要作为一种贡品，送给清朝的慈禧太后享用！我们几个真是享福啦。这顿饭至今记忆犹新，真是回味无穷。

十多年过后，我带队去北京采访拍摄。在一个不起眼的饭店里，挂着"飞龙"火锅的招牌。我不禁有点奇怪："这真是东北的飞龙吗？""是的，不过，这都是养殖的！"店里的伙计答道。一个小盘子，把飞龙片得像纸一样的薄，放在火锅里烫，再一尝，哪里有在"桃花岛"的味道！

在"桃花岛"的雷达连，我们居然还吃到了鱼！北方少水，鱼可是稀罕之物。可能这地方有水，不然为啥叫"桃花岛"呢？

鲤鱼烧豆腐。是红烧的，热气腾腾！久违啦，鱼腥味！我们几个真是大快朵颐，吃得满头大汗。

一问，是农民砸开河道上的冰，捕捞上来的。送给连队鼓鼓的两麻袋，都是鲤鱼。冻得梆硬。

这顿饭也让我印象深刻。从此，我也吃上了鲤鱼。在太湖边上，五六元一斤就可以买到，而且长年不涨价。因为，苏州人是不吃鲤鱼的，嫌它腥气，有一种怪味。可我不嫌，我在"桃花岛"上吃过！真香！

还有，我还吃过山老鼠。那是拍摄费孝通专题片子时，我们摄制组来到广西金秀县的瑶山,实地拍摄费孝通的新婚的妻子王同惠遇难的地方。都是崎岖的山路,摄影器材是花一百元钱,雇了一匹马费力地驮进去的。山里绿树葱葱,景色秀丽,但瑶民生活还是落后,很清苦(现在可是脱贫致富了)。在那里,我们吃了一种"山老鼠",黑黑的,连尾巴算上,足有一尺长。

年长的瑶民看我们望着碗,不肯下筷,忙说:"不要紧,不要紧的。这鼠干净,山里的啊!"

我真有点恶心,吃老鼠,这是什么滋味!味道像是牛肉,香吗?不香!

可瑶民说了:"一鼠顶三鸡!"

最难忘的是云南前线。那时,老山、扣林山打得正激烈。正是盛夏,我独自一人来到空军的前线进行采访。在前线的军用机场,我亲眼目睹一次精彩的空中越境侦察全过程。长机是侦察团长,身材偏瘦,长得十分精干;僚机是英俊的大队长。(空军的团长就是带头飞!那种"首战用我,用我必胜"的气概!)那真是惊心动魄,扣人心弦,深入敌后三十公里,低空照相。一次完美的偷袭,胜利返航,那真是一曲铿锵有力的英雄的赞歌!

大纵深炮击,火力覆盖,消灭敌火力点,有力地支援陆军部队打胜老山战役。

我的采访任务已经完成,要返还报社。这时,当地部队领导却拦住我不让回去:"茅台酒,茅台酒!马上要喝茅台酒啦!"空军作战部的作战参谋、情报部的处长也劝我不要回去:"马上陆军,还有地方各级政府都要来慰问,来庆功!都是茅台酒啊!华记者,管你喝个够,喝到你厌烦!"

不喝啦,茅台酒!我乘一架小型的运输机返回昆明。一架飞机只坐了五六个人，但还要进行严格的安检；航线是只有三千米的高空，往下望去，滇南的美景尽收眼底，真是秀色可餐！然后乘火车返回北京，我揣着滚烫的前线采写的素材，要立即付诸笔端，付诸报纸……

我没有喝上茅台酒。

# 马

　　一提起马，总会给人一种昂扬，一种振奋的形象或意象。马，代表着一种昂然的精神，一种向前的力量。

　　骏马，千里马；一马当先，万马奔腾，快马加鞭，马蹄声脆，马到成功，等等。

　　我真正接触到马，是在苏北的云台农场，当时叫江苏生产建设兵团一师二团。因为年纪小，还不到十六周岁，长得也很瘦弱，不能干农活。刚去不久，就在营部当了通信员。我的任务主要是每天到团部邮局去拿报纸拿信，然后分发给各连，分发给有信件有包裹的个人。当然，还为营首长给各连队发个通知，干点杂事。

　　这个地方靠近海，都是盐碱地，一下起雨来，路十分难走，泥泞，积水。那土块沾在鞋上，甩也甩不掉，一趔一滑的十分让人恼火。到团部只有二里路，每次下雨和下雨后我走得都是一身汗，裤子上尽是黄黄的烂泥。有一次，我忍无可忍，突然想到了马。

　　我们四营有一个运输连，那里有马车，有不少马。

　　下雨天，我能不能骑马去团部？我很激动，为我的想法，为我的新发现而兴奋！

　　我立即跑去向莫营长提出了这个要求。莫营长是现役军人，湖北人，瘦高个，是我陆军王牌部队"临汾旅"的一员，曾上过朝鲜战场。他似乎不太同意，不置可否，但拗不过我的一再请求，勉强答应了。"小心点！"他关切地说。但我已经一路小跑，穿过马路去了运输连，去了马棚。

　　找到饲养员，我十分硬气："是莫营长要我来学骑马的！"小个子饲养员穿一件破棉袄，腰是勒根草绳，浑身散发着一股子马粪马尿的臊味。他是个老知青，平时我们没有交集，一听说莫营长同意，他也没有二话。"小华，我给你骑七号马"！"七号马"是一匹黑色的蒙古马，是运输连马群中的头马。有人说它以前是一匹军马，后来淘汰来到这里。它是运输连的头牌，跑得快，耐力好。

　　他把"七号马""哒哒哒"牵到马厩旁边的空地上。那马不高，但马背也到了我的肩膀。马鬃竖着，浑身漆黑而油亮的毛色，十分精神，十分剽悍！它性情急躁，按捺不住，不停地打着圈子，就是一副要放开缰绳奔跑起来的样子，"上！上！"饲养员下令，可我看它那架势，哪敢啊！几次上不去，它就不干啦，似乎伤了它的自尊心，冷不丁"咣"地给我一蹄子！踢到我的脸上！我只觉眼前一黑，金星四射！脸上火辣辣剧烈地痛，面颊顿时青肿起来。我哭了。

　　这次骑马的经历，是一个沉痛的教训：凡事都要按部就班，循序渐进，不可跳跃。先弄匹老实的"木头马"骑骑，先学会如何与马相处，了解它的性情，消除恐惧感；再学如何上马、下马，然后才是骑马。先学走，再学跑；如何驱遣，如何驾驭。骑马也有"道"啊！

哪有先上来就是头牌的"七号马"！这匹暴躁的公马，你哪能驾驭得了，不挨踢才怪呢！

这骑马的事情，就此搁下。我只好忍受着下雨天泥泞的道路，和那艰难的一趔一滑……

后来，我调到了团部当通信员。通信班里有一辆旧自行车，可一到下雨天，还是不济，轮胎上裹着黏黏的黄泥，骑不动啊！有时，它还倒过来骑你，要你扛在肩膀上！忍无可忍，我又想到了骑马。

我动笔写了一份报告给王团长，郑重其事述说了一番理由。过了几天，那个高个子小眼睛的团长，一脸严肃地把我叫到他办公室，把那张纸还给了我。我一看，高兴坏啦！上面赫然写着"同意"两个大字，还有他的签名！"小华，你可要小心啊！"他把我叫到办公室，当面把报告交给我，是他不放心啊！

"我知道！"

骑马、行船三分险，何况我还被马踢过！我已经知道这件事情的厉害。

这回，我聪明了。我拿着那份有团长批复的报告再次来到四营运输连（团部可没有马），找到连长，再找一位老的饲养员，然后，我直接去了马厩选马。

在马厩里一排排吃草的马群中，有一匹马引起我的注意。它一身棕栗色，额头上有一堆洁白的毛发，像一捧雪，煞是漂亮。"小玉顶"，后来我给它起了个名字。这是匹小马，还不能拉车，就做做我的坐骑吧。大马我"Hold"不住，小马总可以吧，让它陪我一起成长！

这匹小马很温顺，牵它出来走走，抚摸它，亲近它，试着骑上它，一点没有害怕的感觉。它也似乎很喜欢我，与我一起玩耍。我歪歪斜斜地骑着它，在雨后泥泞的道路上，总可以代个步吧！

但马的天性就是好胜。一次，我在公路上乐悠悠地骑着它，一辆卡车正好从它身边驰过。"小玉顶"看有东西比它跑得还快，立即起了性子，踆起蹄子，一路狂奔，它要跟那卡车来个比赛！我怎么拉缰绳就是拉不住。最后，我重重地摔在了硬实的公路上！

我再也不想骑马啦！这次对我的伤害不轻，我的肋骨一直痛，去医院找了几次杜军医，还是不管用。直到半年后，那位外科军医弄到两张上好的狗皮膏药给我贴上，才治好了我的伤痛。还好，没有后遗症。从此，我的肋骨再也没有疼过。

这次事故彻底斩断了我骑马的念想。后来，我十八岁了，从警通班调到团部武装连任管军事的副排长（排长管生产。我们排有三个班，有3门60迫击炮，有9支半自动、10支冲锋枪），就此结束了我通信员的生涯。

在建设兵团当通信员，这是我的坐骑"小玉顶"

当兵去了北方，北方多骡马。公路上有马车，也有骡车，还有小毛驴，煞是热闹。有几次我们导弹营出去拉练，摩托化行军，一路上那些骡马看到我们这些奇形怪状的兵器车，卷着尘土飞扬，浩浩荡荡，特别是"戴高乐"（一种从法国进口的大马力牵引车）拉着硕大的导弹发射架行驶在路上。那些高大的骡马，在这些奇奇怪怪的庞然大物面前，不停地踢踏着蹄子，从没见过这般阵势啊，真是惊恐不已！"车把式"竖着鞭子，对着牲口大声吼叫，然后都会把车紧紧地停在路旁，攥紧缰绳，紧贴在它们身旁，就怕它们受惊发狂。我是过来人，知道这件事的厉害。我曾为此受过伤。

现在社会与科技发展了，在街上、在公路上根本就看不到马。

"马作的卢飞快，弓如霹雳弦惊。"辛弃疾的词句令人振奋，令人壮怀激烈。

据史书记载，刘备投奔曹操时，曹操要赠给他马，让刘备到马厩中挑。曹操的马厩里尽是名马，有好几百匹，但刘备没有中意的。刘备来到下厩，看到了这匹的卢马，只见这匹马既没精神也不威武，又瘦得骨头一根根可见（委弃莫视，瘦瘠骨立）。刘备抚摸这匹马，最后就选了它。众人莫不笑刘备，直到檀溪上演了惊心一跳。这匹马奔如闪电，谁都追不上，人们才叹服刘备慧眼识马。（《三国英雄记》三，南门太守著）

在汉末有几匹名马，吕布的赤兔、曹操的爪黄飞电和绝影，加上刘备的这匹的卢，都记在史书里，留名于后世。

北宋的岳飞也很会识马、用马。他在论及马之优劣时谈到他最喜爱的两匹战马，"初不甚疾，比行百里，始奋迅。"后来这两匹马都战死了，岳飞再也没有遇到类似的好马，找到的马都是一开始跑起来很快，不到百里就已经精疲力竭。他感慨地说："力有裕而不求逞，致远之才也。"这段话，极富哲理，不但适合于论马，也适合于论车，同样适合于论人生。(《随性论书》，斯舜威著)

是啊，做一匹像岳飞喜爱的"战马"，"初不甚疾，比行百里，始奋迅。"有耐力，有后劲，为社会再做一番贡献，这也是我的向往。

# 我们没有停止过……

今年 3 月 15 日，是我们下乡四十六周年的纪念日。平日联络不多的同学，电话也突然多了起来。是啊，岁月蹉跎，四十六年，真是弹指一挥间。我们这一代人，随着国家的命运而沉浮，磕磕绊绊一路走来。抚今追昔，不禁感慨良多。

回想 1969 年 3 月 15 日，我还不满十六周岁，就到苏北的建设兵团务农。近四年的独立生活和艰辛磨炼，至今难忘。然后当兵十七年，转业到电视台工作十三年；现在自己创业，搞了个"工作室"又是十二年……

回顾四十六年的人生历程，我很庆幸遇到了许多关心、爱护、帮助我的领导、师长和朋友。他们不图回报地给予，成了我今天要培养年轻人才、回馈社会的动力。

我很欣慰。因为这些年来，我感觉

作者小学毕业照

和同龄人一样，是一直在向前走，"我们没有停止过⋯⋯"

如果有人问，这些年一路走来，你有什么真切的感受和体会？我想就用十个字来概括，那就是进取、勤奋、学习、总结、坚持。

## 进取

人，是要有点精神的。这个精神，我以为就是进取精神，艰苦奋斗的精神。不能满足于现状，不能满足已经取得的成绩。在苏州电视台，我担任国际部主任，为苏州的电视对外宣传方面做了一些工作，组织策划了两场《开放的苏州》电视直播晚会，在中央台四套、上海台播出，并在美国和新加坡的中文电视台播出。组织拍摄的专题片多次获得全国和省一等奖、二等奖、"五个一工程奖"。但2003年，当单位人事制度深化改革时，我毅然转换身份，创立了自己的多媒体工作室。

## 勤奋

一个人要取得一定的业绩，必须异常地勤奋。刚到电视台时，

云台农场场部

我就一再告诫自己，要在激烈的竞争中获胜，你一定要比人家更勤奋。别人"站"着，你就得"走"；别人在"走"，你就得"跑"！这种勤奋，主要靠"八小时之外"，靠业余时间的努力和长期的积累。

记得我撰写的论文和体会文章结集出版时，一些同事有些惊奇："哎，华平，这本书你是用什么时间写的？"他们看我整天和他们在一起上班，还经常加班。我笑着不置一词，可心里在说："在你们休息和娱乐时，在你们睡觉时。"我有一个笔名叫"黎明"，我的文章大多是在凌晨四五点钟写的。

开始创业的几年，我"跑市场"，撰稿、拍摄、驾驶汽车，事无巨细，样样亲力亲为，曾两次累得虚脱，浑身一点力气都没有了。

我想，每个对社会做出点业绩的人，都有一部"辛酸史""苦累史"，都是用勤奋和苦干换来的。

**学习**

我十六岁下乡，初一才读了一个学期，文化水平只有小学，而且

农场的大田

我读的小学是五年制。文化知识先天严重不足，我就是靠后天的刻苦努力，终于成长为一个具有高级职称的主任记者。作为一个客座老师，我在苏州大学新闻专业的课堂给学生们讲述电视专题片时，很自信也很自豪。

在建设兵团时，没有书读。好不容易找到一本，同学们互相借来借去，真是如饥似渴。在当兵时，我利用业余时间自学完初中、高中的物理和数学课程。

在漫长的工作和生活之余，买书、读书、藏书一直是我的业余爱好。

自己创业后，遇到许多新情况、新问题，结合工作实践，我努力学习企业管理、市场营销方面的书籍，至今每年读书近百本。

**总结**

在人生的路上，我们也在"摸着石头过河"，蹒跚着一路走来。而总结，在个人成长的过程中，起着重要的作用。

在电视台时，我每搞一台晚会，每有一部片子获奖，我就要写一篇文章，来总结提高。因此，才会有十八万字的《电视的背后——一个编导的从实求知录》。今天，我仍在创业的实践中注重总结，同时要求我的员工们善于总结，用笔记录各自的成长历程和点滴心得，使之不断进步。

**坚持**

人生就是一场"持久战"，不要逞一时之快，不争"一城一池"的得失；要发扬愚公精神，脚踏实地，埋头苦干；只要努力，只要坚持，就会有突破之机，质变之时。

坚持，就是要认识到时间也是一种重要的发展资源，要能耐得住寂寞，保持一颗沉稳之心，一股内在的倔强之气；用激情和时间的"慢火"来燃烧自己，要有"绵长"的耐力和韧劲。

人生就是一场"马拉松"。正是这种坚持的精神，这种"永不言休"和打"持久战"的精神，支撑我走到今天。

回顾下乡来四十六年的人生历程，心里不能平静，那艰苦而又温暖的岁月，仿佛就在眼前。正是有了这段经历，正是有了这碗"酒"垫底，我们的人生才走得踏实，走得有点儿底气。

看看眼前英俊美丽、风华正茂的"80后""90后""00后"，我羡慕而又感慨。

我很庆幸，赶上了这么一个好时代；我只想说一句："是的，其实，我们也没有停止过……"

# 一双大头鞋

我有一双大头鞋，毛茸茸的，结实，耐用，主要是保暖。它可是军用品！四十多年了，一直陪伴着我。

1972年11月，在江苏云台农场当兵时，来了两批接兵的军人，一批是穿普通棉军衣的，一批是穿戴"四皮"的：皮大衣，皮手套，皮帽子，大头鞋。后来才知道，穿普通棉衣的是南京省军区部队的，而穿"四皮"来接兵的，是来自北京空军的部队。我有点运气，穿戴上了"四皮"，乘火车一路北上，到了寒冷的河北张家口市。接兵的干部郑重地告诉我们，"我们打仗是以'秒'为单位的！"我一下明白了：我到了导弹部队！

在极其寒冷的北方，"四皮"是非常重要的装备。一件皮大衣，夜里站岗穿上它，可以抵御刺骨的风寒，晚上站岗，裹着它，再带连队那条有着黑白相间毛色的狗，走上导弹阵地，走上哨位，着实暖和了不少。我们睡的是通铺，一个班一间房屋，燃着火炉。部队的被子单薄，但盖上皮大衣，重重的，非常温暖；特别是中午睡午觉，将皮大衣把脑袋一蒙，暖乎乎的，很快就睡着了。

回到苏州，此物件没有了丝毫用处，放在箱子里，放在自行车库。几次夫人与我商量，要把它处理掉，说是"占地方"，我坚决不同意！这个箱子里珍藏着我温暖的记忆，记载着我一段珍贵的人生经历，是我戎马生涯的一个"印记"——也许，这就是一种军人的情结吧！

皮帽子与皮手套早已没有了踪迹，但大头鞋还在。就在脚边放着，还时常要用到它。这是我的第二双大头鞋。这鞋子五年一换，我正好换到第二双，就很少再穿了。这双鞋，和新的一样！

一看到它，我就会想起它的功劳。

在北方当兵，没有大头鞋可不行！冰天雪地，寒风刺骨，穿上它，虽然很沉重，但保暖，不会冻脚。在雪地里踩着，咯吱咯吱地响，踩出一溜结结实实的脚印，就是踩在厚厚的冰上，也不会打滑，它下面的齿印是很深的。

我穿着它，曾经去"边疆万里行"。1983年，我刚从部队调到北京的《空军报》社，报社组织"边疆万里行"，我是第一批。三九寒天，我带着两个部队的报道员，乘火车、长途汽车、吉普车、军用卡车，沿黑龙江、乌苏里江，走小兴安岭、大兴安岭、呼伦贝尔草原，走佳木斯、牡丹江、绥芬河、黑河、漠河、海拉尔、加格达奇，一直走到满洲里。这双大头鞋为我踏冰雪，御严寒，走边疆，立下了大功劳！

那年的冬天真是有点冷。北京零下8度至12度，到哈尔滨就是零下20度，已经有点受不了；街上行人很少，一个个穿戴得严严实实，都在急匆匆地奔走；到齐齐哈尔是零下27、28度，到最北端的漠河已是零下40多度！

没有这双大头鞋如何得了！那简直不可想象！

我记得十分清楚，在中苏边境线的林海雪原里，有一个叫"虎林"的山上，驻着我们一个边防雷达连，我们赶去采访。

　　那天漆黑的夜晚，突然，清脆铃声大作，警报响起！几部边防警戒雷达全部开启！我蹬着大头鞋飞快地跑到雷达车上，只见高个子连长沉着地坐在标图桌边，看着有二十几架苏联重型轰炸机的信号，朝我国的边境飞来。他的神情异常镇静，专注、冷峻，我还是第一次看到这样紧张激烈的场面！报务员敲打出滴滴哒哒急促的声音，标图员敏捷地报着飞机坐标，进行标图。我很清楚，随着电波飞扬，这些信息同时会出现在沈阳军区，出现在北京的地下指挥所，出现在他们的标图板上……

　　当时，苏联陈兵百万，就在边境线的后面。这样的压力，在这里最直观，最真切，最能体现。

　　第二天一早，我问连长，昨晚什么情况？他冷静地回答："没事。有通报过来了，是因天气预报，有暴风雪，他们的轰炸机进行转场飞行。"真是虚惊一场！

这双四十多年前的"大头鞋"，至今仍在"服役"

我们百姓过着寻常的安稳日子，说是"岁月静好"。

其实有许多的军人在艰苦的远方，正默默地守护着国家的安全。

这次边疆万里行，给我留下了深刻的印象，特别是那个年轻的连长，在突如其来的情况面前，那沉着、镇静的神态；那专注、冷峻的眼神，一直印在脑里，挥之不去。

这次"边疆万里行"，收获很大：这双大头鞋就是一个很好的见证。

这双鞋，现在又有用处了。苏州初春的凌晨，阴冷，湿冷，寒冷，真的有点冻脚，让人体验到"寒从脚起"的滋味！

我灵机一动，从仓库里翻找出这双大头鞋。四十多年啦，还是崭新的样子，穿上它，暖暖的，十分地舒坦。我坐在电脑前，在键盘上打字，不再受冻。

它使人温暖，心情舒畅；它使我文思敏捷，思绪飞扬，每每能超额完成一天的写作任务，还能有不错的令我满意的作品质量。

它又开始为我立下功勋！

可我穿上它，走路总是轻手轻脚，蹑手蹑脚，提心吊胆，怕被夫人发现。她看见了会大声喊："你又穿这双鞋啦！你踩坏了我的地板！"

哦，一双大头鞋！我的一件珍贵的宝物！

# 我的收藏

说起收藏，就是"天上掉下个金元宝，一砸一个坑"！

我的一位女同学曾告诉我，二十多年前，生了个儿子，属猴。他爸爸集邮，买了一个版的猴票以志纪念。于是，这版猴票就伴着这只小"猴子"慢慢成长，至今价值不菲。

我的一位战友酒席间也曾向我显宝："我藏有两版猴票！"那时，他所在的部队驻在北方一座"野猫不拉屎"的山上，山下有个村子叫"白草"。这是个很穷很穷的村子，冬天的草都是白的！他当司务长，经常下山采买，又常到邮电所寄信，一来二回与职工熟了，非要卖给他猴票。村子穷，又闭塞，很少有人寄信，他们又有销售指标，好说歹说。他心一软，勉勉强强买下两个版，一版六块四，二版就是十二块八，也是他三分之一的月工资。（当时排职干部每月五十二元，扣掉伙食费十五元，到手三十七元。）好人有好报。现在的猴票不得了了。有了此"物件"作底，他慢慢走上了收藏的道路。

前年在苏州文庙的一个店铺里，老板给我看四幅画，是崔护画的仕女。四尺条屏，吹笛的、弹琵琶、古筝和拉板胡的人物，画得惟妙惟肖，十分精美。每幅右角上的四行瘦金体的题字更是遒劲秀丽，别具特色，一看就不是凡品。崔护老先生我认识，个不高，胖墩墩，慈眉善目的，画得好，字也好，而且一肚子的学问，是大画家吴湖帆的得意弟子。我们给他拍过专题片，我还遵父命专门到他家求过画。

问老板怎么得到这些画的，说是人家二十多年前花五百块钱请崔老画的，现在儿子结婚，需要用钱，就把它卖了。

这就是收藏！我不禁敬佩起这个卖画的人来，真有眼光！真是个男人！

草民，自有他生活的艰辛，也有他的脸面，更有他的智慧！

一

下面就晒晒自己的几件藏品，说说几次与藏品失之交臂的机会。

由于自己在电视台做记者、编导，苏州又是一座历史文化名城，收藏的机会还是蛮多的。

在我工作室办公桌前的墙上，就挂着瓦翁的一幅题字："有所作为"。

那是 1990 年，我刚从北京的空军报社转业到苏州电视台工作，一次，领导要求在"苏州新闻"中要开办一个"共产党员"的栏目，为把栏目办得别开生面一些，我就到市文联请瓦翁老先生题写个刊头。

他欣然命笔。事毕，我求他写一幅字："有所作为是人生的最高境界。"他想了想，却摇了摇头，"这句话不太合适！"我一惊："为

瓦翁题字：有所作为

什么？这可是恩格斯说的呀！"我很喜欢这句话，把它抄在我珍爱的笔记本里。

"恩格斯说的话也不一定全是对的！人生的最高境界有好多种，譬如无私，譬如奉献。"他一脸的认真。嗨，难怪他被打成右派，发配新疆十几年。独立思考，仔细辨析，绝不膜拜，绝不盲从，而且是那么的直言不讳！在这样一件小得不能再小的事上，却可以窥见老一代中国知识分子的见识与风骨！我不禁对他肃然起敬！（20世纪50年代的反右运动，全国有五十五万名知识分子被打成右派，极大地挫伤了他们建设社会主义的热情，损伤了中华民族的元气。参见周有光著《我的人生故事》第135页）

"这样吧，我给你写四个字，'有所作为'，怎样？"他一脸的诚恳。"好啊！"我欣喜起来。

"巧了，我今天正好带着章！"老人脸上漾起孩童般的笑容。说着，就从衣袋中掏出一枚章和一只小的印泥盒。是啊，如果一幅好字，却少了鲜红的印章，那不成了一件憾事？

如今，我坐在办公桌前，一抬头就可以看见这四个字，"有所作为"。它提醒我不甘平庸，为苏州的文化建设做点事儿。

如今，老人已经不在，但他二十多年前给我上的那一堂课，却依然那么清晰，那么亲切！

20世纪90年代初，我在电视台新闻部工作，又是要开办一个栏目。我如法炮制，这一回，我请苏州另一位大书法家沙曼翁来写。他在家里给我絮絮叨叨："苏州哪有那么多的书法家，都在那里自吹自擂。你们也有责任，助长了这种不良风气！"说得我脸通红。又是一个直言不讳，又是一个右派分子！（他在1957年也被打成右派。）不过，他还是十分高兴地为我们写了刊头。这回我有了经验，立即将准备好的一张纸片递了上去："沙老，麻烦给我写几个字。""哦，"他拿过纸片看了一眼，"要写上款吗？""什么是上款？我不懂！""就是要不要写你的名字？""要！要！"我肯定地点了一下头！送给我自己的字，当然要写名字啊！（当时实在是不懂！有了上款，此作品就只能属于你自己，不能作为藏品，流入书画市场实现其经济价值。）

沙老十分认真地看了我一眼："过一个星期你来拿吧！要不你留个电话？"

过一个星期？为什么要过一个星期？我心里直嘀咕，有点儿不爽。

真的过了一个星期，电话来了，我拿到这幅字："手无寸铁兵百万，力举千钧纸一张。"边上是一溜小字："华平同志拾范长江为鲁迅诞辰八十周年诗句索书，曼翁"。然后是一大一小两个鲜红的章。

"怎么样？"老人不无得意地看着我。"好，好！"其实我并不懂。这幅字有三尺，配一个镜框，端端正正挂在我的电脑前。

过了几年，一位朋友上门，发现了这幅字，仔细端详了一会，感慨起来："这幅字好啊，精神！内容也好，这是沙老用帛书写的。

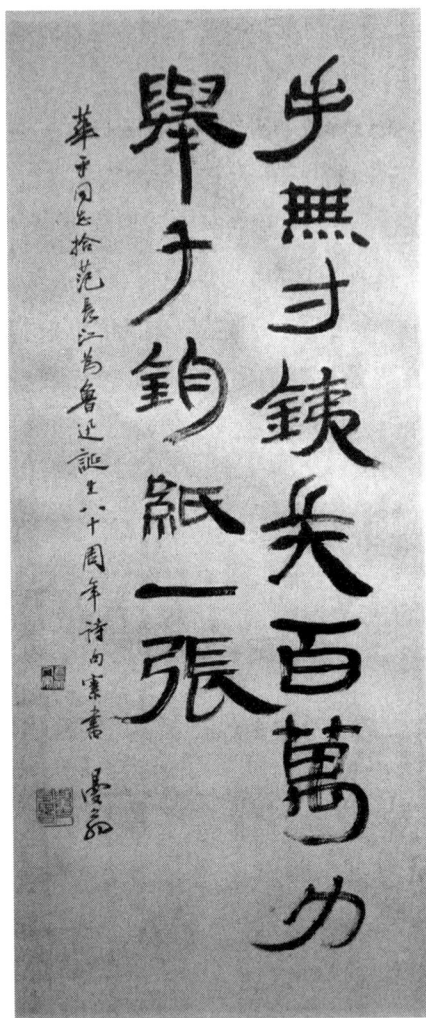

手无寸铁兵百万 举千钧纸一张

華平同志拾范愚汇為魯迅誕生六十周年詩句隶書　曼翁

沙曼翁题字：手无寸铁兵百万，力举千钧纸一张

帛书，就是宋人写在锦帛上的。沙老很少用帛书写字，可以看得出，这幅字他是用了功夫的！""是吗？"我不禁得意起来。

就这样，这幅字一直很精神地陪伴着我的电脑。

说起我这台电脑，也大有来头。

1999 年吧，PC 机刚刚开始流入苏州普通的家庭，十分昂贵。一台"二八六"，最低也要一万五千元！那时我在电视台，养家糊口，收入有限。

但看看电脑，实在眼馋，它可以写文章，修改方便，提高效率、提高质量。还有软盘，可拷贝，可转换，好处多多，心里痒痒。

买！钱从哪里来？把那些"小型张"卖掉！突然，一个声音在我的耳边响起。

那时，我偶然读到一本贺平原著的《集邮投资指南》，大受启发，斗胆花六千元原价买了二十封"王昭君"小型张（每张 3 元，一封 100 张）。此时"王昭君"正在涨价，每张到了 20 元（最高涨到 30 元一张）。我到电视台对面的竹辉路邮品市场，一下子卖掉 10 封，得二万元。（近七倍的利润，甚是可观！）

买来电脑，苏州人"Z""C"不分，拼音难打。又开始学习"五笔字型"输入法，难拼的字，贴在墙上。就这样，艰难地写起了文章。

写得疲累，有时"卡壳"，搜索枯肠，找不到词儿，我就会抬眼欣赏这幅沙老的字来：苍劲、圆润，浓淡、枯涩，一气呵成，精神十足……

有一次遇见沙老，我兴奋地对他说，"我把你给我的字，放在电脑前！""放在电脑前？"他十分疑惑。"我在写文章时经常可以看到它！""哦，"他笑了，知道自己写的字有作用，十分欣慰。"我再给你写一幅吧！""好啊！"我很高兴。可是因为忙，此事就搁下了。再想起，有意到他家，沙老已经不认识我了。说说话，就会问我："你是谁？"他得了老年痴呆症！这件事儿也就"黄"了。

积少成多，几年下来，文章也有三十多篇，大多在省市级专业刊物上发表，也有几篇刊登在全国级杂志上。然后结集在北京的中国广播电视出版社出版，书名为《电视的背后——一个编导的从实求知录》。

那时正在拍摄费孝通，一天正好有空，我请费老在我的书上题字。"你要我写什么？"老人摩挲着书的封面。"从实求知，您不是提倡从实求知嘛，从实际，从实践中求得真知，这些文章，都是我在片子得奖、搞过晚会后写的体会文章，总结文章。""好！"他接过笔，认真地写下："从实求知。费孝通，九十二岁。"

于是，我收藏到一本有费老题字的书籍。

在拍摄费老的专题片时，我有幸收藏他两幅题字。字数都不多，每幅才四个字。一幅"志在富民"，一幅"登高望远"。

先说"志在富民"。

那是在上海拍摄费老考察浦东开发，住在茂名路的锦江饭店，在拍摄计划中，有一小节是拍摄费老写字。我们就让费老写四个大字"志在富民"，这比较切题。老人也很愿意写字，在摄像机镜头的注视下，他饱蘸墨汁，从容写来。一张，一张，一共三张。事毕，我挑了一张，请张秘书盖上章，小心地放入包中，也算是一个纪念，一件"收藏"。

进入后期剪辑，在做片头时，我们想请一位书法家来写标题《志在富民——费孝通的追求》，显得不凡和生动。

我找到王健生，中国书法家协会会员，写榜书的，字十分苍劲老辣。但过几天拿来一看，不像，太有力了！我们要的不是这种效果！

怎么办？我想到瓦翁。

"费老的字本来就很好，还用我来写吗？"瓦翁有点疑惑。"写，你写！"我们以为他客气。

就这样，我们拿到了瓦翁的"志在富民"四个字，可是仔细端详，字写得太好了，太秀丽，太漂亮。做成片头，还是不像！仍然不是我们要的效果！

这时我们才想起瓦翁老先生说的话，回家拿出费老写的字，仔仔细细地看，"志在富民"，眼睛突然一亮，就是它！就是这个效果！我们几个编导十分奇怪，这字看起来土头土脑，有点儿拙，做成片头，怎么就那样地"严丝合缝"呢？不禁又敬佩起费老来。到底是大家啊！

费老的字是有功底的。记得那年带领摄制组到英国伦敦采访费孝通的老师费思，那时他正好是一百岁了。老人颤巍巍地拿出一幅镜框给我们看：

> 1938年初夏，应傅师之邀来桑谷村，住甃兰别墅。土墙茅屋，一茗身返江古，遥望岗原起伏，牛羊点点，岂信英伦南隅，犹留得此古乡也。即景口占二绝，不是言诗，聊志鸿爪之意耳——孝通。

那是费孝通二十八岁时的书法作品，一排蝇头小楷，笔力遒劲工整，功力确是不凡。没想到时隔六十多年，这幅作品仍保存如此完好。

穷学生承受老师许多的恩泽，无以报达，就用心写几个字，以表感恩之情。

"秀才人情纸半张"，自古就是。

一次，我探亲假结束回北京，在卧铺车厢偶遇作家陆文夫。他是去北京开会，手上老是握着一卷纸。我问："陆老师，手里拿着什么呀？""哦，费新我的一幅字，朋友托我的！"

看看，大文人们的交往也是这样！

瓦翁的字没有用上，但麻烦了老人，一点点稿费还是要付的。在瓦翁的住处，我们正在闲聊。"你们能不能安排我见一下费孝通？怎样？我很想见到他！"瓦翁突然郑重地提出。"哦，"我一时语塞，犹豫起来，"看看吧。"我沉吟着，含含糊糊。

费老当时就在吴江调研，住吴江宾馆。半天工作，半天休息。由于长期的拍摄和采访，我们已经和他的秘书混得很熟。安排见一下，那真是"举手之劳"！

但当时我考虑，身份悬殊：一个国家领导人，副委员长，虽然年纪大了，但还是繁忙；一个是平头百姓，一介草民，一位"闲人"；又非亲非故非友，见面聊什么呢？是不是有点儿多事？似乎有点不妥。

事后想来，实在大错！甚是后悔！

此时两位老人都年过九旬，而且同庚，1910年生，属狗；一个生在吴江，一个生在苏州，都在1957年打成右派。当年费老因《知识分子的早春天气》和《关于社会学说几句话》等文章而蒙难，饱受冤屈。而瓦翁也因"不当言论"被打成右派，发配新疆。要不是王震"王胡子"惜才，替国家保护了一批知识分子，他早就"填以沟壑"了。

瓦翁何等人物？1989年，全国第四届书法篆刻作品展在北京举行，瓦翁以行楷宋范成大《石湖文略》大册页参展，在一等奖中名列第一，已是八十四岁的瓦翁创造了全国展中年龄最大的获奖者的纪录！他的那幅行楷被放置在进门正厅的中央，正对大门口。一时名震书坛！

人生颠沛流离，饱经磨难，却"穷且益坚，不坠青云之志"，真正体现了一代知识分子的风骨和气概！

两位世纪老人，欢聚一堂，谈谈人生，谈谈经历；谈谈变迁，谈谈书法，甚至还可以谈谈养生。要不以笔墨会友，我瞅准机会下手，搞不好还可以丰富一下我的收藏啊！这样大好的机会，竟因一念之差失之交臂！

现在两位老人都已作古，我对当时没有满足瓦翁这个愿望而追悔莫及！（在力所能及，能帮助别人的时候，一定要伸手帮啊！）

我的第二幅费老的题字："登高望远"就挂在我办公桌的后面，一进办公室就能看到。

拍摄费孝通，断断续续近一年半时间。片子播出，在省里得了专题片一等奖、"五个一工程"奖；在全国也拿了奖，算是有了交代。我瞅准机会，开口向张秘书讨要费老的字。一天，张秘书小心地告诉我："字给你要到了，可只有四个！"他怕我嫌少。

"蛮好，蛮好！"我打开一看，是竖写的"登高望远"，旁边一溜小字："华平同志。费孝通，九十三岁。"也有三尺大小，笔力遒劲，字的安排富有变化，还有点儿土头土脑的拙，但别有一番味道！

费孝通题字：登高望远

得此墨宝，我很高兴。

"登高望远"。我的工作室在苏城西边的一幢高楼上，楼高25层，我就在顶层上。临窗远眺，上方山、七子山尽收眼底；还有那繁忙的大运河，太阳下波光粼粼，船队逶迤其上，竟是一幅活动的图画！

"登高望远"。细细品味，费老似在提醒和戒勉我：

苏州是个小地方，不能如井底之蛙，小巷思维，小肚鸡肠，眼界和胸襟都要开阔起来；苏州又是一个好地方，富足而温柔，但不可磨灭了进取之心、奋斗之志。

每每望着这四个字，我常有一番感慨……

二

下面再说说有几次天赐的收藏机缘，但我由于眼拙，没有发

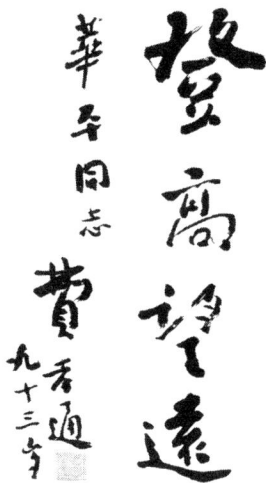

现；有时碍于脸面，或者因为胆小，没有及时抓住，十分的痛惜！

那是 1995 年 10 月的一天，那时我在电视台新闻部任副主任，正是值班编辑，上午记者都派出去采访和拍摄了，突然接到一个电话：中国棋院在吴县（现在的吴中区、相城区）举办全国象棋比赛，院长陈祖德来了，在甪直镇，要求拍摄一个短新闻！没有人可派了，只有自己去！

我那时正迷围棋，陈祖德的大名真是如雷贯耳，仰慕已久！

中国棋院院长，独创中国流，中国第一个打败日本九段的棋手！身患癌症、忍着病魔的折磨，写下了自传体的报告文学《超越自我》。

哎，我正好有他的《超越自我》！我从办公桌的抽屉里找了出来，书有点儿旧，但还说得过去。"让他签个名吧！"我暗自盘算，提着摄像机上了汽车。

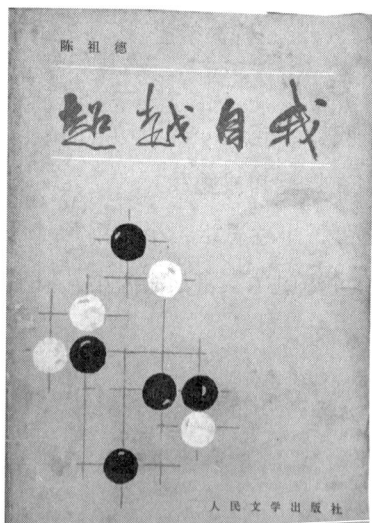

时任中国棋院院长陈祖德九段的自传《超越自我》

赶到甪直，已快到吃饭时候。稍微拍摄一些镜头，无非是参观古迹和新开发的房地产。

陈祖德精神奕奕，戴眼镜，显得斯文而儒雅。与人说话谦逊温和，但气质高贵，丝毫看不出病态。

吃饭席间镇上领导不住地推销他们的房地产，要陈祖德介绍给上海和北京的朋友（陈祖德是上海人），但他似乎兴趣不大。我举着酒杯凑上去，简单介绍自己，表达仰慕之情，并祝他身体健康。当我掏出那本有点旧的《超越自我》要他签名时，他有点儿感动。"在北京，我在新闻界有许多朋友！"他紧紧握着我的手。

"华平同志。陈祖德，九五年十月十二日。"于是，我有了一本这位围棋高人亲笔签名的珍贵藏书。

午餐后，在一间客厅中，主人已经准备好笔墨请陈祖德题字。（此全国象棋大赛是由当时的吴县人民政府赞助的，甪直镇是具体的出资方。）

这时，我才真正地大开眼界！

在大张的雪白宣纸面前，陈祖德像换了个人似的，一下子精神起来，眼睛也放出光来。他手握大笔，饱蘸墨汁，龙飞蛇舞地挥洒起来。不一会儿，一幅墨汁淋漓、气韵生动、笔力遒劲的作品就完成了！

我不禁惊叹：一个处于巅峰状态的人物，需要具备多少知识和才华，需要具备多么丰厚的学养啊！（作品的内容，无非是体育精神、围棋之道等。）

写完一幅，他意犹未尽，并不过瘾。"还要我写什么？"这时，他抬头笑着注视着我，似乎就等我站起来开口！可我竟然僵在那里没有任何反应。是脸皮薄，是思想毫无准备，还是胆子小，没了勇气？我傻傻地愣在那里没有动静。等了一会儿，陈祖德黯然搁下笔，脸色有点儿不快！后来我才知道，书法家的字，必须是要讨的！就这样，一个天赐良机，一个极其珍贵的收藏机会就被愚钝的我丧失掉了！

还有一次，是1996年的秋天吧，我已到电视台二楼的专题部任主任。一天，突然接到电话，是北京打来的，说他是中央台四套的孙曾田，《最后的山神》知道不？为了证实他自己，他加重了口气。《最后的山神》当然知道，在北京广播电视学院的干部班、在中央外宣办举办的培训班里，我都认真看过，听老师说孙曾田扛着摄像机，冒着零下三十多度的高寒，在白雪皑皑的大兴安岭，在鄂伦春族的狩猎和游牧处，又做摄像又做编导，拍摄和记录最后的"山神"孟金福的故事，在第30届"亚广联"获得电视大奖。他的名字，响彻当时中国的电视界。

"你有什么事？"我有点兴奋。"是这样的，我现在正在拍摄大画家吴冠中的人物传记，要到苏州来，要去昆山的周庄，还有吴县的三山岛，去三山岛要准备船！""啊？！"我一下惊住了，这是什么事，我怎么能办到？

"这有点难吧，孙老师，你走的渠道不对呀！"我为难地说。"我们不想走官方的渠道。这样迎来送去，拍不好片子的。你一定要帮我这个忙！"孙曾田不由分说，十分坚决。

"这样，我试试吧！"

我在部队做过师领导的秘书，这点事儿并不能真正难倒我。我把电话打到昆山县委办公室（当时还没有撤县建市），自我介绍一下，就把事情简明扼要地说了，并把对方的姓名记下。吴县县委办公室也是照此办理。

一个星期后，在留园对面的"园外楼"饭店，我终于见到中央台大编导孙曾田、大画家吴冠中。孙编导见到我，紧紧握着手，一个劲地感谢和赞扬我，并向吴老介绍："这次都亏华平，一个星期的拍摄，都是他在幕后指挥啊！"吴老十分高兴。干瘦的老人，精神又十分地亲切。

两地的接待都非常认真和仔细，在周庄，是在"沈厅"吃的饭（明代富商沈万山的故居）。去三山岛，动用了一艘大汽艇（旅游船）。

　　一个星期的食宿、交通和拍摄的种种便利，都给他们安排得妥妥贴贴。如果恳请吴老随手画个水墨小品，或题几个字，留个纪念，那也是一桩在情理之中的美事！当时的我，有过这样的想法，却没有这样的行动，懵懂之间，放任这样大好的收藏机会轻轻溜走！

　　2001 年 10 月的一天，在北京中关村"中国高等科学技术中心"的会议室中，又是大画家吴冠中，还有诺贝尔奖获得者、物理学家李政道，他们在一起谈笑风生，欢聚一堂，在为一件苏绣作品起名字。这件作品是应李政道之请，将他在高速电子显微镜下拍摄到的两个金核子撞击瞬间爆炸的壮丽画面，绣成一件艺术品。这件作品将参加北京的"艺术和科学"国际作品展。两位大师你一言我一语地动脑筋，要给它起个名字。现场情景难得而又极其珍贵，我们一大一小两台摄像机，忠实而又小心地记录着整个过程。

　　两位大师互相推让了一番之后，吴老提出一个名字"客自外星来"，这是他最初的艺术感觉。李政道博士听了深思许久没有表态。这时，中国科学院院士、李政道博士在西南联大的同学叶铭汉提了一个建议，可否取名《混沌之初》？因为，金核子对撞实验是模拟宇宙大爆炸开始时的情形。李博士这时才点点头，说："这个题名意思可以。"但是，吴老觉得这个名字缺少一点"人情味"。李博士思考良久提出了一个折衷方案："喜见天外秀，来自混沌初。"这个方案赢得了在场宾客的一阵掌声。

　　过了几分钟，吴老又提出一个将前句改成"问君家何处"，这样上下句意思更加连贯和工整，他的提议又受到宾客的一片称赞。

　　这时，工作人员拿来笔墨，请两位大师题名。一番谦让后，吴老提起笔："我题名，请李先生落款。""问君家何处，来自混沌初"，吴老的字迹秀美而又遒劲。他在自己名字的上面空出李先生题名的位置，但李博士还是把自己的名字写在了吴老的下面。一幅寻常的苏绣作品，有两位世界级的艺术家和科学家共同起名并题字，实属罕见。

巧的是，这张纸片现在就落到了我的手上。我把它放在地板上，对着摄像机的镜头，左拍拍，右拍拍，终于拍摄完毕。"脸皮老老，肚皮饱饱"，可是我没有将它随手放进我的包中。鬼使神差，我随手放在一旁。不料，被一位新华社记者发现，他凑了过来，拾起纸片，狡黠地一笑，然后小心地将它夹进了自己的笔记本中！

我看在眼里，痛在心上！两位世界级大师的亲笔签名和字迹，多么珍贵的趣闻和精彩故事！这张纸片已经落到我的手上，却"身在宝山不识宝"，失之交臂。这物件，对我，对今后我的儿孙们，该是一件多么稀珍、多么有意义和价值的"传家宝"啊！

# 连队三两事

前几天，有战友联系，地空导弹第五十一营一连要庆祝建连五十一周年，要出版一本书，前来约稿。半夜醒来，一直没有睡着，那些战友亲切的面容浮现在眼前，那些往事历历在目……

在我当兵十七年的生涯中，在连队有六年，在师政治部组织科五年，在空军报社六年。

印象最为深刻、对我教育和锻炼最大的是在连队的六年！

我的排长相德歧，班长朱有宝，连长李炳田，副连长万修明，陆指导员，副指导员成培杰，还有许多同年入伍的战友，一张张熟悉的面孔，那些发自内心的笑容，都清晰地出现在我的面前，连队就是一个大家庭，紧张而又艰苦，亲切而又温暖。

我有一个"绝技"，听口音。在外面

作者在连队时留影

与陌生人攀谈，一搭腔，就猜得出他是什么地方的人，大差不差，耳朵"尖"得很。攀个老乡，套个近乎，一下子拉近了距离。那些人也都很奇怪：你是怎么猜到的？

连队里有东北的、四川的、北京的、河北的、山东的干部战士，天南海北，朝夕相处，不同的口音听多了，能够辨别分明，十分的清楚。这个绝技，全赖连队六年的生活。

2017 年的夏天，我偕夫人一起去张家口市参加我们五十一营一连组织的活动。许多年不见，大家从四面八方赶来，终于又相聚了！战友情深，感慨不已。

在张家口市区和坝上草原游览，又去老部队参观。夫人第一次到地空导弹营，很是新鲜和激动。问她有什么感受，她说有两点：一是没想到部队藏得这么好，在一个偏僻的寻常小山里面，在绿树林与庄稼地的后面，竟然还藏着这么一支现代化的部队！

二是营长、教导员真帅！这两位小伙子，才三十出头，长得真是帅。我说，当然啦，他们都是军校毕业，文化程度高，又都是千里挑一的人才，在这样的精锐之师中，能做到这个级别，就该是"人中龙凤"了。（最近听说，这两位都已升职，成为团职干部了）

军人自有一种特殊的气质。那是英武、果敢、坚毅的气质，是在部队紧张的作战与训练中，在艰苦的环境中磨炼出来的，这是在地方上很难见到的。

下面就是随手写下的文字，拖拖拉拉，不成篇章。


## 一、站岗

当兵就要站岗，那是天经地义。尤其是在冬天的夜晚，背上枪，裹着皮大衣，穿着沉重的大头鞋，踩得积雪咯吱咯吱响，带着那条有着黑白相间毛色的大狗，走向导弹阵地……

连队人少啊，有时，不到一个星期就轮到一次。

你正在沉睡，深睡，有人在你的耳边轻声呼唤着你的名字，交待好"口令"。你睡眼蒙眬地背上枪，就得上岗去了。

那一条狗，也不知从哪来的，也许是司务长从山下老百姓那里抱来的，摇头晃尾的，不时亲切地蹭着你的裤腿，大家都很喜欢它。

狗比人机敏，真是耳聪目明，一有什么风吹草动，立即就会有所反应。那是强烈反应！有它在身边，确实给你壮胆不少。于是，每个连队都有这么一条狗。

好笑的是，那些狗只认裤子不认人。我们空军是统一的蓝裤子，它们见了都很亲切。你到其他连队去，它不会叫，也不会咬你，摇着尾巴与你打招呼，但一有穿着黄裤子的陆军兄弟来到我们营地，那几条狗立马会蹿上去，又叫又咬，凶得很啊！

印象最深刻的是，1976年7月28日，唐山7.8级大地震。半夜里，我正好在阵地上站岗，在黑洞洞的掩体工事下，我靠着兵器车打瞌睡，正迷迷糊糊，突然发觉车子在动，有人推车？我一个激灵，立即跳将起来！打开手电一看，车下支着的粗大木桩子也在不住地摇动！（为了保护轮胎，兵器车都用木桩固定。）再仔细一看，不好！一排兵器车连着的粗黑电缆，那些粗大的木桩子都在齐刷刷地"咣咣"摇摆；再听那防原子弹的高大厚重的水泥门，也在摇晃，发出可怕的咯吱咯吱声响！

不好！地震啦！大地震！！

我冲出掩体，正要鸣枪示警，但再看手上，不禁抽了口凉气，我背的是五四式手枪（我那时已提干，是个技师），弹夹锁在宿舍办公桌的抽屉里。当年，为了保证安全，枪与子弹是分开管理的。我手上拿的却是半自动步枪的弹夹，有五发亮锃锃的大子弹！

正要冲回连队报警，只见连队的宿舍那边突然灯光大作，一片噪杂，马上响起急促、尖锐的紧急集合哨声！我们是战备值班部队，警惕性高，动作快，反应就是灵敏！

当天晚上，我们三排就睡在驻野外的履带牵引车上。

在当副指导员时，我从北空教导队集训（在天津的军粮城）回到连队，就想给连队的阵地上建个岗亭，给平时日晒雨淋，刮风下雪时站岗的战士们行个方便，遮风避雨。正好营里在修建新营房，我画了一个简单的图纸，计算好尺寸，让工人们浇灌好水泥，又从三连（导弹连）借来大吊车，把它吊装好。现在想来，我也是大胆，万一岗亭倒了，塌了，岂不成了个大事故？不过当时我也问过建筑工人，他们说，"高标"水泥，质量有保障！

我设计的岗亭的顶很别致，有一条"边"是向上的，像是飞檐翘角，很有气势，我很满意。我在连队自学了《机械制图》，主视图，左视图，俯视图……简单的图纸也能画画，看到自己凭空的想象。变成了一件真物件，有点小自豪！

有一次在清华大学，我住在母亲的同事程老师家中，见到她的丈夫、清华大学精密仪器系的唐教授。我说，我读过你们出版的教材《机械制图》。真好！老先生很是激动，连声问："有用吗？对你们有用吗？""有用，有用，很实用啊！"他像小孩子一样开心地笑了。我居然在这里见到这本教材的作者，真是分外亲切，格外惊喜！

我还与他下过几盘围棋。不过，这位留学过苏联的大教授，还真没有下过我这个穿着绿军装的"小年轻"！

这是我为连队站岗做过的一件小事。

到了1987年，我从空军报社回到老部队，在导弹营的营部讲课，组稿。在我们一连的阵地上，我又见到了那个岗亭，伫立着，还是挺精神！我很高兴！但可惜的是，那条向上翘角的屋檐变成向下了！（一般人们都以为屋檐总是向下的！不知那是我的创意啊！）也不知被哪位领导用吊车掉了个，翻了个身！这是什么审美？整个没了气势，没了个性！真是煞风景！

我又好气又好笑。

## 二、跑警报

警报！警报！

当低沉的呜呜声响起，转而越来越急促，越来越大声，越来越强烈，最后变成了一种嘶鸣，一种嚣叫，那种声音真是震人耳膜，敲人心弦，让你撕心裂肺！

警报！警报！此时，你必须立即放下手中的一切，立马开始奔跑！向导弹阵地，向你的战位狂奔起来！那种速度，那种紧张，那种激烈，心都要从胸腔中蹦出来！

尤其是我们油机员，必须第一个赶到阵地，到自己的战斗岗位，打开车门，起动，发电！没有电能，制导雷达、导弹发射架就不能转动，低频、中频、高频，再精密的部件组合，再高级的仪器，没有电能也玩不转啊！当我对着话筒大声报告："同步供电好！！"连长会在扬声器中厉声说一句："收到！"

跑警报，全连官兵都飞速地向导弹阵地跑。而我们的营长也会从营指挥所气喘吁吁地跑到阵地，上三号车，下达发射导弹的指令。不是在营指挥所，而是在我们制导连的指挥车上！

大冬天，北方的天气天寒地冻，电源车的蓄电池组打了几下，还是起动不了发动机！怎么办？那就紧急起动！我们还有一套装备，可以用压缩空气强行起动发动机。

这一般都由技师亲自操作。我们车上有两个并联的压缩空气钢瓶，用一个就足够了。用压缩的空气钢瓶强行起动发动机，再带动发电机发电。那个气氛就十分紧张、急迫，那声音也是砰砰的十分强烈，对发动机的损害会很大。但这是战备任务，需要切实保障，容不得半点闪失！就是机器受损，也要保证战备任务完成啊！另外，我们还有一台完好的电源车在一旁随时备用，真是几套方案并用，做到万无一失！（移动电源站，也是导弹营作战的关键装备，需要切实保障！这样的环节，一定是经过周密计算、精确计算的！）

在连队六年，我们没有因为装备故障或人为因素耽误过一次战备任务。

所以，要有 B 方案，关键之处要有明确的冗余，做到万无一失，才能立于不败之地。在连队的六年战备工作中，我学习并掌握了这个理念。这在今后的工作中起到了不小的作用，特别是在独自创业的关键时刻，这个理念会发挥重要作用，能过滤掉许多风险。

警报！警报！那呜呜的、低沉的声音转而变成高亢的警报声，催促你不顾一切，立即行动；抢夺时间，分秒必争！导弹部队，是以"秒"为作战单位的。我们当时的红旗二号导弹，发射后遭遇敌机一般是十几秒到四十秒不等，没有遭遇到目标，在空中自毁时间为五十五秒，正负五秒。所以，时间观念一定要强！要快速，迅速，精确，有力，果决，利索，一步到位！一次就做好，做到高分，做到满分！那就是一个短跑运动员，在瞬间就要爆发出巨大的力量。

（那你在平时就要储备好足够的能量啊！）

转业到地方，我来到苏州电视台，这也是一个以"秒"作为工作时间的单位。工作起来也是争分夺秒，要求快速、迅速、准确、精确。

好在我在部队受过这样的训练，知道这"秒"的宝贵和珍贵！特别是在新闻部，一条及时的、重要的电视新闻都是抢来的，一条最新消息，那真是抢！真是分秒必争！是在短跑，需要强大的爆发力！所以出手一定要快，要果断，要利索，要一步到位！这是我在连队就练出来的！我跑过警报啊！

警报！警报！

1976年，是多事之秋。1月8日，周总理逝世；7月6日，朱德委员长逝世；9月9日，毛主席逝世。伟人逝世，我们全连指战员都跑了警报！部队进入一等战备状态！一种悲痛，一种悲伤的气氛紧紧笼罩在导弹阵地上，也涌动在我们的心头。（这种境遇，是常人难以想象的！）

这些个特殊的时刻，使我真切而深刻地感受到：我们个人的命运是与国家的命运紧紧连在一起的！

1979年2月17日，对越自卫反击战打响，我们又跑了警报！部队进入一等战备状态！

油机轰鸣，雷达旋转，导弹上架。剑拔弩张，气氛十分紧张。扬声器中，不时传来南方的战报，我空军当天出动一千四百多架次，在陆军作战部队的上空呼啸飞行。越南空军避战，它那几百架飞机，经不住我们打呀！后来得知，虽然没有发生空战，但陆军兄弟还是很感谢我们。在对越自卫反击战的战场上，我空军牢牢地掌握着战场的制空权。不管部队推进到哪里，头上都有我们的飞机，再也不像在朝鲜战场上被美军狂轰滥炸，被动挨打。

我们都是在导弹阵地上进入了一等战备状态，严阵以待，警惕地注视着敌方的一举一动……

军人就是坚定的爱国者，不惜以生命捍卫祖国的领土与尊严！这就是信念。这是在战斗的集体，在我们的连队，在这样的生活和经历中，深深地烙在我们的骨肉中的信念！

转业到苏州电视台，我有较长的时间是从事电视对外宣传工作，能真切地感受到西方主流媒体对我们的压制。我们国家的声音在国际上真是太小了，太弱了。我们为中央台四套供片，给黄河电视台供片，都是免费的。有人不理解，有人还举报：他们干得这么欢，这么卖力，一定是有经济利益的，一定是有稿费的！"无利不早起"哦，这是常识！

当时，合作合同一时找不到，我情急之下拿出几册《黄河通讯》，说这是半月刊，内部资料，外面人不知道。我们没有一分钱的稿费，就靠这个：中央外宣办的指示，对外宣传的动态都在这里，我们就靠这个东西来指导思想，组织力量，开展工作。

西方媒体厉害啊，苏联就是被他们搞掉的。"可以十年不将军，不可一日不拱卒"；"谎言重复一千遍就是真理"，把人心搞乱了，不自信了，自动"缴枪"。现在，他们的装备、他们的力量都对准了中国。而我们国家穷啊，只有动用地方的力量和资源，集中起来与他们抗争！

我对他们说，国内外意识形态的斗争，尖锐，激烈，复杂，形势十分严峻！

那些来查我们的人开始认真研究起那些刊物来。他们相信了！投来的是嘉许、欣赏，甚至是尊崇的目光……

爱国心，报国志，那是在我还很年轻时，在我们的连队艰苦、紧张的锤炼，长期地教育培养出来的，也是一次次跑警报跑出来的！

### 三、两顿饭

在连队，我最不理解最有意见的是在星期天，只能吃到两顿饭！

那时没有双休。每到星期天，就是我难熬的日子。为啥？要挨饿！

星期天，没了早操，除了站岗值勤的，大家都可以睡个懒觉。平时工作、训练太紧张，消耗很大，现在需要补个觉。早饭要到上午九点，然后是下午四点才有饭吃，没了晚饭。炊事班只供应两顿。

大清早，我不习惯睡懒觉，还是早早起床。我有我的读书计划，要看书学习做笔记，但是到点了，没有饭吃，真是饿得咕咕叫，饿扁了肚子。忍着，忍着，喝口白开水吧！

有一次，我实在忍不住，就去问连长："为什么星期天只吃两顿饭？"李炳田连长摸着脑袋想了一会，也想不出个所以然来，就说："这是我们部队的光荣传统！"我当时就想，这个传统可不咋样，我不认同！

秋天还好，可以在当地百姓那里买到一些沙果、柿子什么的充充饥，冬天呢，春天呢？真是没有办法！现在想来，为什么当时不买点饼干放在挎包里呢，怕花钱？也许是怕人说是搞特殊，或者是小资产阶级思想作怪吧。

实在忍不住了，我悄悄来到炊事班，跟胖乎乎的李班长说一声，就从伙房的麻袋中拿两块熟豆饼。这是喂猪的饲料，也是我的新发现！

"老华"急眼啦，不客气啦，与"二师兄"争起食来。悄悄放进挎包，实在饿急了，掏出来啃啃，就着那只茶杯，一口豆饼，一口开水，这是"二师兄"的精饲料，倒成了我应急的"压缩饼干"，虽然硬梆梆的难啃，但吃起来还是挺香的，关键是顶饿啊！在我的印象中，我的挎包里，总有一两块黑乎乎应急的"宝贝"。

后来我当了连队的副指导员，我就想改一改这个"光荣传统"，中午时间加一顿小米稀饭，但还是没啥响应者，最后不了了之。

不知现在我们的连队，星期天是不是还只吃两顿饭？

## 四、乒乓球

我的个子不高，打篮球不是我所长。我也有点自知之明，那就打乒乓吧！连队俱乐部有一张乒乓球桌，我是常客。训练时，只要连长休息的哨子一响，我就会拿着球拍朝俱乐部奔去，要抢位子！

打乒乓是"大王"式的，人少时是打二十一个球局，多时是十一个球一局。人太多，只能打五个球一局！那个气氛很激烈也很欢乐。你的本事大，球技好，你就占台，可一直打，"愿打服输"，"甘败下风"。败下阵来的，也是心服口服。

排长相德歧是山东人，平时兄长一样笑嘻嘻的，但球风犀利，扣杀有力而又凌厉，显得十分霸气；技师葛龙高和我同年入伍，个子比我高，发起球来瞪着眼睛，咬牙切齿，龇牙咧嘴的，有点吓人；打起球来，动作很大，很夸张，有点心理战的味道；还有万副连长，李孝虎，蒋心田，贾显刚，蔡广斌，盛定国，周桂宝……

每个人都有自己的风格，自己的个性，自己的球路。

为了能在乒乓桌前站住脚跟，当个"大王"，我也是暗暗琢磨，煞费苦心。我曾到师部驻地张家口市新华书店，买过两本薄薄的小书，《怎样打乒乓球》《乒乓球的旋转》，理论结合实战，我的球技大有长进！对于乒乓球，我也算是个有心人了！

回到地方，一次去淮安，见到战友葛龙高，又聊起乒乓球。他说，我喜欢打乒乓，别看平时我打得不怎么样，有输有赢，但我们单位比赛，有时是整个系统正规比赛，我总是能拿冠军！

我说我也是，出来创业，在小区里买了两个单元房用作办公。房子多，我开辟一间"乒乓球室"，在网上买来桌子，专门打乒乓，锻炼身体，活跃气氛，还提高了员工的士气。（可惜，只坚持了三四年，后来，打球出汗，不能洗澡，慢慢就"熄火"了。现在，乒乓球桌上堆满了淘汰的电脑和其他杂物。）

小孙女开始学乒乓啦，请来苏州大学体育系的老师做教练，一笔一画地教，小孙子也跟着姐姐学起来。一次，他连发了几个球，都没有发过网，懊恼地在乒乓球桌前嚎啕大哭！我帮他抹眼泪，说："好好跟姐姐学，跟老师学，将来也做个'大王'！"

他们学球时，有时我在一旁实在看不下去，一出手，他们的老师就一惊：你爷爷厉害的！

这时，我就会会意地一笑。我想起了我们的连队，想起了那个简朴的乒乓球室，想起我打乒乓球的生涯，嘴角扬起了笑容：那真是一种开心，一种无比畅快的欢乐。

## 五、学文化

1976 年 10 月，粉碎"四人帮"后，国家的经济工作和各项事业逐渐走入正轨。叶剑英元帅主持军委工作，大抓军事训练。我们军事理论的训练时间多了起来，一个月会有十几天、二十几天的时间学理论。这个军事理论训练，就是在宿舍，在各自的铺板上，坐着小马扎学习各种兵器的理论知识、基础知识，对着教材学习。有时会有技师小范围讲课，会有各种研讨。操纵员拿着书本学，不懂的地方由技师解疑释惑，反正各有各的业务，各有各的进度。

这真是天赐良机，我的专业业务已经烂熟，师里技术部的专业助理来对我进行考试，明确可以开卷考，我却要他给我闭卷考，成绩肯定是个优秀! 我吃不饱啊!

军事理论学习，是不能学其他的。聪明如我，就从新华书店买来初中、高中的数学、物理等书籍，开始补习起文化来。这是我的军事基础理论训练!

我文化的起点低啊，虽说是 68 届初中毕业，但初中只上了一个学期，小学是试验制小学，仅上了五年。"文化大革命"开始了，然后是停课"闹革命"、大串联、上山下乡……小小年纪，正是学习的大好时机，就这么乱哄哄的折腾没了!

现在好了，有时间了。老师都是现成的。李炳田连长是西北工业大学毕业的，成培杰副指导员是哈尔滨军事工程学院毕业的，都是高材生。还有万副连长、二排的吴排长，还有许多技师，他们不是大学生就是老高中生，文化底子厚得很啊! 我拿着书，拿着本子，积攒几个问题，东问问，西问问，逮住一个问一个，吃起了"百家饭"。他们都很耐心，不厌其烦地一一解答，都很乐意教你呢!

就这样，囫囵吞枣，不求甚解，只求学个一知半解，学个"大概"，我自学了代数、几何、三角函数、对数、高中物理，一直学到微积分，做了大量的习题，还自学了钳工、机械制图，华罗庚的优选法、运筹学等。

这些都是人类传承下来的知识的精华。特别是数学，它与哲学一样，锻炼了你的抽象思维能力、逻辑推理能力，还有空间的感觉。这些珍贵的"东东"，在你年轻的时候就能了解与掌握，对你走好今后的人生之路，真是大有裨益！

"在紧要处下'闲'功夫，渐成浑厚之势，成不可穷尽之源。"说的就是这种积累知识，搭建自己知识框架的情景和过程吧！

转业回苏州后，先在电视台工作，然后自己创业。有一次，我去看望小学时的语文老师，我的班主任。她已是高龄老人啦，胖乎乎、笑咪咪的。我简单说了一下我的经历、我的创业。她却连连摇头："不对！你们的文化太低，你只有小学程度，你的文化知识不足以支撑你现在的事业！"（老太太真是厉害，竟有这般阅历和见识！）

我告诉她，我当年当兵是在地对空导弹营，是技术兵种，特殊兵种。我们的连队有许多大学生，我的文化课、我的数学课程都补上了！

她惊喜地说，"这就对了！这就对了！哎哟，华平，你真是幸运啊，一万个人里头可能只有一个！"

从她的话语中，可以看到文化知识对一个人的成长是多么的重要！

如果说，我上的第一所"大学"是新华书店，第二所"大学"就是我们的连队！我有许多好老师，我真的很感谢，很感激他们！

当时由于兵器保密，就在四连情报雷达跟前照了一张相，此时，我已是一名技师

## 六、追悼会

在连队印象最深的是一次追悼会。1976年1月8日，周恩来总理逝世。"四人帮"上蹿下跳，气焰十分嚣张。张春桥当时为解放军总政治部主任，明令各部队不准开展悼念活动。但我们陆仲林指导员还是在连队的俱乐部里，拉上窗帘，组织全连官兵开了一个小小的追悼会，悼念敬爱的周总理。

我记得十分清楚，在连队的俱乐部（乒乓球室），一台小小的黑白电视机转播着北京追悼会的实况。随着沉痛的哀乐响起，我们与电视里的人们一样，一鞠躬，二鞠躬，三鞠躬……

没有人会想到，在一个北方偏僻的小山里，在黑沉沉的夜晚，有一群官兵饱含深情，沉痛地悼念我们的总理！

我为指导员的行为捏了一把汗，但很敬佩陆指导员的政治勇气！

在那次张家口的战友聚会上，师长刘振宇举着酒杯，走到陆指导员跟前，真挚而又动情地说："指导员，真的感谢你，你是我人生第一位导师!"说着，扬脖一口干掉了杯中的白酒。这位小我两岁的同年入伍的战士（我是十九岁参军，他十七岁），一步一步成长为这个地空导弹师的师长。

是啊，这位从高炮部队调来的"模范指导员"去过越南，打过美军轰炸机，教育和影响了连队多少人!

记得有一次部队去内蒙古摩托拉练，进行导弹"集火射击"演练。我是技师，与班长为装备不齐有些欠缺而着急恼火。指导员厉声喝道："急什么! 有什么武器打什么仗!"一下子让我沉住了气。四十多年过去了，这个场景，他的这句话我一直没敢忘记。那时，我就二十二三岁。

陆指导员，我们连队的指导员，也是我人生的一位导师!

第二辑

闲趣走笔

# 眼　神

像一阵细雨洒落我心底

那感觉如此神秘

我不禁抬起头看着你

而你并不露痕迹

虽然不言不语叫人难忘记

那是你的眼神明亮又美丽

啊有情天地我满心欢喜……

这是著名歌唱家蔡琴的一首《你的眼神》。现在听来还是那么的亲切，那么的清澈优美，温婉动人，令人回味无穷……

眼神，是一种很奇妙很微妙的东西，只可意会不可言传。

生活、工作中，社交场合上，有时一个眼神的交集、触碰，就会传递出不同的信息、不同的意思、不同的情绪，会产生不同的甚至神奇的效果。

恋人间，有时就一个眼神，就会"来电"，让你怦然心动，魂不守舍；朋友间，有时也就一个眼神，就会让你心领神会，读懂许多内涵；一个眼神的确认，就会产生信任，产生默契，产生行动的力量。

"心有灵犀一点通"，我理解这个"一点"，就是眼神的触碰。眼神的传递、交集和确认。

一个有社会经验的人，一个"老江湖"，在社会生活中处事比较圆滑，能够巧妙地平衡各种关系，比较会"察言观色""鉴貌辨色"，能读懂和应对各种眼神。

孟子说："存乎人者，莫良于眸子……然言犹可以伪为，眸子则有不容伪者。"

他的意思是说，观察一个人的品性，只要看他的眼睛：人的嘴巴会说假话，指东说西，巧言善辩，遮遮掩掩，但眼睛不能，眼神更不能。

眼神很难伪装，很难欺骗；眼神暴露真相。

因为不通英语，我们出国拍摄都带着翻译。携夫人出国旅游也只能跟团，只能做个哑巴。

不能开口说话，不能直接沟通，那么，主要靠的就是眼睛了。靠眼睛去看、去观察、去捕捉、去辨析，去读！再用脑子去思考。

第一次出国是到欧洲，是1994年的秋天。从北京飞到欧洲的门户法兰克福，一下飞机，满眼都是高鼻子，蓝眼睛，人头攒动，但大厅和走道都静悄悄的，毫无喧哗和嘈杂。我们成了外国人，真有点惊讶和不习惯。

欧洲有一个"申根"协议，即有一国的签证，就可以跑不少地方。我们摄制组带着摄像机，跑了德国、奥地利、法国、荷兰、比利时等国，浮光掠影，就是当了一回风光的记录者，真实记录将

在德国和法国拍摄期间，在罗丹的思想者
雕像前拍照

异国他乡的人物和风情，制成纪录片、风光片，给苏州的百姓做宣传。
（坚持改革开放，外面的世界很精彩！）

记得是在德国，我们在街上拍摄，刚站着休息片刻，说笑着，
没有在意，居然有两位华侨穿过宽阔的熙熙攘攘的马路，用一托
盘送给我们两杯热气腾腾的咖啡。那时国内去德国的人少，华人见
了我们十分热情。他们祖上是浙江青田人，开着中餐馆，与我们
说了许多感人的话，眼睛里闪现着满满的真诚和亲切。

我们看到，德国的高速公路，宽畅、平稳，而且不限速，真是羡
慕得不得了。当时我们国家还没有高速公路，现在已经是世界第一了。

一次，随行的领导坐在一个街口的靠椅上休息，突然发出一句
惊叹："德国人真是了不起！你看那些年轻人的步子，你看他们的眼
神！日耳曼民族很厉害啊！那蓝眼睛真和狼一样！"我们这才注意
到那些年轻人的步态：急急地迈动着，大步流星，矫健而有力；那

眼神也是那么犀利，坚定而有力量。

"眼睛是心灵的窗户"，这是装不出来的。一个民族的精神面貌，在来往的行人中，特别是在年轻人的眼神中能够体现出来。

在埃及、印度、约旦、尼泊尔、巴勒斯坦那些极度贫困的国家和欠发达地区，那里的人们，特别是年轻人的眼神里，我读到的是空洞、茫然、无力和无助，真是令人心痛！

而以色列挎着枪的年轻男女的眼神，闪烁的是警惕、冰冷、坚定和几丝骄傲。

一次在巴黎，我在通向黑洞洞地铁站的徐徐下行的手扶电梯上（巴黎的地铁地下有八层），紧挨着一位陌生的中年黑人。他穿着笔挺的西装，也不说话，竟然情不自禁地伸出手来，帮我整理脖子上松散的领带结。我从来没有这样近距离地接触到一个黑人，心里着实一惊！但从他的眼神中，我读出来的是真诚，是关切，是一种善意。他像是在说："瞧你这个中国佬，笨笨拙拙、马马虎虎的，出门这么不讲究！会被人瞧不起的，这可是在巴黎啊！"我有点感动，勉强说一句："Thank you！"一个细小的动作，让我对黑人产生了亲近的好感。

在巴西的圣保罗，旅行团开始自由活动。我们在街道行走着，忽然想去超市看看，买点日常用品带回家。"Is there a supermarket near here？"（"请问，这附近有超市吗？"）这是我的英语课本中的一句话，被我直接搬了出来！一连问了好几个人，都是直摇头。他们不知道附近有没有超市，或者没有听懂我这蹩脚的英语。正巧，我看到一位白胡子老人，拖着一具用于购物的有滑轮的手提包，也许这样可以更加省点力气吧。（有时，在苏州的菜场也可以看见有大妈会用这物件来买菜、购物）我还是那么一句，他听懂了，用手指了指，一脸的诚恳。他看来也说不太清楚，搔着头，竟然急着要拖着那个鼓鼓的手提包，领我们走过去！我当然不能这样麻烦老人，但这使我大为感动。我望着他布满皱纹的脸，他灰白眉毛下的眼睛，他的眼神是那么的清澈、真诚和善良，这位巴西老人家！

在阿根廷的首都布宜诺斯艾利斯，听导游说有赌场（在巴西是没有赌场的），我们有点好奇，要他带我们去看看。我们一行付了"小费"，导游才给安排了汽车。那是一个晚上，赌场设在一个比较偏僻的独立街区，比美国拉斯维加斯和欧洲的小多了，但赌具设施是一样的。在一个轮盘赌的台前，随行一个老板玩得正开心，无意中放错了一堆筹码。由于语言不通，立即引起了一番争执，但很快平息下来。再看那个瘦瘦的高颧骨的男"荷官"，深凹眼窝里有一对老鹰一样的眼睛，眼神冷峻而犀利，寒光闪闪，真是比刀子还要锋利！严密注视着那位老板手上的一举一动，一丝一毫！我抽了一口凉气！"走吧，不玩了！"我拉着那位老板就走，这可不是一般人能玩的地方！

巴西的圣保罗大教堂，是一个很有名气的天主教教堂，也像个"阶梯教堂"，一层一层，朴朴素素，看不出有什么特别之处。往地下的教堂中走去（地底下还有二三层），在楼梯上遇到了一位眉目清秀、长得有点胖的姑娘。她热切地对我们说着银铃般悦耳的话，打着手势，发出邀请，热情地向我们布道，要我们加入她的团体信仰天主教！我们立刻慌了神，摆着手，一个劲地说："We are Chinese！We are Chinese！"再看她那个眼神，着实令我一个震惊！她的眼神，真像一汪清泉，没有一丁儿杂质，那么善良，那么纯洁，那么清澈，不，那真是一种高洁！一种圣洁！

巴西阶梯教堂

这样的眼神，让我刻骨铭心。

我当时在想，要不是身在中国，就凭这样纯洁的清泉般的眼神，天主教，我一定信了！

南非的"桌山"，属世界"八大景观"之一，被称为"上帝的餐桌"。我们是乘电梯上去的，然后再爬上一段。山顶上岩石横陈，十分平坦，确实像一个大桌子。远处是一望无际的大海，还有蓝天白云，在山顶上可以俯瞰世界名城开普敦，风景美丽和壮观。游人不多，四周静悄悄的……

突然身边多了许多年轻的中国人！他们个子并不高大，但很结实，身手矫健，精神饱满，热气腾腾的样子。我感到十分地亲切，忙问你们是中国哪里来的，是一个旅行团的吧？他们说是青岛的，再说下去是海军的（他们都穿的便装，还有不少英姿飒爽的女兵），有人指了指山下停泊在海边的三艘军舰，那是两艘导弹护卫舰，一艘补给舰。我是空军出身，很少接触到海军。印象中我们的海军总是很落后，但看到这三艘军舰，在阳光下银光闪闪，那火炮、导弹发射架，还有舰载的直升机，在码头上持枪警戒的威

在开普敦偶遇中国军舰

武的特种兵，真是威风凛凛！我们国家真的强大起来了！他们是在非洲亚丁湾执行完护航任务返回祖国，路过"桌山"，来这里一饱眼福。

他们小声地叽叽喳喳，拉着互相照相，笑容满面，轻松愉快。

我看他们的眼神，一个个闪烁着喜悦、阳光和朝气，眼神是坚定的，自信的，似乎里面有一种无形的力量！真是神采奕奕，纯纯正正，真是触人心扉，感人肺腑！令你振奋，令你感慨……

我立即想起在美国洛杉矶见到美国大兵的情景。在一个不大的饭店里，我们旅行团队十几个人正围坐着吃饭，突然来了一群穿着迷彩战斗服的美国士兵，个个身材高大，十分威风地挎着枪，神情肃然。他们纪律严整，坐成两桌，没有声响，吃着与我们一样的普通饭菜。但我看到他们的眼神，是一种拘谨，一种空洞和茫然，那里面并没有一种力量，那眼神是涣散的，甚至有一种无力感！（虽然我离开部队多年，但多少有点军人的情结和军人的气质，对军人的气息还是比较敏感的）

"钢多气少"！我立即想起了朝鲜战争。这么多年过去了，仍然还是"钢多气少"！我们还是"气多钢少"吗？不！在我看来，"气"还是多的，还是很饱满，很充足！但现在我们的"钢"已经不比他们少多少了。要是真的撞上了，真的非要打一仗，我们一定还能与老一辈志愿军一样，能够战胜他们！

这是没说的，已经有了答案！就看看这两种眼神的比较，这两种眼神的较量！

1997年，我在苏州电视台国际部任主任，一次，上级让我们接待一家来自丹麦电视台的摄制组并配合他们的工作。摄制组只有一位摄像师、一位编导，两个中年的记者，他们是第一次来中国，而且是从美国拍摄完节目来到这里的。他们到苏州的任务是拍摄一个丹麦南方电视台台长的儿子马腾（中文名字）。他来到苏州，并在苏州找到了女朋友，讲述他俩跨国爱情的故事。这是一个很有意思的记录片，也是一部"关系"片。

两位记者都是典型的北欧人，高个，健壮，黄色的卷发，衣着得体，气质和素养都非常好。看得出来，他们很专业，也很敬业。采访，拍摄，录音，一切细节都在熟练的掌控之中。

但他们对中国有偏见，并不友好，对中国人的一些做法并不理解。对苏州老百姓的不文明、贫穷、落后的情景，有些不屑和反感。与我们相处时，虽然我们积极配合，但那种北欧人的优越感随处可见。"你们引进美国的先进技术就好了，为什么要引进美国的麦当劳、肯德基？""你们这么落后，这叫什么社会主义？我们丹麦才是社会主义！""我们是福利国家，平等社会！"云云，弄得我们也有点反感。

但短短的一个星期，只有一个星期！当他们要离开苏州，离开中国时，他们的态度却完全变了样子！他们对中国对苏州竖起了大拇指："中国不是一般的发展中国家！""中国很有希望！很有前途！"

他们居然消除了那些偏见和隔阂，变得尊重，变得理解，变得发自内心的敬佩起来！

没有人给他们宣传、说教和"洗脑"，一切是那么稀松平常，自然而然，但又有点突如其来。没人会想到他们这么快就改变了观念，改变了态度。

虽然语言不通，但他们也像我一样：到了一个完全陌生的、新鲜的地方，在瞪大着眼睛，敏锐地、努力地去观察、去捕捉、去辨析。聪明正直的丹麦记者在来来往往的人们中，在与他们各种交集的眼神里，读出了中国人的自信，读出了中国人的乐观，读出了中国人旺盛的精神面貌。那是一群一群各式各样普普通通的人，眼中闪烁着一样的希望，他们相信改革开放，相信国家会好起来，只要向前走，就有奔头；只要努力干，就一定会过上好日子！那是一种坚定的向往，一种朴实的希望，几乎每个人都有一种明亮而又坚定的眼神，都有匆匆而坚定的步伐。

丹麦记者在用自己的眼睛在看，在想，在做出自己独立的判断。

在白宫前与美国女高中生合影

**在德国莱茵河前留影**

在异国他乡，在言语不通的时候，就去看，去读，就去观察人们的眼神。这两位可爱、有趣的丹麦记者，和我"殊途同归"，真是"英雄"所见略同啊！

他们是对的。二十多年后，苏州和中国其他地方一样，飞速地发展起来了，已经大大地变了模样。他们如果再到苏州来看一看，走一走，一定会大吃一惊！

他们的眼神一定是十分惊诧的，赞赏而又敬佩的。

而中国崛起的故事，只写了一个序章。

# 用　心

　　用心，是指学一样东西，做一件事情，要十分地认真，用全部的心力，全神贯注，心无旁骛，聚精会神，朝思暮想，废寝忘食。

　　用心，就是"众里寻他千百度，蓦然回首，那人却在，灯火阑珊处"。他在默默地努力，他在用力，用心地学习、做事。

　　那时我还年轻，在空军大院工作。有一位年龄相仿的棋友，是江苏老乡。晚饭过后，我经常去他家下棋。两人黑白分明，棋逢对手，鏖战不已。这是一个聪明精干的人，下棋，喜欢凝思长考，全身心投入。他说，小时候，曾在镇江市的少儿围棋班集训过，后来忙于功课，放弃了，围棋只成了一种业余爱好。他笑着告诉我，"下完棋，我看别人的脸，那脸上浮现的都是一粒粒黑白的围棋子！"我很好笑：这是什么景象，这又是什么样的境界啊！

　　这说明，他比我用心，是在"用心"下棋！

　　年轻时，我经常要写材料、写稿子，也是十分地投入，以致在休息时，在散步或乘车时，眼前常常会出现一串串文字，一段段句子，有的是诗句，有的是段落，有的真是妙语如珠，十分漂亮和出彩！现在想来，当时的我也是在"用心"了！职责所在，不用心不行啊！

现在学太极拳，孟老师也是说要"用心"，用心去体会，去揣摩；看师兄师妹们学习、练习，也是一招一式，在用心地琢磨，在研究，在体悟；因此进步很快。在全省、全国比赛，拿个奖项很轻松。看来学什么东西，都要上心思，朝思暮想，时时上手，要用心！

跟着书法家沈锡泉老师学书法，他也常讲要用心！用心！做到心到、眼到、手到。对着上好的碑帖，你要用心去揣摩，去练习。做到心手相应。再看身边的小朋友，一个个默不做声，对照着字帖，对照老师写的字，全身心地投入。集中心力，一笔一画，认真地书写（真是十分地可爱），他们在用心！

这些老师们都在强调用心！学一样东西，做一件事情，一定要用心，要用足心思，这样你才能学会、学好。你不用心，就是没有用力，那就是白搭，就是在那里瞎混，就是在浪费时间，就是劳而无功，就是功倍事半，就是低效。

"师傅领进门，修行靠个人。"这个修行之路，这个修行的过程，只有靠自己去走，只有靠自己去实现，要用自己的心去学，去练。不然，再高的"高手"，也没有办法帮到你！看来，"英雄所见略同"：用心，用好心思，这是学好东西、做好事情的"不二法门"。

有一个"一万小时的定律"，说的是学一门技艺，需要一万个小时，就是用时间的框架来设定的。只要你积累了一万个小时，就能够学会，学精通了。就像烧开水，不能急的，就是慢慢地改变温度，慢慢地加热，水温了，水热了，水壶响了，先是轻的，然后响起来，越来越响，最后不响了，水开了！

我想：一万小时只是数量的堆积，说的是你敢于积累，敢于坚持，实行长期主义，"聪明人肯下笨功夫"，"扎硬寨，打呆仗"，不走捷径。而用心，就是"茅塞顿开""醍醐灌顶"，这是质量的体现，全神贯注，全身心地投入，用最大的心力，用你的灵性，你的悟性，那是非线性地发展，是蛙跳，是突飞猛进，指数级的进展！两者相结合，才能如虎添翼，大大提高学习的效率与质量。

在电视编导的专业领域，我们也是提倡"用心"的。对于摄像师，我们讲在拍摄时要用心。接到拍摄任务，首先要想一想，怎样才能出色地完成任务。一个会议，最少要有八个场景，前、后、左、右，正面的会标；不光要注意主席台，还要有反打的镜头。下面的听众一定要拍好，要有大镜头，也要有中景的镜头。特别是拍摄主要领导到施工现场时，他戴着安全帽，走在工地上。你要找角度，找到最佳的位置；你要预设他的行动轨迹，走在他的前面拍摄；你要抢机位；一些重要的重大的场合，一些不可再现的珍贵镜头；你都要用心，精力高度集中，在极短的时间内，做出正确的判断，正确的反应；你要十分地敏锐，机智与灵活；你要像一个短跑运动员，你要有爆发力！

其次，要拍好，要有高分的镜头。

不能满足80分的镜头。一场拍摄，90%都是平凡的镜头，但你一定要有所突破，要会去捕捉，去发现精彩的好镜头，高分的镜头！

要抢到、拍到100分、105分的镜头，这是对摄像师起码的要求。我们常常对编导说，"这部片子很重要，你要做好！"而编导却说，"只要前期能拍好，我就能做好！关键是前期拍好，有'好米'我才能做'好饭'！"

是啊，一个高分值的镜头是多么难能可贵！它能让观众眼前一亮，立即增加观看的兴趣与审美情趣。要知道，一个3秒钟、3秒半的105分高分镜头，可以管住后面20秒的片子，一下子提升了片子的质量。人的审美有滞后效应，他还在品味、吮咂、欣赏、回味，跟在后面的80分、75分的镜头，一带而过，不足而论，不足为过。

每一次拍摄，我们要求摄像师总要"拿到"几个100分、105分的精彩镜头。这也是摄像师用心与用力之处。

再次，摄像师要会在现场组织场景。特别是拍摄"微电影"、重要的宣传片、文化片，那就与新闻性的拍摄不一样了。摄像师一定根据分镜头本，根据编导的需要来组织，这是一个十分"活"的活，要充分发挥自己的聪明才智。一组一组地组织，是一串一串镜头的设计与拍摄，不是一个一个单独的镜头了，它们之间的交待，之间的逻辑关系，都要十分的清晰。你要有驾驭、把控现场的能力。要有瞬间的敏锐的发现力、极强的组织力与创造力。这时，你就更要用心了，要用心去做！你的每一个细胞都要活跃起来，爆发出组织和创造的力量来！好的片子，是靠一组组，一个个镜头来实现的，要有实现的办法，实现的力量；这个"实现"就在现场，就在一个个场景之中。这是要靠摄像师与编导在现场一起组织的，而这个"实现"，主要靠的就是摄像师，靠摄像师用心来组织，用心、用力来实现的！

再说编导的用心。我们一直要求编导要用"心"来做片子。给各种镜头打分，给出分数的高低，是用眼光，也是在用"心"来判断，来衡量的。特别是镜头的节奏感，那种"蒙太奇"的手段，为什么这么接，为什么这么剪；这个镜头是多长，是两秒半，还是三秒？没有什么道理可讲，也讲不明白，真是"运用之妙，存乎一心"，"只可意会，不可言传"。那怎么办？我就会说一句：你要用你自己的"心"去判断，用你自己的"心"去体会、去感觉！懵懵懂懂，朦朦胧胧，难以言传；没有办法，这就是经验之谈！

编导接到这个"活"，也是"抱着它"朝思暮想，食不甘、寝不安的。他们沉着脸，也不说话了；他们在思考，在用心！白天想，晚上想，半夜醒来还在想！那真是"为伊消得人憔悴"。

他们是在用心啊！

编导做完一部片子，都要休息一段时间，少者三五天，多者要半个月，因为他们耗费了许多的心血。干力气活，累了，睡一觉就能补回来；但用了心，耗了心血，一时半会是补不了的，要有一个休养生息的时间。

在生活与工作中，如何用心，如何更好地用心？

我以为，主要是体现在记笔记上。工作的要点，学习的要点，用笔把它记下来，记在本子上，分门别类，时时翻看。带笔思考，就是在用心。用工作清单，时时盘点、复盘，不断地总结经验与教训，都是在"用心"。

现在是一个信息化的时代，信息泛滥，时间碎片化严重，人的注意力"飘移"，让我们分心的事情太多啦！如何应对？唯有用心。

有时，我们做事情已经很用力了，费了不少时间与力气，但还是分数不高，质量不高，还是那么粗糙、肤浅，不够精细，不够精确，不够锋利，不能辣人眼球？细究起来，还是用心不够。

你要深度学习，深度思考，唯有用心。不要分心！现在，分心的事情太多了！

所以，你一定要有定力，用心地学习与做事！你如果有些定力，用心地学习与做事，一定会有所成就。做一个有心人，一个用心的人！这是一个非常重要的"法门"。

朋友，今天，你用心了吗？

# 掌 声

2020年9月17日、18日，在五星级的日航大酒店，江苏省烟草总公司在这里召开"全省烟草网络营销现场推进会"。在两天的会上，分别播放了我们摄制的片子：《以始为终共赢未来——江苏烟草商业现代零售终端建设纪实》《金丝利零售，美好生活新篇章》。片子刚刚播放完，居然都获得了哗哗的热烈的掌声！而同时播放的由苏州一家大公司制作的，还有一家南京大公司制作的片子播放完却鸦雀无声，十分落寞。

我很感动，久违了，哗哗的掌声！这是由衷的、情不自禁的掌声！这珍贵的一刻，这热烈的掌声！

为了这激动人心的掌声，我们编导、摄像师，连续加班所付出的汗水和心血，都值了！所受到的委屈和烦恼一笔勾销，一扫而空！

我的心情也是久久不能平静：是什么原因导致我们的片子有掌声，而别人家的就没有？我们的片子出彩在哪里？做得完美，天衣无缝，无懈可击？还是恰到好处，呈现出巨大的艺术冲击力？是因为甲方追求完美，近似苛刻的要求和反反复复地修改？是我们的编导、摄像把握住每一个细节,都做到了高分,做到了极致?是稿子好,播音好,画面好,剪辑好,音乐好⋯⋯是,这些都是。但往深里挖掘呢,是什么底层的逻辑,深层的原因呢?

我想说,是长期的实践,长期的磨炼,不断地总结和提高了我们的技艺。在苏州电视台从事业务工作十三年,自己出来创业十七年,这三十年时间积累的大量教训和经验。特别是这十七年,你不做出好片子,你就没有"饭"吃!在近似残酷的市场经济竞争中,逼迫你钻研业务,提高技艺,不断地胜出!

以前我是在报社从事文字编辑工作,转业到苏州后进入电视行业。幸运的是,刚到电视台不久,领导就送我去北京通县的北京广播电视学院干部班进修了半年。那些教授们把电视专业本科的书统统给我们讲了一遍,并把书都发给了我们:"你们回去再好好读读!"这十几本教材,使我对电视节目的制作和各类知识有了比较系统的认识、基本的了解和掌握。

江苏电视系统的创优工作,对我们提高业务水平有很大的激励和帮助。这项活动每年都要举办一次比赛,省内十三个城市台的社教部、国际部的精英同台竞技,那真是高手如林,一决雌雄!平时,台领导批评我"管理不力,队伍带得松松垮垮",我争辩说"我是思想管理,业务管理",关键时刻不要"掉链子",一定要拿出成绩来,干出业绩来,"一俊遮百丑"啊。只有得奖,并且要得一等奖,你才有"江湖地位"!

这也养成了我们一遇挑战,反而抖擞起斗志和精神来。有一年省外宣系统评片,全省共五个一等奖,我们苏州台国际部竟然拿了三个!以致有好几个城市台做好片子要拿给我们看,给他们提修改意见。

当时的外宣战线，是全国"一盘棋"。中央外宣办、中央台四套，每年都要举办业务培训班，请全国的评委（北京广播电视学院的，中央台的老师们讲课）分析全国一等奖的片子好在哪里，为什么得奖？讲解国外的经典的纪录片，一个个拆解给学员看，分析研究。这对我们眼界的开阔，业务水平的提高，好处真是太大啦！有时一年两次，在北京、上海、绍兴、桂林、汕头、海南……仅江西庐山，我就去过两次。

做出一部好片子很难很难，我们要求编导要"十懂"。懂政治，懂文字，懂画面，懂特技，懂平面（我们制作水平超过电视台，主要靠这一项），懂音乐，懂色彩，懂采访，懂节奏，懂协调（运用之妙，存乎一心）。这"十懂"，就是十把刀子，把把都要锃亮，都要十分地锋利！江湖上的能人，业余的高手，虽然他们很努力，很拼命，也有几把"刷子"，但还是不够。就算有几把刀子，还是不够锋利。这层窗户纸没有捅破，就要努力奋斗好几年，才能"悟道"。

有些编导虽然自我感觉良好，但他们的作品没人鼓掌！没能赢得掌声！也许，更重要的是要忘我。忘我地、执著地、全身心地投入，才能做出好片子。不要总想到钱，想到这部片子能赚多少钱，能拿到多少提成，这不是做好片子的关键。

我们公司的核心理念，第一条就是：真诚而坚定地为社会做贡献！只有这样，你才有坚定的艺术追求，才能自觉地为社会贡献价值，其他都是副产品（包括钱），它们会很自然地到来。

这，才能赢得由衷的赞美，才能得到受众的激赏，才会有热烈的掌声！

这也许就是"掌声响起来"的真正深层次的原因吧。

# 对　标

对标，也许是一条捷径。至少，是一个好方法。

做事情前，有人给你一个"标准件"，"你就按这个做吧！"要求你"对标"，这是最容易、最省心的了，你真要说一声"谢谢啦！"

有一年，苏州某个集团公司要做宣传片，他们办公室的主任给我一部片子："华平，这是成都电视台给某集团做的宣传片，你可以参考一下，不，你要好好学习！他们可是省会电视台！""好，你放心，我会超过它！"我回答得很干脆。只要有对标，我们就有办法！

片子做好了，反复地修改打磨。终于，拿得出手了，甲方也很满意。我却不依不饶，逼着问她一句："怎么样，你说说，我们超过成都没有？"她笑着点头，十分诚恳："超过了，超过了！"

第二年，那家集团公司要做一部汇报片，办公室主任又给我一部片子，还是一句老话："这是深圳台的片子，好好学习！""我超过它！"我还是肯定地回答。只要有对标，事情就好办！

片子做好后，我还是要不依不饶地追问："怎么样，我们超过深圳没有？""超过了，超过了，华平，你就喜欢挑战！越是挑战，你就越来劲！"她笑得很开心！

有了对标的物件，就有了具体的明确的目标，有了创作的激情和干劲！然后，你的审美趣味，你的技艺，你的业务水平因为对标而得到很大的提高。

以后，全国某行业的集团公司工作会议在苏州新城饭店召开。照例先播放宣传片，一共就放三部，第一部是北京的集团公司，它是全国的老大；第二是苏州，是"地主"；第三是上海，他们是全国最大最先进的城市。我看后，转身对一旁的苏州集团公司领导说："你看，我们摄制的片子也不输他们啊，有的方面还超过他们呢！"这位领导笑了。我心里明白，这就是对标的成果。

对标，看似容易实则艰难。

在我公司的会上，我给大家鼓劲："人生能有几回搏！""英雄要有用武之地！""感谢某集团公司为我们提供表现才华的舞台！""我是记者，我清楚地知道：在苏州，埋没的人才多得去了。你们不一样，你们有运气，有机会！有这样好的舞台，你们可以尽情地发挥！""这样的好题材，几年一遇；机不可失，时不再来！""万事俱备，只欠一搏！""我们一定要超越！"

对标，那是真打！擒兔，要用搏狮之力。要用最优秀的人才，集中优质资源，不惜成本，不计代价，火力全开！

对标，就是要拆解，要解构，对"标的"进行解剖，进行分析研究。

要想办法接近它，靠拢它，对它来个"再现"，来个"克隆"。

是的，我们往往"智小而谋大，力小而任重"。那怎样缩短距离，怎样精进？唯有对标。

一个刚刚从大学毕业的学生，一个新鲜人来到公司，往往雄心勃勃，想法和创意多多，很想干一番事业，但是老板总要先泼一盆冷水——你的想法，比你更聪明的人早就想到啦。还是老老实实，踏踏实实地先对个"标"，先对照着干。

一个新手做片子，我们常常会给他一个对标的片子，就照这个片子去做，老老实实，就是照抄。怎样开头，怎样结尾，起、承、转、合，它的音乐，它的节奏……不要创新，就是模仿，就是听话，就是照做。

对标，对标。先模仿，先照抄，然后再创造，再创新。创新并不容易，并不简单！

华为学习西方的管理经验，先用法律的形式先固化，先对标，老老实实学三年，消化吸收，然后再创新。

学习书法，也是一个对标的过程，面对上好的碑帖，静下心来，一点一画，认真临摹笔画、结构、神韵、章法……看似十分枯燥，进展缓慢，其实你的技艺在"突飞猛进"。

在年轻人的成长过程中，张萌提出了"七个人物法"。我的理解就是找到七个比你更优秀的人物，对标他们（真实形象，具体而又可操作），利用"榜样的力量是无穷的"的原理，激发年轻人追赶他们，超越他们。过几年后，再更换更加优秀的人物，对标他们，促使年轻人进步和快速成长。

对标，现在已经成了我的一句口头禅，成了我的一个重要工作方法。

对标，提高了工作效率、工作的质量；对标，加快了新手成长的速度；对标，降低公司的成本，改善了公司的气氛和环境；对标，一切都可以更加简洁更加高效！

当然，对标只是一个简便的方法，只是手段，不是目的。

对标，通过学习和模仿，接近、靠近你对标的"标的"，不断缩短与之的距离，直至与它不相上下，直至最后能够超越它!

这才是对标的真实目的。

# 李医生

认识李医生是因为要测血糖，那时我的血糖有点高。我们小区的隔壁就是一家医院。每周六的早晨，我都要去测一下，怕得糖尿病啊，也怕吃药，想先用控制饮食、加强锻炼的办法来解决这个问题。

李医生是盐城人，七十多岁，中等偏高的个子，方头方脑，身材健硕，眼睛明亮，退休前是医院的外科主任。为了发挥余热，也为了挣点钱帮帮孩子，他来到这家私家医院当医生。上年纪了，医院没让他到二楼主刀（主刀的医生，不仅要有精湛的医术，还要有充沛的体力），就在一楼看门诊。

那时测血糖要挂门诊，一块钱。而去他那里开个单子，就不要收挂号费。所以，有人就去找他，他也就成了个香饽饽，总是坐在外科的门诊室里，穿着白大褂，一脸的不屑，一种居高临下的样子。我们陪着笑脸，小心地说话。因为，他为你省下了一块钱！

有一次，我无意中发现在他的抽屉里，藏着一本王铎的草书字帖，立即抓住机会，投其所好，与他聊起了王铎，与他套个近乎。

但他口气很大，"你看这家医院的招牌，是你们的瓦翁写的。你看，写得什么样子！"他还是那么的不屑！这我就有点不服气啦："瓦翁我认识，很了不起啊！八十四岁时，还得过全国书法一等奖。不过，他拿手的不是行书，而是小楷。""你拿来我看看呢！？"他试探着狡黠地看着我，在将我的军！"好啊，等下一周吧！"我正巧有一本建国以来苏州的书法集，是一位文联的朋友送给我的。"这本集子很珍贵，其中近一半人现在已经不在了，下周你要还我！"我将画册递给他。他没有想到，我还真有一手，真的把瓦翁的小楷作品拿出来了（瓦翁的小楷作品轻易是不示人的，他的真迹很难见到）。

过了一周，我又去测血糖。他的态度立马变了，笑容可掬，和善可亲，真是有点前倨后恭的样子。

我心里好笑："怎么样？好吧？""好，好，我看来看去，最喜欢的是瓦翁的这幅小楷，还有张继馨的这幅扇面，也是小楷。"他抚摸着那本画册的封面，十分珍爱的样子。他很守信用，把这本东西还给了我。

从此，我们成了朋友。

他是世家出身。祖辈就是行医的郎中，从小就要背《黄帝内经》《伤寒论》，练习书法，这是他们的家传。贫困的苏北乡村，也有这等人家。1949 年前，他父亲在上海开个小诊所，养活在苏北的全家。李医生青年时进入医学院，没学中医，学了西医的外科，一辈子治病救人，现在是高级职称。

他的书法是从小练就的"童子功"。爷爷、父亲学的是颜真卿的颜体。李医生学的是欧阳询的欧体。李医生从手机里翻出他写字的照片，真好！清秀，遒劲，老辣。扑面而来的是欧体字的强烈气息。

他告诉我，他早就"出道"了。20 世纪 50 年代末，他在南京上医科大学，正巧在报纸上看到上海市举办书法比赛，便抱着试试的态度投去一幅欧字的正楷，不料中了正楷第一名，成了上海书法协会的会员。他当了三年会员，每年要交三元钱的会费。他说，当了会员，没有什么好处，还要交会费，不参加了！这可是省级的协会会员，为了三元钱的会费（当时也不是小数），说不参加就不参加了。

但书法的兴趣爱好还在，勤学苦练，他的书法艺术日臻成熟。

这使我想起了"早期教育"，想起了家学、家风。中华民族的优秀文化，就是这样一代代传下来的，我们民族的文化底蕴深厚啊。在苏北的一个贫困的农村家庭（他跟我说过，家里人口多，全靠父亲一个人的收入来维持，生活十分清苦），在那落后、贫瘠的土壤里，传统文化的种子在那里顽强地扎根、生长、发育、开花、结果。

我们这些做家长的，或者将来要做家长的人，是否应该重视这个问题？

我经常将有关书法的书籍借给李医生看，互相探讨，海阔天空，一聊就是好长时间。有时我一个星期没去，他就抱怨："我们是朋友啊，你要经常来看我！"

现在，他已经很乐意为我省下一元钱！

我偶尔在拍卖会上买到了瓦翁的书法作品，也会带去给他看。他不再是一脸不屑的样子，而是崇敬地赏读，像是见到了一件极为珍贵的东西。

李医生要回南京去了。临走，他老婆在家里亲手做了一桌菜款待我们夫妇。那天喝的是"五粮液"。他送我两幅笔法作品，作为纪念。

我曾问过他，你的书法这么好，卖过钱吗？他摇头："从来没有卖过，就是自己玩玩，难得送送朋友。"看来，在书法界要混口饭吃，难啊！省级书法协会会员也只能是玩玩，非要国家级协会会员不可。学习、钻研书法艺术的人这么多，能靠书法吃饭的那真是凤毛麟角啊！

李医生医术高明，发表的论文得过不少奖。他多才多艺，不仅书法好，京胡也拉得好，还能写诗词，曾在全国发行的某杂志上得过一等奖。现抄录三首以飨读者：

### 过卢沟桥

狮睁双目怒东眺，国恨家仇气未消。

血债日倭留迹在，钓鱼岛畔又蛮刁。

### 闲吟

又聚诗朋切磋章，金樽潋滟酒飘香。

不吟绿水青山景，贬责官商勾结狂。

### 采桑子

烟波浩渺粼光闪，

芦叶修长，翠鸟深藏，蒲苇依依春意扬。

泛舟靓妹甜歌唱，

芦荡清凉，相约情郎，

笑语欢声品粽香。

# 航拍的乐趣

玩影视的就像个农民，整天"看天"吃饭。苏州的阴雨天多，哪一天阳光灿烂，天空透澈而你没出去拍摄，心里就不是个滋味，觉得对不住老天！

自从买了一架可以航拍的四轴小飞机，我每每看天气预报，除了是晴是雨，还要看风，是三至四级，还是四至五级，有没有阵风？因为，我们可能要飞！

这玩艺儿真是好，小巧玲珑，又肯听招呼，一下子稳稳地飞个几百米，又带着小小的高清摄像机。监视器的画面里，居高临下，煞有气势！

以前我们没有这玩艺儿，一直十分珍惜手上的航拍镜头，遇到重要片子的开头结尾才用上几个，来"压一压"增加点"分量"，可镜头还是标清的，毛毛糙糙经不住细瞅。现在好了，有了这个利器，多了一个高高的视角和视点，多了一个重要的手段，一下子可以提高片子的质量和气势！

我们在太湖上空飞，阳光明媚，波光粼粼，远山近水，十分寥阔；远处帆影点点，近处苇叶青青，芦花洁白，一片圣洁。

我们在运河上空飞，笔直的河道，逶迤的船队，高耸的建筑，古老的城墙，尽收眼底。

我们在高速公路上空飞，那忙碌而蚁行的汽车，刚劲而通向天边的直线，拐弯处优美的曲线，特别是到那公路的交汇处，在地面上会画出一个个美丽的几何图形，那可是只有在空中才可以看到的美景！

原苏州国画院院长孙君良，以画苏州园林而著名。他曾郑重地告诉我，你们拍摄苏州园林，视点一定要高，要能俯视、鸟瞰，才可以拍出园林的全貌，把握住整个全局。

当时我一直犯愁，视点要高，怎么实现？用大摇臂？用升降机？这要费多大的事儿！现在好了，有了这架小飞机，一切都不在话下，腾地升上去，几十米，一百米，二百米，青葱的树木，黛色的建筑，清亮的池塘，全局、全貌一览无余，尽在眼前！

春天，我们拍摄油菜花，拍摄满山的春色，垂柳、繁花，采摘碧螺春的茶园……

秋天，在太湖畔，我们拍摄橘林，拍那阳光下星星点点金黄的橘子；拍那古老的银杏树，那浓浓的色彩，叙说着秋天的故事……

一天下午，已是三点多，我们从光福拍太湖返回，路过司徒庙，我灵机一动，下车！打电话请示镇领导后，我们进入寺内。下午的阳光极是柔和，天空湛蓝透彻，飘着些许白云，"清、奇、古、怪"，这四棵千年的古柏，在阳光下是那么的庄重和肃穆，寺内竟无一个游客！静静的，就我们几个，真是天赐良机！

我们放飞小飞机，嗡嗡地款款升起，在上空悠悠地转着圈，对这四棵古柏来一个俯视和环视，然后降下来，围绕着古柏，像蜜蜂，像蜻蜓在一定的高度对着古树平移，叮、啄，真是一番"穿花蛱蝶深深见，点水蜻蜓款款飞"（杜甫《曲江》）的景象。细心的观众看到这样新的视点，可能会揣测，这么好看的镜头是怎么拍摄的？机位在哪里？是用大摇臂，还是导轨？呵，想不到吧，是这小东东、小精灵拍摄的！

当然，拍摄不总是一帆风顺的，也有过惊险的一幕。小飞机主要是怕风大和电磁干扰。

一天，我们在吴江拍摄古迹"垂虹桥"。飞机刚升上天空，突然"沙沙"地一片声响，监视器顿时黑掉了！但不久它又"沙沙"地勉强恢复正常。我们一看前面那个高高的电讯发射塔，马上明白过来，立即"鸣金收兵"。

还有一次，在桐泾公园里拍摄，小飞机正向北方飞去，我们紧张地盯着监视器，突然小飞机失去了控制，竟自个儿慢慢地飞回了原地，再慢慢地原地下降！遥控器再怎么拨拉也不听指挥！虽然小飞机有 GPS 卫星定位，但因为有风，偏离了七八米，一头栽倒在一棵柳树上，正要翻滚着落地，摄像师眼明手疾，抢上去一把抱住！原来前方高楼有个"信息中心"，电子发射系统十分强大，小飞机瞬间栽了！事后请教老师，说是遇上这般情况，还是有方法对付的。这下飞机的翼片受损，失去了精微的平衡，起动后一再报警。好在我们还有一副备份机翼，换上后又焕然一新。

在空中看苏州，这座"东方威尼斯"既有山水秀美的一面，又是那么的大气和雄阔；建筑整齐而错落有致，街道笔直，车水马龙，显得那么干净。整个城市规划得井井有条，到处充满了生气。

苏州真是一个美丽而又令人骄傲的城市！

我感慨科技飞速的发展，将过去不可想象的事情轻易地实现了。

四轴小飞机是个新鲜事儿，还有不少需要完善的地方，但它的确带来了拍摄的便利，提高了片子的品位和档次。

"工欲善其事，必先利其器"，那大摇臂有好几个大箱子，还有不少的配件，从面包车上抬下，要好几个人用近两个小时安装调试，才能投入拍摄。还没拍摄几个镜头，又要挪地方，拆下又要一个多小时，既费时又费力！

自从有了小飞机，拍摄不再是一个"一身泥一身汗"的活儿，小箱子一提，是那么的轻松、方便，像是孩童在玩耍，充满了乐趣！

我感慨自己的小公司生逢其时，才享受科技的复利和红利，才赶上了这样的好时光！

都说传媒业仍然是一个充满生气的朝阳产业，文化产业又列入了国家的支柱产业之一。看来，小飞机，还真有得飞哩！

# 人文也是景观

人文景观，是指人们在日常生活中，为了满足一些物质和精神等方面的审美需要，在自然景观的基础上，叠加了文化特质而构成的景观；在中国的文化界、旅游界，人文景观往往是不可分的，我却把它硬是分开来，说："人文"，也是景观，可能有点儿"俗"。

如今还在抗疫的阶段，大家都不可出国旅游（最多只能就近跑跑），一个个憋闷在家中，怪委曲，怪难受的。这使我想起前几年出国旅游的景象，那种快意，那种轻松与欢乐，现在咀嚼一番，还是蛮有味道……

前些年，我与夫人每年都有个旅游计划，一起趴在地板上摊着的偌大世界地图面前，拿着放大镜，认真地指指点点。目的地当然主要是国外，在工作的淡季（我们的工作一般上半年空，下半年忙），给自己放个假，增加点见识，身心也轻松一下。

刚开始出来创业，不敢离公司半步。七八年后，公司的运作稳定和正常了。看别人旅游，东跑西颠的，心也痒痒的，也想往外跑。先是花一个星期到了西藏，蓝天白云，晴空碧透；雪山平湖，布达拉宫，真是美不胜收，收获也是满满，自己的身体也得到了考验。现在有了手机，沟通联系方便，指定一个中层干部负责，充分授权；离开我，公司完全可以照常运转，天也没有塌下来。

然后是日本、中国台湾，再就远啦，一下十多天、二十多天，到了美国，到了南非、阿联酋，到了澳大利亚、新西兰，到了欧洲诸国，到了俄罗斯，到了埃及、以色列，到了印度、尼泊尔，到了巴西、阿根廷……

在那里，我们观赏自然景观和人文景观，大江大海，名山瀑布，世界森林公园，著名教堂、雕塑、壁画，尼罗河、金字塔、泰姬陵、凡尔赛宫、夏威夷的珍珠港……面对车水马龙，面对埃及、印度沿街乞讨的纯真孩子，面对以色列挎着枪在街上行走的美丽女兵，令人思绪万千，有点唐代诗人陈子昂"念天地之悠悠，独怆然而涕下"的感觉……

中国的古人讲究读万卷书，行万里路。有一年，我们到了大西洋的好望角，看到在一块黑黢黢的悬崖石壁上，竖着一块中文的牌子：这里距离中国北京一万二千三百公里。另处还有一块牌子，写着这里距离美国纽约一万四千公里……面对滔滔的无垠的大海大洋，我不禁感叹：古人行万里路要一辈子，而现在，只要几天时间就可能达到，时空的跨越如此巨大……

在旅游中，你打开了视野，你也成了"外国人"。走在陌生的国家、陌生的人群中，你是那么新鲜和兴奋，感觉敏锐，心情大好！在国外，你看自然风光，看历史文化遗迹，看各种各样的景观，看宗教，看风俗，看不同国家普通人的生活，你在增加你的经历和阅历。在一个新鲜的环境中，你会自觉不自觉地做比较；你会比较深入地思考，会真切地感受到中国实行改革开放，国力大增，社会稳定，效果明显；你会感到赚钱很重要，健康很重要，时间很重要，成长更重要；你会更新观念，会有更多自己新鲜独到的见解；你会更加自尊和自信，身为中国人，你会有一种自豪感，你会更加爱国。看来看去，比来比去，还是中国好，还是家乡好。说到最后，还是我们苏州好啊！

"人文"也是景观。对我来说，此"人文"不是那"人文"，此"景观"也不是那"景观"。我说的是眼睛也要向内看，看看旅游团的内部，看看各行各色的人物，也是一种难得的"景观"，值得欣赏，值得珍惜。这些临时凑起来的团队，有时十几个人，有时二十多人。他们来自天南海北，习俗各异，腔调不同，真是鱼龙混杂，但"他们怀着一个共同的目标，走到一起来了"。

**约旦古教堂及沙漠**

这里有许多有趣的人物，有各个行业的牛人。他们有故事，有阅历，有不同的生活。这是你平时在苏州，在你身边遇不到的人物。这就是我说的"人文景观"。

两个上海的老知青是老同学，在新疆建设兵团三十多年，退休后回到了上海。他们饱经风霜，却是那么的质朴和真诚，根本没有大城市人的那种优越感，与我们夫妇有着共同的经历，惺惺相惜，无话不谈。

一位来自合肥的、以前是中国科技大学的老师，现在是"科大迅飞"的副总，个子高高的，温文尔雅，知识渊博，在科技创新方面，很有建树。他们一家三口出来旅游，和我家十分投缘，临别时，他悄悄告诉我，"你可以关注我们的股票"。回来后，我开始关注他们公司的股票，眼睁睁看它在很短时间内上涨50%，但我一股也没有买啊！

浙江温州的开小纺织厂的一家人，老老少少好几口子出来旅游，热热闹闹的。一天，老头子突然拿着他的手机，走到我跟前："你看，这是我的女婿，空军中校，去年在全空军比武，拿到了'金头盔'！"哦，还有这等人物，我又惊又喜！手机照片里的飞行员，中等个，年轻英武，了不起！"你女儿呢？""在这里！女儿是空军少校，在卫生队工作。"他手机上照片里女儿年轻漂亮，穿着一身绿军装，别有一番神采。"'金头盔'厉害啊！那是硬打出来的！"我竖起了大拇指。"他原在西北，是一个飞行团的参谋长，评上'金头盔'后，就调到了南部战区，到了福建，那儿离钓鱼岛近啊。"老太太也凑过来，忧心忡忡："你看，与日本人会不会打起来？"

我沉吟了一下，安慰她："只要我们时时刻刻准备打，就不会打起来！"整个气氛一下子严肃起来。平时一家人欢声笑语，看似无忧无虑的生活中，也藏着冷峻和忧虑……这是真切的、现实的，就发生在你的旅行途中。以往在苏州，在我们平凡的环境中，是不会遇见这样的情景的。

有一位六十多岁的汉子，说是上过战场，偶然捡回一条命。怎么回事？我立即对他有了兴趣，凑过去问个究竟。原来他当过装甲兵，在对越自卫反击战中，他们坦克团从大西北调到了广西前线。一个团几十辆坦克，打得只剩下九辆，他的坦克也被越军60式火箭筒弹头打穿，幸运的是一枚臭弹，没有爆炸。如果炸响，坦克肚里都是炮弹，他就彻底"光荣"啦。"你们的团长、政委呢？"我急着问。"都牺牲了，他们分别乘坐坦克，也是冲在了前面，都战死了。坦克兵战死是很难看的，尸体都烧焦了。"他沉重地说。

团长、政委都战死，这印证了我在空军所亲眼看到的：侦察机团长亲自飞长机，突入敌后，进行越境侦察。试飞团团长黄柄新，亲自担任歼82式飞豹战机的首席试飞员。看来不光是我们空军是这样，陆军也是这样！我们军队英勇顽强，党员、干部带头冲锋的光荣传统还在！

这样生动的故事，这样鲜活的人物就在你的面前，触人心扉，也激发人的思考。这种经历开阔了你的眼界，丰富了你的阅历，也坚定了你的一些理念或是信念。

还有一个牛人，一位陆军部队的副师级干部，胖墩墩，见人总是笑容满面的。他转业到江西省委机关党委工作，到地方后发奋学习，攻读学位，攻读英语，获得了硕士学位，又读到博士。他主攻生态环境保护，为写论文去了澳大利亚、新西兰、北欧诸国和巴西、阿根廷，还乘科考船去了北极、南极。"这么冷，你为什么要去？"我有点不解。"必须实地考察，论文写得才真实可信，才有血有肉。

在尼泊尔观赏喜马拉雅山日出

我还拍摄了不少的照片。从书本到书本，那样的文章没有分量！"他回答我。他出了五本书了，计划是这辈子出书十本！

这么一个文人，居然在南极科考时，从科考船上跳入满是冰碴的海水中，获得"南极勇士"奖章和一本大红的证书，有照片为证！"你真是人中龙凤啊，为我们解放军长脸了！"我笑得眼睛眯成一条缝。

这些人物让你敬佩不已，他们的故事让你回味无穷，久久不能忘怀。这是在平时遇不到的，只有在旅游中，在随机的组团中，才有缘来相会。以前，我们夫妇也相邀同学、朋友一同旅游，互相有个照应，但后来发现还是跟团、拼团好，可以结识新朋友，更加新鲜有趣，有所受益。

这让我深信，"人文"也是景观。走万里路，除了看自然，看风景，呼吸新鲜空气，还要看人物、听故事，听旅伴们的故事，有的真的很精彩。

# 我的藏书

这是几年前的事了。我偕夫人去南非旅游，面对好望角碧波滔滔、一望无际的海浪，心情十分畅快……突然，头脑中一道闪电：想起万里之外的苏州留园的微电影剧本（因为经费问题没有做成），这是个急活，必须马上跟进。我们的编导在写，但总感觉"嫩"了点，没有切实的把握。"双管齐下"！给笔杆子卜老师打个电话，让她也写一稿试试。卜老师在电话里说是很乐意，但没有资料。我说你在网上查查，你以前去过留园吗？（我们的编导是个外地人，卜老师也是）。卜老师说当然去过，但一定要有资料才能写。

立马再给编导打电话，让他在我们单位的书房门的对面书橱里和左边的书橱中找出资料，马上给卜老师送去。

一周后回到苏州，剧本的初稿已经写好，一看的确不错。卜老师谈起剧情十分激动和兴奋，一个劲地夸赞我们给她的资料。"多亏了这些资料，我可是花了两天时间全部读完的，特别是《走读苏州》和《江南名园》，真好！你怎么会有七本这样的书？"

我笑了：这是长年的积累，这是藏书的好处。

我的体会是，一个人要真正做好一件事情，一定要对这件事情有较为全面与深入的了解。要尽量收集相关的资料，就要藏书。一个编导要做好自己的工作，也一定要有属于自己的资料库，有自己的藏书。

书籍，是文化积淀和传承的载体，对一个人的成长起到重要甚至关键的作用。

我的第一本藏书是图文并茂的《少林拳拳谱》。1969年3月，我临下乡时父亲送的。当时我还不满十六周岁，要到苏北的农场去劳动（那时叫建设兵团）。由于我家子女多，经济条件差，我从小营养不良，长得十分瘦弱。父亲怕我在外面吃亏，让我学一点拳脚用于防身吧。可没几个月，这本偷偷压在被褥下的发黄的旧书就被人拿走了，再也没有出现过……

下乡满一年，回家探亲十五天。在苏州见到了一个同学，他悄悄告诉我，家里有一本《辞海》，祖传的。我急着要他拿给我看看。他拿来了一本发黄还有点残破的《辞海》，宽大厚重。（李嘉诚青少年时，也是靠一本《辞海》"抢学问"而起家的！）我读了才三天，就被他给要回去了。说是他父亲知道了，要他立即拿回去。那是1970年，"文化大革命"刚刚结束。那个时代是"文化的荒漠"，对书，尤其是旧书，大家心有余悸，唯恐被人发现后受到指责和批判。寻常人家，藏有这样一本大书，真是了不起的一件事情！

后来我从地空导弹师的政治部组织科调到空军报社，科长说要送我一件东西，问我要什么？我脱口而出："就我们科那本《辞海》吧！"我记得很清楚，那本书二十二元，天价！这是当时我藏书中最贵的一本。在报社当编辑，我就靠两本大书，一本是《辞源》，一本就是《辞海》

就是那次从农场回苏州的探亲假期，我翻遍家中不多的藏书，将几本父亲上党校的课本带回农场（我父亲是个一般的科级干部），那些书真是纸质粗糙、浆黄。记得有一本艾思奇的《辩证唯物主义和历史唯物主义》，极通俗的那种，可对当时的我来说，已是"天书"，看得直打瞌睡。

　　十九岁从农场当兵，一有空就去驻地的新华书店，竟和书店卖书的职工成了朋友。我置办了一只小木箱，专门放我的藏书。

　　在农场的同学仍在帮助我，一本《心理学概论》的读书摘录，是用复写纸抄的，怕超重，分三次寄来。我再将它抄在笔记本上，读到"记忆的方法"和"遗忘曲线"时，感到应该让更多的人知道这些有用的知识，就整理后作为稿件寄给《空军报》，几个月后竟然发表了！

　　在报纸发表了几篇文章，我从连队副指导员的岗位调到师部组织科任干事。当干事就要写材料，我虽然在部队和地方报纸上发表过几首小诗和几篇豆腐干文章，可就是不会写材料，不会洋洋洒洒，不会写那些空话和套话，这完全是两个套路啊！正为这事心急苦恼，一天在张家口市（当时师部的驻地）的新华书店买到一本《形象思维的逻辑》，是一位中学语文老师写的，写得啰哩八嗦，颠三倒四，十分混乱；但它讲解的复合句的组成与段落、语境之间内在的逻辑关系，犹如醍醐灌顶，使我茅塞顿开，就此我学会了写材料。我靠这本书捅破了写材料这层"窗户纸"，再反复阅读《古文观止》里所喜爱的文章，终于成为师政治部的一名"笔杆子"。

　　可这本书给一位同事借走，他默默地当作"宝物"，再也没有还给我。

　　一次偶然的机会，我买到一本奇书——《奇特的一生》，是说当时苏联的一位昆虫学家柳比歇夫，利用他创造的时间统计法，大大提高了工作和学习的效率，在科学研究上做出了许多成就。我读后大受启发，也试用了好几年，当时感到此书实在好。

等到下一个星期天，我骑自行车又去书店买了一本。那是1980年6月27日，三角七分钱，封面是黄褐色的，印刷十分粗糙。（日子记得那么清楚，那是我在这本书上随手写下了买书的日期。）

从部队回苏州探亲的路途上，在卧铺车厢里，我仍带着这本书，因为它薄，耐看，我十分喜欢。一位邻座的中年妇女翻了翻，竟然爱不释手。终于，她对我开口了："解放军同志，我是一个外交官，苏州人，长年在国外工作，没有时间教育孩子，我愿出三倍的价格买下这本书送给小孩子。"我虽然有两本，但还是狠狠心，摇了摇头！因为我实在太喜爱这本书！

后来，这两本书，我留了一本，送了儿子一本。现在我的那本找不到了，另一本还在儿子的书架上。

调到空军报社后，读书和藏书的条件大为改善。报社为提高编辑的水平和能力，每月给一百元购书费，我再从工资中拿出一百元（当时我的工资大概有六七百元了）用于买书。在20世纪80年代，每月有二百元买书，是一件很奢侈的事情！加上北京的书店多且大，西单、王府井，还有凭记者证进入的内部书店。我的藏书一下子多了起来。六年后转业回苏州，居然装满了四个大书橱。

有段时间，我迷上了围棋，在书店见到围棋书就买。闲来点一点，竟有三百本之多。在苏州新闻界，我的围棋水平一般，但围棋书一定算是多的了！

记得看过介绍韩国围棋手李昌镐的文章，他从小师从曹薰铉，作为入室弟子寄住老师家三年，遍读曹薰铉家藏数千册围棋书，每册三遍以上，于是成了"石佛"，青出于蓝而胜于蓝，终成一代高手。

转业回到苏州，一下子感到大不一样了。街上转转，一是感到书店少；二是书的周转慢。一个月后再去看看，书店还是老样子，没有变化。加上住房小，我有十多年没有买什么书。有时我还乘火车到上海的福州路书店，特意去买几本回来。近来二十多年，思想解放，文化繁荣，可买的书才感到多了起来。这几年又时兴网络购书，更是方便。但我还是喜欢有空逛逛书店，这已成为我生活中的一桩乐事。

家中的藏书对小孩的影响是很大的。从前住房挤，书房小，我就将一些三四流的书籍放在儿子卧室的书架上。儿子小学三年级时，经常会抽出书架上的"闲书"浏览。这可不妙啊! 换书! 我立即将自己认为一流的好书全都换到他的书架上。一套从北京带回来的《梁实秋散文》四卷本，他看了好多遍，也养成了他现在"好吃"的嗜好。

正是少儿成长的心理逆反期，你推荐什么书，他偏不读。无奈，我就换个办法，将自以为的好书看似很不经意地放在一个显眼的地方，让他去发现，去随手翻阅。一次出差前，我将一本《朱光潜美学文学论文选集》搁在电视机前。回来后，他妈妈喜滋滋地告诉我："这本书他看了，看了整整一个星期!"

书籍影响了儿子的人生，高中分文理科，他读了文科。读大学时他替同学作功课、写论文，成了"枪手"。他最好的成绩是2007年硕士生实习期，在我的影视工作室一年，创作了反映费孝通学术研究和人生之路的《江村故事》，获得当年"全国纪录片二等奖"。那是他自己撰稿，自己拍摄，然后又是自己剪辑独立完成的。那篇解说词，还收进了一本很厚的集子里。

后来他考上了公务员。有一次他颇为得意地告诉我："爸爸，你猜我现在写材料的署名是什么？单位的名称！"他的文章也上了《新华日报》。他，干起了我年轻时的"营生"。

真是"世间数百年旧家，无非积德；天下第一件好事，还是读书。"

儿子有一句很感慨的话，我记得十分清楚："等我有了孩子，我要让他在书堆里爬！"他的女儿满月"抓周"，七八样东西，最后抓的果然是书！

是啊，乱世黄金，盛世收藏。现在人们都喜爱收藏，字画，玉器，石头，钱币，红木家具……但我认为，藏书才是最好的收藏，最好的投资。它投入极小，产出或收益极大！

一本《海军司令刘华清》，作者用了十三年时间，采访了二百多位不同人士终于写成；一本《生命的力量》，就是作者毕生对社会最大的贡献，写出了景克宁老先生不凡的一生。它传递的精神力量是多么的巨大！一本《主流，谁将打赢全球文化战争》，像在月亮上看地球，从美国的好莱坞到印度的宝莱坞电影，从日本的漫画影响到韩国韩剧的出口，从半岛电视台新闻加娱乐模式到欧洲的反主流文化，从国际版图看各种文化的特质，使你一下子开阔了视野，进而激发并强化你对中国当今文化发展的自觉和自信。

还有阎学通的《历史的惯性》，双石的《开国第一战：抗美援朝战争全景纪实》，何裕民的《别让癌症盯上你》，日本作者渡边淳一《钝感力》，斋藤一人的《微差力》，等等……这些作者大多具有深厚的文化积淀，积累了丰富的实践经验，并花了多年的心血写作而成。你只要花几十元钱，就能阅读、收藏。这些好书能开阔你的眼界，增长你的知识和智慧，给你的生活和工作带来许多的益处。

我们都是草民、凡人，工作的繁重，竞争的激烈，生活的琐碎，世俗的陋习，难免让我们身心疲惫，情绪低落。这时，唯有打开书本，你才能触摸到那些不一样的人和事。那些国内外的能人、高人、伟人，通过文字娓娓讲述各自的经历和故事，叙述着浅显或深邃的道理，抚慰着你的心情，启迪你的智慧，滋养你的心灵，激发你继续前行的力量！

要说我有多少藏书，没有细数。以前放在儿子房间的那些好书，自然成了他的。他的房子里，各种书籍堆砌成宽阔的"一墙"。

我在单位里的书房有六个书橱，家中的小书房有三个高大的书橱。一个"内卫"改成书库，专门定制了七个书橱，都塞得满满当当，藏书少说也应该有四五千册了吧。

我的梦想是在将来的住所里，有一层楼专门存放各种各样的书籍；在有生之年，藏书达到一万册之多！

那是多么大的规模，多么大的满足啊！

也许有人会说，华平，你傻啊，以后都是电子书了！十万本都可以是薄薄的一本！但我会摇头：这可不是我的理想和梦想！我就是要藏纸质的书，那才叫真实！才有感觉，才有味道……

# 读一千本书

哈佛前任校长鲁登斯坦曾说："从来没有一个时代，像今天这样需要不断地、随时随地地、快速高效地学习。过去，一个人全部知识的 80% 是在学校获得的，其余 20% 则依靠在工作阶段的学习获得；而现在完全相反，在学校学习到的知识不过占 20%，而80% 的知识都需要你在漫长的一生中通过不断学习和实践获得。那种依靠在学校时学习到的知识就可以应付一切且受用终身的时代，已经一去不复返！"（《哈佛凌晨四点半》第 14 页）

他说的这个学习，我的理解主要是读书。

而读书有什么好处和乐趣呢？

在《思考中医》一书中，作者刘力红提到七点：

1. 增长知识，不过这只占很小的比例。

2. 增强我们在某一领域内的信念，这一点占很大的比例。

3. 向我们崇拜的思想和人物看齐。

4. 无形中使我们在境界和气度上接近于那些伟人。

5. 歪打正着地激发出某些灵感，从而获得一系列问题的解决。

6. 可以毫无顾忌地批评名人，甚至是伟人们的"不是"之处，而往往是在这个批评的过程中，我们总结了思想，获得了新认识。

7. 温故而知新。尤其是对经典的阅读更是如此。

刘力红讲得中肯，新鲜，也很特别。他是一个有思想的人。

而我，只是一味地蛮干，算是一个肯下笨功夫的人。


要读一千本。你最少要读一千本书，你要用最快的时间读完一千本书！我在读书时，有时会碰到这样的话题。为什么要有量，要这么多的量？非要一千本呢？它是一个标配吗？它有科学性吗？对此我有疑问。

书，要多读那是真的！

多多益善，可以不求甚解！

在北方当兵，我路过北京或去北京出差，就会到清华大学去。我母亲的一个同事，也是我小学母校的校长——程校长的家就在那里。她的丈夫唐老师是精密仪器系的教授，曾在苏联留过学。在她的家里都是书。宽敞的房子，书码到了房顶，胖墩墩的唐教授经常站在一架梯子上整理书籍。那时，年轻的我就惊叹：一个教授，要有多大的学问，要读多少书啊，而且全是专业的书，还有英文、俄文、德文的外国书！

乔良将军家里也是书多。哲学类的，军事的，历史的，文学的，琳琅满目，真的快要"溢"出来了！有一次空军大院重新分配房子，为了公平起见，根据军龄、军阶、职务来分房。乔良当时只是个副团职，却非要分个大房子！理由就是他有那么多的书，实在没有地方放！领导到他家里看了看，实在没招，还真给他分了一个大的！谁叫空军就只有一个乔良（《超限战》的作者）呢！

让我开眼界的是在北京建国门的中国社会科学院资料室，书真是多啊！一排一排，多大的阵仗！我姐有一个同学的姐姐在那里做研究员，让我有事可以去北京找她。她一次能在资料室借三十本书，借阅的时间可以长达半年！我有机会就找她借书带回部队看。我借过艾青的《诗论》，还有几本明清时期《沧浪诗话》等诗词论著，对我提高写诗水平帮助很大。

在北京拍摄费孝通先生纪录片时，我没有看到他家中有多少的书。一次无意中我们去他家的地下室帮助搬东西，打开大门，哇，"宝贝"全在这里！一个大书库！煞是吓人！一个大学者，一个大学问家，他拥有多少书，他要读多少书啊！真是"会当凌绝顶，一览众山小"！

为什么非要读一千本书？

这可能说是一个最基本的量，一个人要打造并提高文化素养的基本的量。而且，为了便于掌握、说明和衡量，用了一个数量词：一千本！

在王梦奎编著的《怎样写文章》一书中，胡绳提到胡耀邦向中青年干部提出了一个要求，即需要阅读两亿字的书。有人估算了一下，认为一个人要用五十年的时间才能实现这个要求。也就是说，每年读四百万字，每天读一万多字。他认为，年轻的同志应该努力在十五年到二十年的时间内完成这个任务。这是应该能做到的。

两亿字的书当然包括小说，包括使人增长见闻、丰富知识的人物传记、旅游记、记述历史史实的著作等。这些并不都是需要正襟危坐、逐句细读的。他认为，应该养成快读的能力和习惯。有许多小说，一小时可以看四五万字。读理论著作不能像看小说那样快，但我认为平均一小时读两万字左右是能够做到的。即使是马恩全集里的书，有的需要精读，但有的也可以较快地浏览。在两亿字的书中，四分之一的书要精读，四分之三的书可以浏览。那么，每天抽出两小时来读书，在十五年到二十年的时间里完成这个任务是可能的。

王梦奎和胡绳的记叙，给了我很大的启发。因为它有量的规定，有数字的规定：两亿字，十五年到二十年的时间。这样就打动了我：我来试一下，挑战一下！两亿字，如果每本书平均二十万字，也就是一千本！

大概地估算下来，那年是 2009 年，我可能已经读过一千本书了，但没有真实的数字和证据。当时我的藏书已经有二三千册了，加上时间的推算，我认真读书也有二十多年，其中的小说、历史类的书还不多。但是只是估算、推算，没有切实的凭证和证据。

也算巧合，我的一本手抄的读书笔记本找不到了，东翻西找，很是着急！突然一个灵感：今后我的读书笔记就记在电脑中吧，然后复制在几个 U 盘中，这样就保险了。有了备份，不怕再找不到了！今后还可以像传家宝那样，传给小孩，让他们好好地读书，有个独门的"武功秘籍"，方能够在社会上立足，去闯荡"江湖"。

在这小小的 U 盘或移动硬盘里面，有着爸爸或爷爷读书的"精华露"！"百善孝为先，读书传万代"啊，中国的传统文化就是这么说的。费孝通的老师吴文藻（北京大学社会学系的教授，作家谢冰心的丈夫）临去世前，就把自己书架上的书全部送给了爱徒费孝通。前文提到的清华大学精密仪器系的唐教授，他那高高一墙的专业书，也是连同他的宝贝独生女儿，一起"嫁"给了他所带的高才博士生。此后不久，他就患癌症去世了。

中华民族的文化传承就是这样代代相传！

要读一千本书。这样想定后，就是执行！

第一年，也就是 2009 年，年终结算，我共读了一百十九本书，二千三百六十四万七千字，笔记四十六万三千二百字。那时，我是用五笔字型输入法，在键盘上硬打出了四十六万字的读书笔记。真打得我眼花手酸，苦得很！但也比较扎实，等于又读了一遍书。我还给这一百十九本书的质量进行了比较和打分评判。

其中：六星六本，五星二十二本，四星三十八本，三星三十六本，二星十六本，一星一本。

四星以上有六十六本，占总数一百十九本的 55.4%，学习效率还可以。这是 2010 年元旦做的统计，是我对自己一年间读书情况的判断。

第二年，也就是 2010 年，我共读书一百九十本，三千七百二十二万七千五百字，笔记六十一万一千八百字。

其中：六星十六本，五星五十七本，四星四十本，四星以上共一百十三本，占总数的 59%，质量也在提高。

第三年，2011 年共读书一百九十五本，三千八百六十二万字，笔记一百十八万二千六百八十字。

其中：六星十九本，五星四十四本，四星六十八本，三星四十八本，共一百七十九本好书！

与 2010 年比：一百九十本，三千七百二十二万七千五百字，笔记六十一万一千八百字，比上年要多，但好书差不多。

2011 年比上年笔记要多 93.29%，是 2009 年 2010 年之和，还要多出十万七千六百字，这主要是扫描笔的功劳。2011 年的一天，我在一位朋友的单位同他夸夸其谈，说自己一年读书多少，做了读书笔记是多少字，有点小得意。不料他却说，你是用手打字，还有更快的办法，你可以买个扫描笔，这样就快多了，还省了你不少的眼力！你看我的！他笑着说。哦，还有这等好办法！我立即照办，果真使用方便，效率大增！2012年我又买了一支扫描笔，装在家中的电脑里，大大提高了效率。这三年我共读书五百零四本。

到2016年1月5日，我计算这几年读书的数量，发现自2009年开始，到2015年年底，一共七年整的时间，我读书的总数为一千零四十本，二亿二千万字。平均每本为二十一万字。胡耀邦要求读两亿字的书，我真的做到了！而且仅仅用了七年的时间，还做了大量笔记。从做笔记的角度来说，实际上我每本书都读了两遍。这是别人十年、二十年，甚至一辈子要做的事情，我花七年的时间就做到了！我很欣慰，也很自豪和自信！有了这一千本书做底，我就有了底气，有了文化的基础和文化的底蕴。我在这个基础上再读一千本书，还可以在这个基础上盖"房子"。

"操千曲而后晓声，观千剑而后识器"，这样，你会接触到许多的好书，学习许多的知识，懂得很多的道理。到这个时候，你在"江湖"上行走，你做人做事就会有底气。

是的，文化的财富在一定的条件下能够转化成物质的财富。现在，我居然拥有四个不大的书房（有一个书房是我卧室的"内卫"改制的，我叫它"书库"），这可是在以前想都不敢想的事情！

看来，至少要读一千本书，还真是有点道理。朋友，你说呢？

# 读书札记

一、《态度》 吴军 著，中信出版社，2018 年

我读这本书从五星升为六星，刚读时并不觉得它的好！

这本书是在一个客户办公室里看到的，正是吃过午饭休息时，我抽空在他的书架上，翻到了这本书，用手机拍下照片，从网上买来一读。

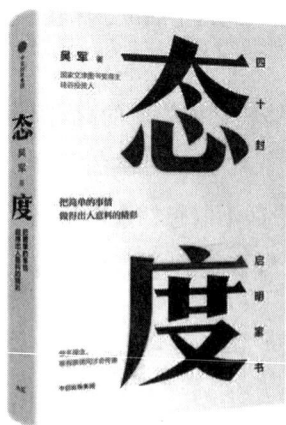

这是汇集了作者给两个女儿的四十封信，那真是慈父之心啊！21世纪版的《傅雷家书》！都是"干货"，都是"真经"！

此书的内容很丰富，涉及养成好的习惯，怎样读书、交友、理财、投资，如何做人、做事；如何对待生活中的挫折；为什么上帝喜欢笨人以及对待宗教的态度等。

他写道：

"父母和子女之间的交流不仅是必要的，而且是必需的，它是人类进步的根本。

"人类的进步，从一万年前开始陡然加速。一个重要的原因是文字的出现使得知识和经验可以更快、更准确地传递。特别是父母将自己的学识和生活经验传递给后代，这让几乎每一代人都可以轻松地超越上一代人，文明从此开始。因此，从人类文明和进步的角度看，上一代人和下一代之间的信息传递和沟通是必需的，否则我们就和用生命试错的其他物种没有太大区别。"

在和子女沟通时，他的心得体会是：

1. 明确子女不是家长的私有财物，而是上天给父母带来的最好的礼物，他们具有独立的人格，需要尊重。有了这个前提，就能够平等地进行沟通。

2. 明确了孩子是未来的社会栋梁、精英和领导者，而不是当下的领导者，我们就不会用老人的观点禁锢年轻人的思想，而是给他们提供参考意见，引导他们独立思考。而不是用上一代人落伍的想法教育这一代人，再让他们去领导下一代。

3. 在子女面前，榜样的力量远远大于说教。自己以什么态度对待事物，对待他人，子女就会不知不觉地学习。很多人希望子女成龙成凤，其实，家长应该不断精进，以此影响孩子。

我以为，此书可以作为"传家宝"，一代一代地传下去……

为此我又买了几本，其中一本专门送给我的孙女。我郑重地说："这本书，你要看十遍，现在看不懂，不要紧，以后慢慢看，还可以给你以后的孙女看，也让她看十遍……"

我掩卷而思，能读到这样的好书的人，是一个幸福的人，一个幸运的人！

感谢吴军，奉献出这样的一本好书！

延伸阅读：《格局》《见识》，吴军著。

二、《数商》 涂子沛 著，中信出版社，2020 年

作者很年轻，他提出的"数商"的理念很有开创性。

就像在序言中所说，《数商》是"数据三部曲"（《大数据》《数据之巅》《数文明》）后，作者提出的一个新概念，是反映一个人记录数据、组织数据、保存数据、分析数据、控制数据的能力水平的衡量体系。

这本书的出版对提高国人的数商起到启迪和布道作用。

数据文化是尊重事实，强调精确，推崇理性和逻辑的文化。数据文化的匮乏，是中国之所以落后的一个重要原因。建设这种文化，中华文明的面貌将焕然一新。

书中提到："英国人认为，只要去经商，就必须学会会计。懂得会计的人才能管理自己的事务。"

复式记账法，就是对一个行为记录至少两次，听起来，看起来，说起来都平淡无奇，但这个小小的创新改变了世界。

著名经济学家熊彼特认为，资本主义起源于复式记账法，复式记账法是资本主义"高耸入云的纪念塔"。还有学者认为，没有复式记账法，就不会出现资本主义，是复式记账法创

造了资本主义。

一句话：复式记账法是西方国家开启现代商业、走向繁荣的一块重要基石。

可惜中国的记账方法也是浅尝辄止，长期沿用的就是流水账，流着流着就无影无踪了。直到20世纪的第一个十年，复式记账法才正式从日本传入中国，流水账的落后方法才被全面取代。可是这距离复式记账法最早被发明，已经过去了五百多年。

这五百年跟中华文明走下坡路的历史节点高度重合。

当时的中国人不善于"数目字管理"。换句话说，记不清账、算不清账的中国开始糊里糊涂地走向衰落。

可以说，我们的整个社会还缺乏记账的启蒙，没有养成凡事记录的习惯。要完成这项工作，我们还需要做绵延细致的长期工作。

作者在2020年疫情期间，读到了介绍苏联昆虫学家柳比歇夫时间统计法的《奇特的一生》一书。而我是1980年6月27日买到的（1979年，北京外国文学出版社出版）。比他早了四十年！

聪明如我，发现这是一本奇书，过了一个星期，又去新华书店买了一本。我居然有两本《奇特的一生》！而且此书非常便宜，一本只有三角七分。

《奇特的一生》令我脑洞大开。反复阅读此书，在生活中坚持使用他的时间统计法，无形中提高了我

1980年6月27日买到此书，只花了3毛7分钱

的数商。

涂子沛在《数商》中提到："我刚大学毕业那几年，曾经读过三遍成语词典，每读一遍，就做笔记。第一遍按词典的页面顺序读，按页面顺序记；第二遍还是按顺序读，但按'字'来分类记，第三遍，按成语的'意'来分类记录，例如把'一马当先''一骑绝尘''独占鳌头''遥遥领先'，这些描述同一个意境的成语再记录到一起，这个用手记录的过程，令我终身受益，事实上什么电子化的工具也代替不了。"

可见聪明人都下过笨功夫。这位作者的"数商"了得，"文商"也是十分地了得，所以著作颇丰，对中国的社会发展做出了重要的贡献。总之，在大数据时代，提高"数商"是我们每一个人的迫切任务。

"人生就是一本大账本"，大家一起努力啊！

*延伸阅读：《大数据》《数据之巅》《数文明》。*

**三、《吃出自愈力》** MD 著，湖南科技出版社，2021年

这本书值得推荐。

作者是世界知名医生、科学家和作家。有人称他是未来十年最值得关注的十大人物之一，"有潜力改变世界"。

作者在自序中提到：癌症、心血管疾病和糖尿病等非传染性疾病已经成为现代社会最具挑战性的健康问题。制药公司和医疗保健系统在提出解决方案方面速度太慢，价格太高，有效性太低。食物并未在健康工具箱中占有一席之地。而利用营养来激活身体自己的健康防御系统已被证明是对抗随着我们年龄增长而产生的慢性

疾病的完美对策。

接着，在 2020 年年初，新冠疫情暴发，整个世界被按下了暂停键。人类文明受到了前所未有的健康威胁，保护自己脆弱的身体，免受外来入侵成为我们最关注的事。

在这种疫情蔓延的情况下，此书比以往任何时候都更有意义。在书中提到的食物可以增强你的免疫系统，从而提高你抵御像新冠病毒这样威胁的能力。

为了帮助我们重新掌握生活，疫苗和药物将为我们铺路，但食物却是大家从现在起每天都可以拥有的药物。

他在书中有一处提到：中国百岁老人的数量也在不断增加，他的叔祖父住在离上海不远的常熟，就在种植绿茶的虞山脚下的一个城镇上，健康地活到了一百零四岁。还提到了苏州大学的科学研究，使人有了亲近感。

他不是一个人在写作，而是有一个团队在一起工作与研究。

他还提到"少食才是真妙方"，每天应减少 15% 食物的摄入。（轻断食、节食，已经成为有识之士保持健康的共识。）

最近，我们电视台一位熟识的同事，一个很刻苦很努力也很有才华的中层干部，不到退休年龄就患癌症去世了，甚是可惜！所以，对自己的健康问题要重视，要小心经营，小心应对。不要有思维的盲区，不要自以为是，以为自己有特殊性。

读读这本书是有好处的，因为

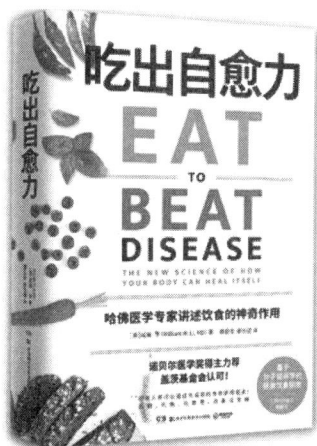

食物是安全的，当然也要像药物一样，讲究剂量。用它来滋养自己的防御系统，建立自己的健康银行，既经济又实惠。

四、《论持久战》 毛泽东 著，新华书店晋察冀分店印行，1938年

这是一篇毛主席在抗战时期写的文章。在我的眼中，就是一本大书！

有这样一本大书，真是我们国家、民族的一件幸事！

在这个灾难深重的国家，在历史的紧要关头，有幸诞生出这样光芒四射、掷地有声的文章！

每年，我都要认真阅读两遍。在工作遇到困难时，在精神有所懈怠，情绪有所低落时，每每翻开这篇文章，精神总能为之一振！总能平静一下心绪，汲取到坚毅的力量。

我们也是在打"持久战"啊！从2003年开始创业，到今天，已经有十八个年头了。据统计，小企业的平均寿命是2.8年，大中企业是七到八年。由于行业的因素，我们没有赚到多少钱，但还是顽强地活了下来，起码我赚到了读书的心情和读书的时间！

有一次，一位朋友来工作室看我，见我在读《论持久战》，大为惊诧："华平，你怎么还在读这样的文章啊！"我笑着说："为什么不读？这文章好啊，既有战略性，又有实操性。这是能管几十年，甚至几百年的大文章啊！"

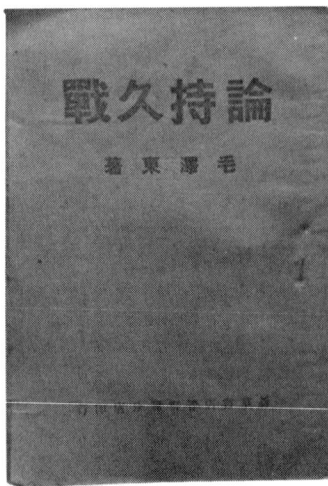

从 1938 年至今，有近八十年的时间了，这篇文章还是金光闪闪，生命力如此旺盛，具有指导意义，无论是从宏观上，还是在微观上。真是百读不厌，常读常新……

中国共产党建党 100 周年，建政 70 多年，改革开放 40 年；目前，世界正面临百年未遇之大变局，一路走来，还是持久战！这是我们的一大法宝。

当今的世界，离"各美其美，美人之美；美美与共，天下大同"的世界，还很遥远……

长期的市场建设，一个个五年计划，持续推进，靠打持久战；

香港问题，台湾的"教科书"问题，说明还要靠一代一代人打持久战；

近两年反映出的意识形态斗争的尖锐性、复杂性，也说明还是持久战……

持久战，是时空转换，是实力转换；是决心，定力，是韧劲和精神！

从微观的角度看，一个公司、一个个人也是一样，既要脚踏实地地活在当下，也要有打持久战的决心，要有拿出时间、拿出生命赌明天的决心与勇气。

朋友，抽出一点时间，读一读毛主席的《论持久战》吧！这篇文章既有历史意义，又有现实的指导意义。一定会很有启发，大有收获！

我们的国家走到今天这一步，真的很不容易！要了解一点历史，要有点家国情怀。

这样，可以少一点浮躁，多一点深沉，多一点危机意识，它，也是一种精神的力量。

延伸阅读：毛泽东的《实践论》《矛盾论》。

时间效率管理专家、"下班加油站"等企业创始人张萌在创业之初，困难重重，有高人指点她读《实践论》，她每天都读，读到能够背出来。然后，创业成功。

认真阅读毛泽东的哲学著作可以大大提高人生的效能。

**五、《宇航员地球生活指南》** 克里斯·哈德菲尔德 著，湖南科学技术出版社，2017 年

这是一位加拿大籍的宇航员克里斯·哈德菲尔德上校写的亲身经历的书，是一本很有启发性的奇书! 宇航员本身就很有新鲜感、神秘感，是常人很想了解的人物。他的经历，他的思想，他的见解，给人以启发，让人用一种新的角度来看事物。

宇航员，应该是我们这个星球上最聪明、最优秀的人!

此书给我印象最深刻的有五点:

1. 立志要早。立志，会产生巨大的力量。

早早定下人生的目标，并为之做出不懈的努力，是多么的重要!

他九岁时，就立下了宏愿，要做一个宇航员，飞向太空，探索宇宙的奥秘。他的奋斗路线是:飞行员，试飞员，工程师，宇航员。一个九岁的孩童的梦想与宏愿，经过二十多年的努力，排除万难，种种机缘巧合，当他三十多岁，

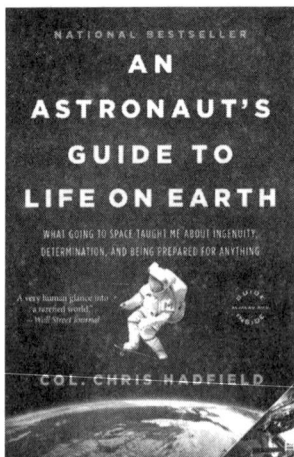

成了三个小孩的父亲时，真的实现了，成为一名宇航员，飞向太空，还成为国际空间站的指挥官，带领其他宇航员一起探索宇宙。

2. 准备工作的重要意义。

那真是"天上一分钟，地下十年功！"再怎么准备也不为过；那是提高成功概率最好的机会，准备充分，才能处变不惊。

3. 死亡教育。

"下一个会让我送命的事情是什么？"全身心地关注好它，就是让自己活下来的方法。

死亡模拟训练。想象自己的死亡。针对灾难进行训练，使他增强了解决问题的信心及能力，可以应对严峻的形势，并且微笑着面对成功。

"我检查了我的遗嘱，确信我的财务和税收状况良好，并且做了如果自己因此牺牲，丧后须做的所有事情……这样做让我更安心，减少了万一发生不测，我对家庭未来的忧虑，这就能够全身心专注于手头的任务——活着回到地球。"

2003年2月1日上午，哥伦比亚号发射后，空中解体，七名宇航员全部遇难！

宇航员真是一个高风险的工作，也是一个无上光荣与"飞天"的工作。

在生活与工作中经常想一想，"下一个让我丧命的事情是什么？"是融资融券？是高杠杆？是车祸？是下雨天骑电瓶车？头脑中有一条风险警戒线，有一个事先预防事故的意识，对我们总会有莫大的好处。

4. 做个普通人，而不是"大宇航员"。任务完成后，给自己清个零。要有平常心。

5. 以宇航员为榜样，可以大大提高我们的人生效能。

六、《触龙说赵太后》 刘向 《战国策》

这篇文章是《战国策》中的一篇散文，距今已有两千多年。年轻时我一直都很喜欢，手抄过好几遍，然后是反复地诵读。一是这篇文章一波三折，层层递进，十分精彩；二是生动有趣，引人入胜，值得咂嗼玩味；三是思想深刻，很有现实意义与借鉴价值。

古散文大都短小精悍，结构严谨，用词简练。这里不说，就说它的有趣。赵太后刚刚执政，秦国就要发兵攻赵。赵太后向齐国求助，齐国要挟赵国用赵太后的儿子长安君作人质，然后才能援赵。赵太后不答应，众臣极力劝谏。太后恼了，放出话来，谁劝谏长安君为人质必"唾其面"。左师触龙顺着太后的心理因势力导，巧妙进谏，说理精确、有力，有情有理，步步紧逼，使赵太后心悦诚服地转变观念，取得了良好的效果。

细细读来，这篇文章十分有意思。先是触龙见太后，"太后盛气而胥之"。太后早有心理准备，知道他是来说项的。因为已经放话，必"唾其面"，自然不会有好面孔。而触龙先套近乎，说自己病足，不能疾走，很少来见太后。然后问候她，拉拉家常，太后的警惕与紧张心理得到缓解。"太后之色少解"；接着是有事相托，希望太后恩准自己的小儿子补入警卫部队，以解自己的身后之忧。这引起了太后的"共情"："丈夫亦爱怜其少子乎？"对曰："甚于妇人。"太后笑曰："妇人异甚！"此时，必"唾其面"的太后居然笑了！这是触龙的一大成功！太后的对立情绪得到了极大缓解。此时触龙开始说出"父母之爱子，则为之计深远"这一重要的概念和理念。

然后触龙说出此文的核心理念："位尊则无功，奉厚而无劳，而挟重器多也。""今媪尊长安之位，而封之以膏腴之地，多予之重器，而不及令令有功于国，一旦山陵崩，长安君何以自托于赵？"

此时，太后猛然警醒，完全接受劝谏，说一句："诺。恣君这所使之。"好！问题解决！于是为长安君约车百乘，质于齐，齐兵乃出。

左师触龙利用逻辑的力量，看似句句闲语，步步闲情，实则层层开导，步步深入，动之以情，晓之以理。用现在的话说，他有极高的沟通能力，有极高的"情商"。

沟通能力是我们做经营的、做销售或做领导的最重要的能力之一。好好学学两千多年前老态龙钟又十分诚恳的左师触龙，一定会有所启发，起码可以提高情商，学会如何逐渐接近沟通对象，如何拉近距离，缓解情绪，产生共鸣，以理服人，产生良好效果。

20世纪60年代的中国地空导弹部队，是由苏联援建的一支高度保密的高科技部队。（苏联只给了我国五个营的兵器，我国在此基础上进行了仿制。五套兵器，一套用于教学，一套拆解仿制，真正作战的只有三套。偌大的中国，只有三个地对空导弹营！）此时，全国基本上已经没有了战事，但国土防空的战斗还很激烈。美蒋不时派高空侦察机来窥探我国、我军的军事情报，特别是来大西北侦察我国进行核武器试验的情报。我们地空导弹部队一共打下来六架高空侦察机，其中就有五架U-2飞机，其残骸现在还陈列在北京的军事博物馆里。

而我国第一代的国家领导人和那些高级将领，他们将自己的孩子安排参加到这支部队中当技师、当作战参谋、当基层的军事干部。在这支神秘的"543"部队中，风餐露宿，艰苦奋斗，学技术，练本领，经摔打，见世面，并立下战功！他们知道，只有"有功于国"，才能立足，才能立世，才能健康成长，才能堪担重负。那真是"父母之爱子，则为之计深远"！

现在，我们国家培养年轻干部，也是让他们到最艰苦的地方去，让他们在脱贫攻坚中经受磨砺，锻炼才干。他们一去就是两年，甚至三年！没有这一课，将来就不能委以重任，就不能提拔。这也是使用了左师触龙的理念吧！

20世纪80年代，年轻的我从一线的导弹部队调到北京的空军报社。在任编辑时，积极参与报社举行的"边疆万里行"活动，在寒冷的大冬天，去零下三四十度的东北防空雷达连采访，即感受祖国北疆林海雪原、冰封大江的壮美景象，也感受年轻的雷达连官兵在如此严寒下饱满的爱国激情。在最热的三伏天，我更是强烈要求去南疆对越自卫反击战的前线采访报道。为什么？就是受"左师触龙"的深刻影响：只有"立功"才能"立世"，才能在"江湖"上立足！

今天，我们做父母的，不要做"必唾其面"短视的赵太后。要培养孩子独立生活的能力、解决困难的能力与意志，提高他们的"战斗力"。要对孩子们的前途"计深远"，培养与教育他们只有立志、立功，才能立足、立世。

一篇七百多字的古散文，在矛盾中刻画了生动的人物形象，结构严谨，前后照应，行文出神入化。更重要的是，其中包含着精警而深刻的思想理念，这对我们走好人生之路有莫大的帮助，也可谓好处多多！


### 附：《触龙说赵太后》

赵太后新用事，秦急攻之。赵氏求救于齐，齐曰："必以长安君为质，兵乃出。"太后不肯，大臣强谏。太后明谓左右"有复言令长安君为质者，老妇必唾其面"。

左师触龙言愿见太后。太后盛气而胥之。入而徐趋，至而自谢，曰："老臣病足，曾不能疾走，不得见久矣。窃自恕，而恐太后玉体之有所郄也，故愿望见太后。"太后曰："老妇恃辇而行"，曰："日食饮得无衰乎？"曰："恃粥耳。"曰："老臣今者殊不欲食，乃自强步日三四里，少益耆食，和于身也。"太后曰："老妇不能。"太后之色少解。

　　左师公曰："老臣贱息舒祺，最少，不肖；而臣衰，窃爱怜之，愿令得补黑衣之数，以卫王宫。昧死以闻！"太后曰："敬诺。年几何矣？"对曰："十五岁矣。虽少，愿及未填沟壑而托之。"太后曰："丈夫亦爱怜其少子乎？"对曰："甚于妇人。"太后笑曰："妇人异甚！"对曰："老臣窃以为媪之爱燕后贤于长安君。"曰："君过矣，不若长安君之甚！"左师公曰："父母之爱子，则为之计深远。媪之送燕后也，持其踵为之泣，念悲其远也"，亦哀之矣。已行，非弗思也，祭祀必祝之，祝曰：'必勿使反。'岂非计久长，有子孙相继为王也哉！"太后曰："然。"

　　左师公曰："今三世以前，至于赵之为赵，赵王之子孙侯者，其继有在者乎？"曰："无有。"曰："微独赵，诸侯有在者乎？"曰："老妇不闻也。""此其近者祸及身，远者及其子孙，岂人主之子孙则必不善哉？位尊而无功，奉厚而无劳，而挟重器多也。今媪尊长安之位，而封之以膏腴之地，多予之重器，而不及今令有功于国。一旦山陵崩，长安君何以自托于赵？老臣以媪为长安君计短也，故以为其爱不若燕后。"太后曰："诺。恣君之所使之。"于是为长安君约车百乘，质于齐，齐兵乃出。

　　子义闻之，曰："人主之子也，骨肉之亲也，犹不能恃无功之尊，无劳之奉，而守金玉之重也，而况人臣乎！"

# 带笔思考

由于疫情的影响，小孩子有时在家里上网课。一天，儿子告诉我，小孙女上网课不专心，这次考试成绩不好，连中国古代的八个文学家都答不全，有点儿忧虑。

上网课，这对老师，特别是对学生提出了如何学习的新问题。没有了课堂上面对面教学的氛围，对孩子们的影响是会很大。网课对一些学习主动性差、生性不够活跃、投入不够充分的孩子来说，增加了许多的困难。

如何是好？影响学业可不是小事，我开始琢磨起这个问题，突然一个灵感闪过：带笔思考！

只要在平板电脑前放一个属于自己的草稿本、一支笔，就能很快解决问题！听到老师讲课的重点、要点，立即记下来（此时不要字写得好看，只要快速记下就可）。只记你认为的"关键词"，特别是老师在黑板上写下的东西，都要随时记下。这样，老师讲的课程就不会在"平板"上轻轻滑过，而能留下些许"石块"。有这个利器，就能增加学习的主动性、趣味性和自主性，大大提高学习的效率。

带笔思考——这是我跟苏州刺绣研究所原副所长张美芳学的。有一段时间，为了拍摄一部专题片，我跟她有过频繁的交集。在这期间，她一再郑重地对我说这四个字"带笔思考"。

她在给我传授经验，告诉我这是可靠的学习方法和工作方法。而且说，这是老一辈的人总结出来的。

年轻时，她被单位派去帮助整理刺绣大师顾绣莲的苏绣技法，出版过两本薄薄的书。也许，这就是顾老师传授给她的吧！

在拍片子的过程中，我看到张所长一直手不离本子，快步走到一个车间又一个车间，到东到西都带着它，遇到什么事情，想到什么问题，马上用笔草草地记下来。不开会也总带着它，空荡荡的办公桌上，笔记本总是放在最显眼的位置。一眼就能看到它！

要随身、随手带着本子，要带笔思考！张美芳在工作中一直运用它，尝到了甜头，有了明显的效果。

在苏州刺绣研究所，我们有幸拍摄和采访到美国的摄影家罗伯特。他说："我经常会提出一些令人头痛的非常难的新主意给张所长，在此之前，没有人能够实现我的想法。对于张所长来说，绣制我的作品，也是冒了很大的风险。因为她的研究所是很有名的，抛弃很多传统的东西做我的，做新的作品，确实有很大风险，但是，最终她做成了我的这些作品。做出了以前从未有过的、这些美丽的绣品。所以以后我每次来，还会继续提出让张所长头痛的问题。"

他提出的一个个让张美芳头痛的问题，都记在张美芳厚厚的笔记本里！

1985年10月，一个很偶然的机会，这位美国摄影艺术家背着相机来到苏州刺绣研究所。这个年轻人铭记老师要他到世界的东方汲取艺术之源、提取艺术营养的告诫，一踏进这里，立即被这里精湛的绣艺和一幅幅作品深深打动了……

他第一次拿来的摄影作品是《雪松》。这是美国阿拉斯加的一片森林，大雪下得几乎睁不开眼睛。在镜头伸出的一刹那，他按动了快门。

那罕见的大雪纷飞的浓浓氛围，那童话般圣洁的仙境……

过后罗伯特又拿出了他的另一幅摄影作品《冒气的池塘》，原稿纤毫毕现，一草一木，包括冒气的池塘里的水泡，都是那么真实得近乎残酷。要绣出这样的作品，是对苏绣工艺一个重大的挑战，那是传统的苏绣从来没有做过的！而苏州刺绣研究所的工艺师们做到了。且不说工艺师不知花了多少心血，用了多少丝线，光时间就用了整整三年！

仔细观赏这幅作品，我心里久久不能平静！那真是惊心动魄！太好啦！简直不能用语言来表达，来描绘！

这种朦胧氤氲之气，这种原始的静谧气氛，直击你的心灵！难以想象这怎么能用刺绣来表现！苏绣，竟有这样的魅力，这样魔幻般的力量！

这是神品，是圣品！

我庆幸自己竟有如此的眼福！

在罗伯特的精心安排下，1999年3月，苏州刺绣研究所在美国洛杉矶举办作品展。一件件华贵、精美的刺绣作品，高贵雅致的艺术氛围，令美国的艺术家、艺术爱好者们流连忘返。"真没想到，中国的传统工艺保存和发展得这么好！"他们发出这样的啧啧惊叹。一位年长的白胡子医生在《百蝶图》面前久久不愿离去，竟然掏出一张支票，硬要张副所长开个价。张副所长笑着告诉他："我们是来展览的。这里的作品一件也不卖，你要买，请到中国来，请到我们苏州来！"

我们没有拍到张美芳的笔记本。她与罗伯特的合作，一定记了很多很多的笔记，记下来那一个又一个难题，记下那些波澜，那些曲折，那些惊喜……

但我们拍摄到她为著名物理学家李政道制作《问君家何处，来自混沌初》作品时的笔记。那时李博士正在研究"科学与艺术"的课题。他在美国做科学实验时，在电子显微镜下拍摄了一些呈放射形的、色彩斑斓的线条，呈现出介子和重离子在高速运行中的轨迹，仿佛在模拟宇宙大爆炸的情景。李政道教授认为，这是一种罕见的科学现象中蕴含的自然美，他想用"苏绣"来表现它。

在上海，李政道约见了张美芳，他们的谈话、探讨以及她的思考，都记在了笔记本里。那娟秀或潦草的文字，记载着当时的情形和对方的要求，张美芳的思绪围绕着难点如何破解……

以前与她合作的都是艺术家、画家、摄影家，可现在来的这位科学家，给她出了一个天大的难题！

翻看张美芳的笔记本，摄像机的镜头就像放大镜、显微镜。镜头下，那一行又一行的文字，是惊叹，是尊崇，是感佩；是天马行空，高深莫测；是奇思妙想，稀奇古怪；是细致入微，纤毫毕现；是金戈铁马，风云际会？不，什么都不是！它是那么的自然、朴素和真实！

她的"带笔思考"，旁人怎能看得懂！

此时，我真切地感受到"带笔思考"的力量！

领导干部记笔记是基本功。

最近在读黄奇帆的《分析与思考——黄奇帆的复旦经济课》一书。书中提到，1991年2月18日大年初四的早上，邓小平视察浦

分析与思考

黄奇帆的复旦经济课

黄奇帆 著

上海人民出版社

东。当时的上海市委书记朱镕基和上海的一些领导参加汇报。作为浦东开发办的工作人员，黄奇帆也在场。当朱镕基汇报上海浦东开发的战略叫"金融先行、基础铺路、贸易兴市、东西联动"时，邓小平脱口而出："金融很重要，是现代经济的核心。金融搞好了，一着棋活，全盘皆活。上海过去是金融中心，是货币自由兑换的地方，今后也要这样搞。中国在金融方面取得国际地位，首先要靠上海。那要好多年以后，但现在就要做起。"

黄奇帆在旁边聆听。他说，邓小平的这段精辟论述，使他受到极大的震撼，觉得这段话是"世界级"的！是非常深刻的至理名言，是以历史伟人的思想伟力，是一种历史的洞察力与远见卓识。于是，他赶紧记在了笔记本上。

邓小平这段话振聋发聩，甚至影响了黄奇帆用二十多年研究金融问题，终于成为独树一帜的经济学家。

这位曾任重庆市的市长，一位省部级高级干部，居然用"世界级语言"这样的字眼来描述这段话，来记述当时心灵的震撼。他还和朱镕基两人对笔记，看看是否记得准确，有无出入。

领导们的笔记更有史料和资料价值。

虽是殊途同归，皆因"带笔思考"！


在我的卧室和书房里，不光是书多，还有就是本子多。笔记本

美国的摄影家与苏州的工艺师在绣品《冒气的池塘》前合影

都是活页的，便于分门别类，拆卸、装订。我的读书笔记可以从这本转到另外一本。我会定时或不定时地阅读和复习那些笔记，有时还会做"笔记的笔记"，好像是在"笔记中讨生活"。

我的体会是读书十遍，不如手抄一遍！

做笔记会有十倍的效率和效益。

那些记在笔记本中的文字，是那么的精辟、质朴和零碎，又是那么的具有穿透性、发散性；有的是"国家级"，有的简直就是"世界级"的；它启发你的智慧，敲击你的心弦，激发你的灵感……

人的成长像是在爬行，一点一点，慢慢地，像一只蜗牛；但也有极少的时候像钻木取火，电光火石，一个顿悟就会醍醐灌顶，茅塞顿开，豁然开朗，一日千里。那是一种蛙跳，一种跃迁，是十倍速，百倍速！你又上了一个台阶，又上了一个层次！

这靠什么？我的经验：靠笔记，靠笔记本，靠"带笔思考"！

所以，小孙女的网络课，"平板"课，面前要放笔，要放草稿本，要教她画重点，记笔记。

如果再教她用"思维导图"，把那些重点、要点，结合自己的理解，用条条、线线、块块进行组装与整合，制成属于她自己的"思维导图"，便于记忆，便于复习，还可以提高十倍的学习效率。当然，这个十倍的学习效率，只是一个虚拟的、意象的数字。

如果真能掌握这些学习的利器，真正能够"带笔思考"，那一定是受益终身了。

第三辑

编导手记

# 一台晚会一篇文章

大型文艺晚会《开放的苏州》在苏州电视台直播后，电视录像先后在中央电视台四套、上海台十四频道和美国熊猫电视台、美国东方卫视播出。这是我台独立搞文艺晚会的首次"殊遇"。观众们纷纷反映："晚会上档次，很精彩！""有突破！""苏州台毕竟是苏州台！"回想当时情景，感触很深。因为，搞晚会对我们国际部来说，毕竟是第一次。

## 一台晚会一篇文章

晚会看似一台节目，实际是一个系统工程，更是一篇文章。是文章，就得按文章的规律来办。

1. 主题要集中

《开放的苏州）文艺晚会的主题很明确。庆祝苏州被国务院列为沿海开发地区十周年；颂扬合作、健康的中外友谊；讴歌十年来苏州开放型经济战线的干部群众所取得的伟大成绩和丰硕成果。

因此，我们围绕主题做文章。

首先，组织作者专门创作节目。主题歌《走向全球，跨越世纪》、评弹《仙子贺喜》、小品《欢迎考察》等，这些节目紧扣主题，新鲜而又活泼，也为晚会增添了个性。在节目的编排上，注意强调主题。一开始就是主题歌，然后是气度不凡的反映开放的大型舞蹈《东渡之魂》，将整个晚会的基调定了下来。同时将扣住主题的节目匀称地贯穿于整个晚会之中，采访场内特定人物，让场外观众电话抢答有关"开放的苏州"的问题，既活跃了气氛，又使整台晚会始终不跑题。其次，使用电视大屏幕来强化主题。我们不把"大屏幕"作镜子，简单反射摄像机所拍摄的对象，而是把它作为服务主题的重要工具。我们专门制作了一辑反映苏州改革开放重大成就的专题片和配上图案的一些标语，在主题歌《走向全球，跨越世纪》结束时的歌舞《明天会更好》和整个晚会节目的转场中播放，起到了强化主题的作用。

再次，为了多侧面地反映主题，台里特意请了来自美国、法国、荷兰、丹麦、新加坡的外国朋友参加演出和做游戏。他们精彩而又生动的表演，比较充分地体现了"开放的苏州"这个主题。同时，我们对节目的内容严格把关，一位上海著名的艺术家突然因故不能演出已商量并指定的节目，提出演一个他拿手的反映计划生育的节目。虽然，他要到苏州演出的消息已在《苏州广播电视》报上刊登，但计划生育不是这台晚会的主题，对此我们毫不可惜，婉言谢绝了他。

2. 文章要生动

文章只有写得生动，写得不拘一格，才精彩耐读，让人看得下去。在做《开放的苏州》文艺晚会这篇"文章"时，我们注意了这个问题。第一，注意了节目的多样性，除了唱歌、舞蹈外，还有小品、小提琴、评弹、钢琴演奏等。第二，注意了节目的"土洋"结合，除了有比较洋气的小提琴、黑管、钢琴演奏外，还请美国朋友爱伦吹中国民族乐器唢呐，请她面对观众讲自己是怎样学习中文的，怎样在美国背诵毛泽东的"老三篇"，给晚会增添了欢快气氛。第三，注意动静结合，搞好配舞。除了在主题歌、结束歌中安排配舞以增加气势外，还在场面比较呆板的评弹演唱、黑管演奏中安排小朋友配舞。在编舞的精心创作下，小朋友的配舞天真活泼，生动有趣，为上述节目增色不少。第四，请外国朋友做了一个比较精彩的游戏，给整台晚会增添了不少气氛和色彩。在为来自荷兰的花山夫人联系同苏州市少儿室内乐团的小朋友一起演奏新春乐时，这位女士只会讲一点儿中文，而我们只会一点儿英语，沟通非常困难。会说几国语言的花山夫人向我们诉苦："中文真难学。"我们也真切地体会到语言沟通的重要。在商量做什么游戏时，我们很自然

**伴舞的小朋友**

与美国朋友爱伦一起探讨节目安排

地想到了这个语言沟通难的问题：让外国朋友读、讲，并表演中国成语的含义，一定很精彩！不出所料，这个节目在彩排时就逗得我们捧腹大笑，开心极了。就凭这个节目，这台晚会也能上中央台！

晚会上，美国朋友的"嬉皮笑脸"，法国朋友的"手舞足蹈"，新加坡朋友的"捶胸顿足"，丹麦朋友的"拔苗助长"，花山夫人的"肥猪拱门"，表演生动幽默，令观众开怀大笑，击节叫好，确实给整台晚会增添了光彩。时隔多日，我们见到丹麦朋友皮特和荷兰朋友花山夫人，还笑着说他们的"拔苗助长"和"肥猪拱门"。

3. 文章须放胆

写文章必须放开胆子，才能有所突破，缩手缩脚写不出好文章来。

在办《开放的苏州》文艺晚会中，我们在创意上有所突破。譬如在演播厅的舞台上放钢琴，这是在苏州电视台从来没有过的。这薄薄的由玻璃钢拼制的舞台能不能承受钢琴的分量？谁也没有底。万一演奏时舞台裂缝或塌了台怎么办？为防意外，我们就在钢琴下垫块木板，以减轻舞台单位面积承受的重量。但这样扛着木板上下舞台很不雅观，怎么办？我们硬着头皮小心翼翼地将钢琴抬上舞台，试探着左看右看，没事。一颗颗悬着的心这才落了地。

为了强化主题，增添气氛，增加信息量，在演播现场增加了电视大屏幕，但大屏是镜子似的反射摄像机前的拍摄对象，还是播放专门制作的片子？我们倾向于后者。之前苏州电视台从来没有试过，这牵涉到许多技术上的协同问题，万一出洋相怎么办？这可是现场直播啊！在领导和技术部门的支持下，我们还是冒了这个风险。实践证明，这个险还真冒对了。

再就是小品《枫桥夜泊》。最初我们定的是《欢迎考察》，本子都已经创作好了，但由于上海的演员因故突然不能来演出，取消了这个节目，这样就少了一个节目的品种，而且这个节目十分扣题，很是可惜。这时我们听说苏州歌舞团有个小品《枫桥夜泊》，讲的是一个外商要在苏州投资的曲折故事，这与我们的晚会也很切题。不料在准备上前一个晚会时，被上级领导否定掉了，现正在修改和排练。我们立即赶到排练现场，一看节目，确实粗浅乏味。但谢团长告诉我们，下午上海有个导演要来改排，你们是否再来看看。下午我们再去时，这位导演竟从自己的口袋里掏出一份修改好的《枫桥夜泊》。我们仔细一看，再听他给演员说戏，感到这个节目一下子上了好几个档次。但排练只有两天时间，更为难的是，这个节目是被领导否定了的。好心的朋友提醒我们注意这个问题。打电话请示，一时又找不到领导，怎么办？我们只好咬咬牙，硬着头皮上，在彩排时还随时准备拿下来。在彩排这个小品的现场，我们悬着心问了好几位观众，都说"不错，不错！"这下我们心里有了底，正式上吧。演出效果总算还可以，后来这个节目还在省里得了一等奖。

写文章，须放胆。这与上级领导的放手、敢于负责和对下属工作的支持，由此形成一个比较宽松的工作气氛是分不开的。允许下属敢于实践，冒点风险，甚至出点差错，这正是我们领导的开明之处。

## 众人执笔赋华章

搞晚会，写文章，不是几个人和一个部门的事，这要涉及到方方面面，要许多人为之共同努力。从定节目、请演员、安排食宿、去上海拉干冰和烟火，到为张咪唱歌找一只酒吧椅子，都要想到并切实办到。印象比较深的是编舞彭静老师。这台晚会中，小朋友的三支配舞对活跃气氛、提高节目质量起到重要作用。彭老师和她的朋友们本着高度负责的精神，对这三个舞蹈精心创作，反复修改，煞费苦心。她们对艺术的追求，她们所付出的心血和劳动，是常人所不了解的。她们都是幕后英雄，默默无闻。再就是评弹编剧邢晏春老师，我们托人捎给他的是一堆苏州外向型经济的材料和数据，而他捎来的是完全艺术化的《仙子贺喜》："丹桂点点金光闪，金菊傲霜风骨坚。长袖善舞素水仙，腊梅香飘满人间。四季名花一时鲜，庆贺苏州'三外'年年换新颜。"诗一般的唱词，空幻美妙的艺术构思，令我们开心地连声叫好。虽然我们只是打过两个电话，并未谋面，但评弹艺术家的素养和一丝不苟的敬业精神使我们肃然起敬。再就是丹麦朋友皮特，我们拿着几个成语到他办公室商量做游戏。他搔着不多的头发，对我们让他选的几个成语都不太满意,说:"让我问问我的太太,等会儿再答复你们,因为我太太最了解我。"等我们再找到他时,他得意洋洋地告诉我们,已经找到了,就是那个精彩的拔自己头发的"拔苗助长"。说完还讲述搞开放、搞开发区欲速则不达的哲理。我们一看,全都呵呵大笑起来。演出时确实效果极佳。事后我们才知道,为了做好这个游戏,他们夫妇俩煞费苦心,竟要台湾的朋友(皮特曾留学台湾)给他找小学的课本,找课本中的寓言故事。他的朋友着实忙乎了一阵,用传真给他传来六则寓言故事。他们夫妇俩才选中了皮特最适合的"拔苗助长",可见下的功夫之深。最后是我们宣传部的领导。晚会的日程日渐逼近时,突然生出变故,原来说好的舞蹈《东渡之魂》突然不能来演出。原因是省人大开会要演出,要《东渡之魂》剧组去南京走台并审查节目,时间正好相撞。怎么办?《东渡之魂》是这台晚会的主要节目,少了它怎么能行!我们紧张极了,只好向领导请示,请他们出面与省人大交涉。可喜的是,宣传部长和几位副部长都分别打电话联系,最终省人大决定审查节目改用录像带。解决了这个问题,我们才大大地松了一口气。

搞晚会是有点儿经费。有人说,我们出钱,他们出力,这是应该的。但不知消极的为钱而干,与积极的拼命工作,发挥主动性创造性和责任心,发挥那种敬业精神和奉献精神,干出来的效果真是天壤之别。《开放的苏州》文艺晚会之所以能成功,这和大家的齐心努力是分不开的。在此,也谨以此文感谢大家。

# 不让观众换频道

## ——《开放的苏州》大型文艺晚会的策划思想

一台成功的大型文艺晚会，能起到很大的愉悦、激励作用，并在观众中造成很大的影响。这对整个电视台来说，也能起到展示实力、鼓舞士气、锻炼队伍的作用。时任中央外宣办主任曾建徽同志指出："办晚会，是一种对外宣传的好形式，因为它寓宣传于娱乐，为海外的观众喜闻乐见。"丹麦的一位地方台台长来访，我们给他看《开放的苏州》文艺晚会的录像。这位来自北欧的资深台长大惑不解，以为我们是一个节目一个节目做好后拼起来的。我们告诉他是一气呵成，并且是在当地直播。他惊讶地竖起大拇指连声说："OK！OK！"因为在他们国家里没见过。搞大型的文艺晚会，看来也有点中国的特色。

第二届《开放的苏州》文艺晚会之所以能取得成功，受到观众比较高的评价，现在想来，其中有一条是策划思想比较对头，那就是千方百计不让观众换频道。

## 高潮迭起，"重兵把守各关口"

晚会要让更多的观众看，除了前期的宣传外，节目编排十分重要。晚会不太像一篇文章，一场戏剧。文章讲"虎头""豹尾"，戏剧讲"艺术的打击力放在最后"，而晚会不是这样，它讲"高潮迭起"。有人不解：高潮应该只有一个，而且要放在最后，怎么能说"迭起"呢？这也许是电视的缘故。你想想，光苏州就有二十多个电视频道，观众明察秋毫，稍不如意就"啪"地换频道，那你的一番苦心，那么多人的劳动全白费了。因此，必须精心编排，让它高潮迭起，吸引人看下去，也就是说不能让观众换频道。我们采取的措施是："重兵把守各关口。"

我们安排第一个节目是专门创作的主题歌，由中外各两名歌手联袂演唱，二十四人伴舞。再加上大屏幕上播放苏州开发开放的大

当时的主持人张超和马颖

镜头，开始就气势不凡。然后，是既有气势又有民族特色的舞蹈《龙娃》，一下子把整台晚会的基调定下来，后面是二胡演奏《赛马》。第四个节目安排日本歌手铃木早苗上场，让她唱中国的民歌，在这里就形成一个小高潮。这个节目事先和铃木在北京约定，临近晚会演出时她突然发来传真，说不能来苏州了，有事要回日本去，十分抱歉云云。这下可把我们急坏了，立即打电话告诉她，你不来要影响全局，你在第四个节目唱歌，起到一个重要的作用：就是不让观众换频道，千万不能爽约。在我们再三恳求下，她终于改变了不来苏州参演的计划。她从日本打来电话要我们准备《太湖美》的伴奏带，我们心里的一块石头才落了地。

我们将比较精彩的、估计观众反应比较强烈的《宝贝对不起》、相声《对春联》、游戏《五洲相会》《我跟中国姑娘结了婚》分别排开，各道"把关"，目的就是不让观众跑了，不让他们换频道。事实上，这真的起到了很好的效果。事后不少人说："不错，不错。我们把整台晚会都看完了。"我们知道，这是很高的赞扬。

## 宁紧勿松，节目紧凑不松垮

直播的晚会，在策划时容易拖沓松垮。因为在时间上，多十分、十五分钟问题不大，但观众看了却不耐烦。电视的信息量太大，要求太高，你稍一松弛，观众马上就能看出破绽。因此，我们在节目上严加控制，做到宁紧勿松。丹麦佳合公司的总经理严涛先生与苏州小朋友手风琴合奏的《我爱北京天安门》，实际上后面还有一个《杜鹃圆舞曲》，因为感到占时长，就没有要；由上海音乐学院苏州学生演奏的五重奏《春江花月夜》的后面还有一个合奏《匈牙利圆舞曲》，也是因为同样的原因删去了。遗憾的是铃木早苗，她太像中国人，唱得又好，本来还准备让她唱一个日本民谣，最后只好忍痛割爱。还有唱《我跟中国姑娘结了婚》的新西兰歌手思德文，大老远从贵阳赶来，还准备了一首吉他弹唱的新歌《家》，我们也咬牙没录用。"斫去桂婆娑，人道是，清光更多"，这可是"人道是节目好看了许多"，整个晚会也就紧凑多了。

再就是我们注意控制整个晚会的节奏，不能总是高潮，总是山峰，也要有峡谷，有舒缓的优美的过渡，在那里我们分别安排的是舞蹈《小普少》《耕绿》和《春江花月夜》。在晚会快结束时，为了铺垫和迎接最后的高潮，我们加快了节目的节奏，没再用舒缓的节目。不少人要求香港来的歌手凯瑞唱英语歌《我需要你的爱》，她也有这样的要求，甚至歌词在转播车上也已经打好了，但这个歌太优雅，太舒缓，而且与观众有点"隔"，我们下决心换成了快节奏的《眼睛》，效果果然大不一样。最后是《大中国》："我们都有一个家，名字叫中国……"与主题歌《苏州——鼓起你的双翅》前后呼应，戛然而止。美中不足的是舞蹈《龙娃》《耕绿》都长了一点，要是再能精减一两分钟，效果会更好，但这些伴奏带都已制好，已无法更改了。

## 立足苏州，散发浓郁的地方气息

这台晚会主要是给苏州人看的，因此一定要有苏州特色，这样才离观众近，使他们喜闻乐见。另外，越有地方性，就越有全国性、世界性，就越有特色，才会得到更多观众的喜爱。基于这个认知，我们在有"苏州特色"上下了很多功夫。譬如主题歌，这是开头的节目。头，当然一定要开好，我们请作家专门创作。"在高高的虎丘山上，有只虎曾久久地眺望；守着一个默默的心愿，在心里深深地埋藏，那心愿已飞入一万支歌谣，一万支歌谣都唱着改革唱着开放……"歌词很传神，也很扣题，比较有特色。还有相声《对春联》，是第一次公开演出，文化味很浓，但既然在苏州演，就要有苏州的气息。一位编导出主意，让苏州的楹联专家费之雄提供一些素材。就这样，我们将有关苏州和苏州开发开放的材料以及费先生提供的对联，用特快专递寄给北京的演员丁广泉，让他充实和修改。很快，丁先生和南斯拉夫驻华大使馆的工作人员卡尔罗来苏州。"苏州政通千家福，古城人和万户春"，"根深叶茂，天宝物华，自古吴郡皆热土；木固枝荣，地杰人灵，如今苏州满园春"。彩排时，我们一听这些对联都加进去了，就直鼓掌，太好了，很有苏州味，观众一定欢迎！

晚会上美国的小姐妹爱中、爱华的节目，我们是赶到北京她们家里敲定的。小姐妹的妈妈爱伦笑着告诉我们："你们真有运气，她们有一个新节目《地球的孩子》，还没有公开演出过。这个歌酝酿、创作近一年时间，是中国第一流的作曲家卞留念作的曲。"（卞留念曾创作过《中国娃》等许多有名的歌曲）我们听了很是欣慰，但还是有点儿不满足。"如果观众哗哗鼓掌，要再来一个怎么办？"我问。"我们在南京有个歌，你们看一看，就是要努力再练习，时间太紧张了。"爱伦顿了一下，给我们拿来了录像带。

我们一看，太好了，可这是专门唱南京的呀。太紧张，但值得！立即打电话、发传真叫作家薛亦然创作歌词，让卞留念写曲调，然后录音，再特快专递寄来配伴舞。爱中、爱华姐妹来到苏州电视台时，晚上就要直播了。她们拿着话筒走上台，与伴舞的小姑娘联排，嘴里念念有词："虎丘塔下春风吹，人间天堂游人醉；个个都夸苏州美，古城如今更增辉。"我们不禁哑然失笑。她们说的苏州话，还是卞留念从北京打电话来让我们现教的。听这两位美国的小姑娘在苏州的舞台上，开心地唱"干将路拓宽车流畅通真是大手笔，高速公路连接沪宁南北车速加倍；旧城改造桃红桥白楼高柳枝儿垂，为苏州乐园越建越好咱俩干一杯……苏州的变化日新月异不用咱俩吹，园在城中城在园中中外宾客齐声叫OK"，我们真有点儿陶醉。我们知道，她们唱的歌曲，与台下、与电视机前的观众的心会贴得很紧很紧。

晚会最后是《五洲相会》的游戏。五大洲的朋友，找来不易，再要他们演出点精彩的节目，的确更不易。他们十分认真，动了不少脑筋。有说笑话的，打太极拳的，唱英语歌的。丹麦朋友皮特要来点幽默，特地要太太用布缝制了一个鸵鸟，要用鸟嘴笃笃地啄他颇像鸵鸟蛋的光头，然后说上几句笑话。真是八仙过海各显神通，

钢琴与笛子的演奏

但我们感到太散、太长，也有点儿业余了。大家七嘴八舌，突然想出一个主意：让五洲朋友每人说两句苏州话，一定很精彩！于是，舞台上有了这样一幕：来自赞比亚的比利先生用苏州话说"上有天堂，下有苏杭"；法国人阿兰先生用苏州话说：我是法国人，我来苏州工作；丹麦人皮特用苏州话说："苏州一天比一天大，苏州一天比一天高，苏州一天比一天好！"声调不太准确，表情十分夸张，赢得了观众的哈哈大笑和阵阵掌声。外国朋友讲苏州话，一下子就把与观众的距离拉得很近。其实，让来自五大洲的朋友在直播的舞台上讲苏州话，本身就说明了苏州的开放程度。后来，这台晚会在美国纽约中文台播放，反响强烈。一位观众反馈说，这台晚会好，特别是那个外国朋友学说苏州话的节目，相当精彩！可惜我来美国多年，已经不会说苏州话了！看来，这位观众也是苏州人。

千方百计使节目有苏州特色，就会贴近观众，给人耳目一新的感觉，观众自然就不会换频道了。

# 创优就是把片子做好

又到创优时。每到9、10月份以后，电视台的记者、编导、主任们就在考虑、掂量、琢磨这件事儿。面对创优，一个个心事重重、心怀"鬼胎"。每每问及，或慷慨激昂，或轻描淡写，或"顾左右而言他"。为什么？压力大啊！有人说，创优是一条"软鞭子"，抽你看不出痕迹，却着实让你疼得厉害。在竞争如此激烈的电视界，创优，确是一件一年一度沉甸甸的大事，也可以说是从业人员心中的一块"病"儿。

创优，能展示实力，扩大电视台的影响，对提高节目的质量，提高记者、编导的业务水平和队伍的素质，都能起到巨大的推动和促进作用。但是我觉得，在搞好创优工作中，有一个问题要解决，那就是：创优，先要把片子拍好。提出这个看似不成问题的"问题"，是因为我们确实是有教训的。

我们自以为是城市台，主客观条件十分有限。创优，拍好片子，困难不少。有时摄制创优片是努力了，但并没有十分、十二分的努力，手上的片子不过硬，就怀着一种侥幸心理，希望评委们能"开恩"，能高抬贵手，"放你一马"，就要小聪明，请客送礼，去拉关系。殊不知，这种没出息的做法并没有给自己带来什么好处，却被一位评委老师一声呵斥："华平，你搞创优，先要把片子拍好！"这一声严厉的呵斥，把我惊醒。

后来，我有幸参加过几次评片工作。这才知道，评委们坐定下来看片子，绝大多数都是不存偏见、出于公心的。评片就是评片，就是一大堆片子中，十二分好的与十分好、与八分好、与六分好之间真刀真枪较量。评委们敛声屏息，睁大眼睛，竖起耳朵，在看在听，在思考在判断：主题、立意、人物、画面、同期声、解说词、配音、字幕……说得不好听，他们是在挑毛病！一些问题、差错、不到位的地方，都逃不过他们的眼睛。有时候，看到的就是自己的片子，那些毛病、那些问题一下子就"血淋淋"地凸显出来。那时，真是有点汗颜，有点羞愧，有点"早知现在，何必当初"的感觉。这种感觉很真切，也很痛楚。创优，先要把片子拍好。所谓的好片子，那就是经过精雕细琢、千锤百炼的片子，是自己问心无愧、感到尽心尽力的片子。创优，就是要把这样的片子拿出来，已慢慢地形成了我们的共识。

记得拍《同里三昧》的时候，编导缪军连续加班好几个深夜，几经修改，快到截稿时拿出成片。"就这样吧，我已经尽了最大的力量了。"缪军筋疲力尽地说。我们看了，片子好是好，但还有不尽如人意的地方，还有几处"毛毛刺刺"的。片子已经送到电视台的总编室，一咬牙我们又拿回来，把眼睛熬得红红的缪军叫来。"你还得改，评委们是不会考虑你加了多少班，少睡了多少觉，他们就是睁大眼睛看片子，挑毛病。现在我们已经看出毛病了，有的被他们挑，还不如趁早把它给消灭掉。"可怜的缪军，又加班到凌晨两点。在评比后，台里一位当评委的领导同志乐滋滋地告诉我们：
"你们不错，片子拍得好，这下我可是长脸了。这么多省台、上海台、
浙江台、江苏台，还有其他城市台，都来了，我们评上了一等奖。这
可不是照顾的，这是硬碰硬，是全票通过。确实是拍得好，画面
也好，剪辑得也好，挑不出毛病来。"我们都笑了，挑不出毛病的
背后是缪军加了多少个班，付出了多少心血和智慧。

以后，我们把这次评片作为一条经验，多次照搬照套。去年
年底，在参加市里社教节目评奖前，台里先初评一下。有位编导的
片子我们看了，提出修改意见。他认为反正台里还要看，现在不改
了，到时一起修改。我们坚持让他修改："不是自己很满意的东西不
要出手，要出手就是好东西。""既然已经看出毛病了，与其让别人
评头论足，还不如趁早自己改掉。"最后他接受了我们的意见，认
真做了修改。后来，在电视台内部评选时，就很顺利地一次通过了，
并在市里获了奖。

在当年的江苏省电视对外宣传优秀节目评选活动中，我们送评
的五个节目全部获奖，其中《桥》《同里三味》获得优秀电视短片一
等奖，在全省的四个一等奖中，我们占了其中两个。在送评前，特
别是对那部《桥》，我们广泛征求意见，改了又改，煞费苦心，用尽
了心力，确实是代表我们当时的最高水平。对每一个画面，每一
段声音，我们都精心处置、小心"伺候"。我们知道，参评，对
付那些"火眼金睛"，容不得半点幻想和侥幸心理；参评，就是比
谁的片子好，比谁的片子毛病少。就是靠自己，用自己的力量把片
子做好。片子送评不久，一位领导好心地问我们："知道谁是评
委吗，要不要打打招呼？"我们说："不用啦，听天由命，靠它们自
己的运气吧。"实际上，我们心里有数，不再去搞那一套了。创优

的片子一经寄出，就像一支远征的军队，是成是败，不得而知。"将在外，君命有所不受"，就像一个已经成熟的孩子远离父母，开始独自闯荡"江湖"，是福是祸，全靠自己的力量和命运。我们只有一种信任，一份牵挂，一种期盼，在各自默默的心中。然后，佳音传来，我们十分高兴，对手操"生杀大权"而从未谋面的评委们产生了深深的敬意，更加坚定了我们"创优，先要把片子拍好"的信心。

创优，先要把片子拍好。一是说编导要把注意力集中在拍好片子上。你在做编导，在做片子，就要一门心思下功夫把片子拍好、改好。这时候，功夫就是在"诗内"，不要去搞那些歪门斜道。那些"诗外"的左道旁门，于事无补，反而有害。在这方面，你要对自己有信心，坚信你的片子是过硬的，就绝对埋没不了。有句话叫作"慧眼识珠"，现在是慧眼太多，珍珠太少。你手上真的有一两颗珍珠，在那里闪闪发光，那些"慧眼"肯定会惊喜地"亮"起来。

创优，先要把片子拍好。二是说不要轻易出手。既然是创优，就要在"优"上下功夫，精益求精，反复修改，尽量不留遗憾。这实际上是和写文章投稿一样的。我在报社当过编辑，那时我对付那些潦潦草草、马马虎虎、半半拉拉的稿子，统统放进废纸篓中，毫不怜惜。而对那些认认真真、言之有物、新鲜活泼的有分量的稿子，却另眼相看，"小心伺候"，有时甚至肃然起敬。有的立即编发，有的或打电话、或写信要求再修改；有的由于种种原因不能刊用，也默默地记住了作者的名字。那些只管自己写稿、投稿，以为修改、编发是编辑的事，实际上是陷入了一种误区。编辑根本没有精力和能力来处理那些粗制滥造的半成品。我想，这个道理对电视片的创优工作，也很适用。参评片要严谨，要精益求精，不要轻易出手。

　　创优，先要把片子拍好。三是说要耐得住寂寞。现在，知识更新快，竞争激烈，人们工作和生活的节奏都在加快，这容易使人产生一种浮躁的情绪。都在讲快，讲数量（当然也讲质量），讲效率，讲效果。面对一片喧嚣，压力很大，编导很难真正静下心来，把片子拍好。有些人眼高手低，嘴巴上滔滔不绝，想法很多，到年底还是拿不出东西来。因此，还是要讲"练内功"，讲学习、实践、总结，讲沉得住气，耐得住寂寞；要讲究"手高"，"桃李不言，下自成蹊"，手"高"的人，不知要比眼"高"的人高出多少倍。从"眼高"到"手高"之间，是有一个相当长的距离的。

　　另外，创优中有时也会遇到不公正的"待遇"。在评片过程中，有本位主义，有不正之风，甚至还会出现腐败现象。但作为一个有志气的编导来说，应该不为所动。这毕竟不是"毕其功于一役"的事情。创优，对一个编导来说，只是他工作经历、人生经历的一个插曲、一个过程。留得青山在，不愁没柴烧，关键是你要真正成为一座"青山"，真的有"青山绿水"，真的有实力。回到一句老话来说：创优，并不是真正的目的，把片子拍好才是追求的目标。

# 谈解说词在专题片的位置

一部失败的专题片，或者是纪录片，往往是先有解说词，是解说词优先。或对解说词的过于重视，并把它强调到了不恰当的位置而造成的。这不是危言耸听，实在是我们有过许多"血"的教训。

先有解说词，那是作者闭门造车，关在屋子里靠一些书本、资料和材料东拼西凑，加上自己的主观臆想堆砌而成。先有这么个东西，并把它放在了首要的位置，然后依样画葫芦按照它去拍摄、去剪辑，让画面去凑它，贴膏药似的贴上去，然后再"拉洋片"似的放出来，这样拍出来的作品往往一团糟，既没有观众，更没有生命力。概念化堆砌的解说词先行，第一，它本身就不是个好东西。第二，它像个框框，像根绳子，严重地束缚了编导的思想，束缚了他的想象力和创造力。第三，它干扰了专题片制作的自然流程。有了这三点，哪有不失败的？

然而，我们一些领导出于对片子的重视，往往要求先有解说词，把解说词放在首位。找当地的作家、"笔杆子"，翻书本、找资料、挖空心思、搜索枯肠，先弄出个"本子"来，这才放心。有的领导具有一定的文字功底和文学水平，不免"技痒"难熬，那就亲自动手，东涂西抹，圈圈点点。没想到，这就把自己给"套"住了；结果既害"苦"了编导，也害"苦"了自己。因为照着这个本子去按图索骥，最后肯定是找了个"骡子"。剧本，剧本，一剧之本。本子是最重要的。这在创作电影、电视剧时，大家都这么说。可是专题片、纪录片却完全不是这样，它是以"现在进行式"在生活中去纪录、去再现；它努力纪录的是现在，努力再现的是真实的过去，它追求和实录的是生活中的真实，而生活之树是常绿的，是变化发展、生动新鲜的，先拿着本子去"套"、去"罩"、去"框"，那肯定是行不通，要碰壁的。

我在这个问题上是吃过亏的，有过许多教训。仗着自己以前在报社当过编辑，文字还算可以，以为不会拍电视，解说词总会写吧。于是找书本、找资料，洋洋洒洒，卖弄来卖弄去，还十分得意。解说词优先，这可是我的强项。一位老编导看不过去，好心地劝告："电视不是这样的，你这样声、画两张皮，档次很低。"当时我听了拧着鼻子很不以为然，但经过很长一段时间的实践，我才慢慢地觉悟，才发觉不对头，才慢慢地找到了解说词的位置。过后，台里又来了文字比较强的同志，开始也重蹈我的"覆辙"，解说词写得很"满"，看上去十分华丽、十分精彩，他也蛮得意。我就对他说，搞电视不是这样的……他也不以为然冲我拧起鼻子。我笑了。看来，摆正解说词在专题片中的位置，也许每个从事电视工作的编导，都有一个认识的过程。

为什么要摆正解说词的位置？解说词在专题片或纪录片中到底处在什么位置？要回答这个问题，首先要回答专题片或纪录片是由哪些部分组成的。我以为，它基本上是由画面、同期声（含采访）、解说词（配音）、音乐、特技、字幕这六个要素的综合体，缺一不可。从专题片的组成部分来看，解说词并不优先，它只是六个组成部分之一。要真说优先的恐怕倒是画面。电视，电视，首先是"视"，是给人看的一种艺术、一种视觉媒体。人们都说"看电视"，没人说是"听电视"。有时候是声画合一的同期声优先，一段扣人心弦催人泪下的同期声，不知要比解说词精彩、生动、深刻多少倍！有画面、有同期声是电视的一大优势、一大特色。解说词不能优先的另一个理由是拍电视往往是现场创作，开始只是有个主题、有个立意、有个初步的想法，解说词反而是在不断的拍摄过程中、采访过程中逐渐完善和清晰的。可以说，拍摄的过程也就是写作的过程。因此，编导必须站在现场，眼观六路、耳听八方，脑子高速运转：这个画面要不要拍？它的表意和深意是什么？这段同期声要不要录，这个人要不要采访，他能说些什么？这段采访如何使用？等等。还有整部片子的主题、立意、结构、基调都要在脑子中转悠。这时，他不是在写"解说词"吗？只是用的词汇不同，使用的符号不同而已。

直到编导握笔坐定下来，开始写解说词，脑子蹦出来的才是文字，同时考虑上述专题片的六个组成部分，如何使各个组成部分恰到好处地融合在一起。他煞费苦心，起先定下这部片子的基调，然后是一句一句的解说词；眼前浮现的是一幅幅的画面，以及一个个被采访的人物，耳朵里响起的是一句句采访的话语，他在解说，他在串联，他又在仔细考虑整部片子的主题和立意，以及各个"部件"之间的逻辑联系。（电视片内部的逻辑关系是和一篇预先写好的解说词内部的逻辑关系完全不相同的，因为后者忽视了电视片重要的"构件"：画面和同期声，它的逻辑关系实际上是混乱和不完整的）。拿起笔和纸，他还要依靠剪辑台，反复"读片"，仔细观看摄录的素材带，看画面，听录音。他握着笔杆，时常嘴里念念有词，因为落在纸上的文字，要尽可能的口语化、通俗化；既要浅显易懂，又要朗朗上口；既要精炼深刻，又要真情流露；更不能显山露水，卖弄词藻。我以为，一篇好的解说词，你掂在手里翻看时，要不觉得它的好，不觉得它的精彩，这就可能成功了。因为，这时它已经变成了"有机"物，融合在整部片子中。人们在观看并发出啧啧称赞时，已经不感觉到解说词的存在。

在拍摄人物传记片《费孝通》时，领导比较高明，并不要求解说词先行。我们很高兴，先读书，了解费孝通。然后反复讨论，议出这部片子大致的主题、立意和结构框架，大家心中基本有数后开拍。在广东跟拍费老时（费老去香港讲学，顺便考察深圳、珠海、东莞等地），无意中遇到了来自上海的李友梅教授。她是费老的学生，是费老将她送往法国攻读社会学的。学成回国后，她一面教学、一面研究浦东开发引起的农民问题。我们敏锐地感到，这个人物很"有戏"，放在片子的《重建社会学》一章中正好。要不然，这个章节的画面就是一座座校门，一块块社会学系的牌子，一本本教材，十分单调，也十分单薄。这下可好了，有了一个活生生的人物，可以从国内拉到国外，其中有人的活动、人的思想、人的感情，能把气势宏伟的浦东开发的大镜头很自然地带进片子，加进她上课的学生、上课时的同期声，这个章节就活了。这个无意的发现，令我们感到十分高兴。

在云南拍摄《在西南联大》，在禄村听说有一个从冰岛来的女学生在禄村搞调查，中文名字叫韩思荣。我们眼睛一亮，又是一个新发现，赶紧抓住！可惜她在昆明，明天才能回来。第二天，我们又乘出租车赶一百多千米"杀回"禄村，又是采访又是拍摄，忙了整整一天。她是从冰岛到伦敦政治经济学院读书时了解到费孝通的（与几十年前的费老同一个学院），她对费老、对费老研究的课题产生了兴趣，于是在北京学了一年中文后，就到昆明一边学中文、一边在禄村搞调查。一个异国的女学生，来到偏僻又落后的禄村，吃的是极普通的饭菜，在农民屋里拉家常，她甚至能听懂禄村的土话。这个人物个性鲜明，很精彩，我们十分得意：这简直是老天赐给我们的意外收获！要知道，我们正为这一章节画面的枯燥、单薄而发愁呢！

如果我们先有了一个所谓的解说词的本子，拿在手上去照本宣科，去按图索骥，那么，我们的嗅觉和脑子就不会那么灵敏，那就不会有这些意外地发现和这些精彩生动的拍摄采访。

要摆正解说词在专题片中的位置，对编导来说，第一是破除迷信，不要盲目迷信作家、那些所谓的"笔杆子"。他们驾驭文字的能力，写文章、写文学作品的能力可能比你强，但他们不见得懂电视。对于电视专题片来说，你才是专家和内行，你才最有发言权。当说到谁写解说词时，你应该挺身而出，理直气壮地叫一句："我来写！"第二要克服懒惰思想。有的编导比较懒，最好能"省点事儿"，不愿多动脑筋，以为只要自己能拍、能剪就行了。写解说词么，这个费神费事的活儿，最好能推给别人。要知道，有时候别人的帮忙是越帮越忙，最后效果不好，害苦的还是自己。同时，你躲来躲去老不写，拍出的片子也会老在一个水准上晃悠，一年一年过去，水平总是提不高。第三是不要怕负责任。特别是大片子，责任重大，压力也大，上上下下眼睛都盯着你，搞得不好就要"砸锅"，就不好交差，那就大家都分担一点，别人管撰稿、管写解说词，我就只管拍摄和剪辑，最后弄不好，只能说这是照着本子拍的呀，我也没办法。其实，这是在逃避责任，不是一个有志气、有出息的编导的态度。作为一个编导，就应该是一个懂摄像、能写作、会剪辑的多面手。特别是能写解说词，这个本领太重要，它能使你逐步掌握专题片拍摄的整个流程，使你拍片时胸有成竹，真正掌握主动权，也能不断地提高你拍片的水平和层次。

要摆正解说词在专题片中的位置，对编导来说，还是一个十分新鲜的课题。我愿意在今后的实践中，不断和电视同行们共同探讨。

# 关键词的运用

## ——《贝聿铭与苏州博物馆》的创作体会

接到摄制《贝聿铭与苏州博物馆》电视专题片的任务，我们既兴奋又担忧，兴奋的是此片极具挑战性，一位世界级的建筑设计大师，为自己的家乡建造一座标志性建筑——苏州博物馆新馆，这件事很有意义，很有情趣和故事性。担忧的是，贝老这个名头实在太大，是世界级的，以及在开馆仪式上一同剪彩的有从北京专程赶来的文化部部长孙家正，从南京赶来的江苏省省长梁保华。这部片子我们有资格做吗？我们能做好吗？

而且，这部片子所提供的素材繁杂，影视资料很多，怎样理出个头绪？我们十分审慎地思考、提炼和归纳，我们告诫和提醒编导一定要抓住"关键词"。那么，这部片子的关键词是什么呢？我们的理解第一是"乡情"，第二是"创新"，就这两个词，四个字。

我们就在这两个词上下功夫。摄制这部片子一下子就清楚很多。

先说"乡情"。我们是这样着力表现的：贝老已是八十五岁的高龄，在退休多年之后从美国接下苏州政府盛情邀请设计苏州博物馆新馆。因此，在片子的开头，我们设置了一段字幕："一位寻

贝聿铭在苏州博物馆新馆开馆仪式上讲话

根老人的梦境架构，一座嫁接苏州文脉的诗情建筑"，然后开头就是在开馆大典上贝老的一段同期声：

"我对苏州的感情是很深的，我很希望有这个机会留点纪念，新馆，我希望是我给你们的小小的贡献。"在简单介绍贝老的身世后，又用贝老的同期声："这是一个非常大的挑战，可能也是我最后的挑战，因为我早就退休了，我退休有十二年了，我接受的工作大部分都是比较愉快的、简单的，不是像这个，这个是我的故乡，我不能轻易地做。"

这两段话情真意切，是一位饱经沧桑的老人的肺腑之言。老人对家乡的感情溢于言表，观众能真切地体会和感受到。

乡情，不是空洞、抽象的，它也有一个具体的载体，有具体的内容。下面是一段解说词：

"从接手了苏博新馆设计项目后，贝先生就多次往返美国和苏州，拙政园、忠王府这些工程周边地带都走了个遍。"

接下来是时任苏州文化局局长高福民的同期声："他看得很仔

细，看忠王府他一定要走到底，到拙政园，他也要走到衔接的地方，不走到他不罢休的。他说你一定要让我看，包括视线，他看得非常细，他年纪也比较大，我搀他，他说你不用搀我。"

接着是贝老的助手林兵的采访："贝老到苏州，年纪这么大了，他亲自到光福去看树。在现场，他会和现场的施工人员一起探讨，告诉他们竹林的竹子该怎么种，他在那里用粉笔画线。具体的，能够参与的，贝老他都会亲自去做。"

在采访中，在片子里，我们精心地安排和插入了不少贝老不顾年迈，戴着安全帽在工地上奔走，并与施工人员交谈的镜头。

下面还是林兵的同期声："对贝先生来说，每个项目都是非常认真、非常投入地去做，可在苏州这个博物馆的项目当中多了一份家乡的情结，这个是比较特殊的。"

最后是贝老的一段感人的同期声："这个馆，我本人最关心，他们说是小女儿也可以，因为我很多精神摆在里面。"

贝老对故乡苏州的情感，是通过卓绝的探索和思考，以及事无巨细的亲力亲为，终于使一座别开生面的、令人耳目一新的博物馆在自己的家乡落成而体现的。

我们紧紧抓住"乡情"这个关键词的立意就在这里。

可见，关键词是有力量的，抓住了关键词就抓住了整部片子的基调。

另外一个关键词就是"创新"。首先是新馆的设计，苏州博物馆所处的位置在非常重要的历史街区，在拙政园、狮子林、忠王府附近。拙政园、狮子林是被联合国科教文组织评为世界非物质文化遗产的著名园林。所以，这些都对贝老是一个很大的挑战。另外，苏州的古城风貌，如何在这样的历史街区能够做到与周围的风貌相协调，这种种挑战也是对他的一个机遇，就要去创新，去突破。贝老在设计时，中国的专家也提出，希望这个新馆是"中而新，苏而新"的，在苏州这个地方搞建筑，要设计出"中而新，苏而新"也是非常困难的，这使贝老动了许多脑筋，费了许多的心血。

记者在采访时询问贝老，"你在卢浮宫前设计的金字塔和我们苏州设计的博物馆，这两者之间有什么相同和不同的？"

贝老回答，"大不相同。法国人对卢浮宫觉得是宝贝，这是最重要的一个建筑物，所以，在里面加一点东西总是批评的，我想来想去，可是你一定要做，你不做没进口嘛，进口怎么做呢？金字塔，最轻的。最轻，玻璃，透明的，不遮那个宫殿的建筑，所以，只有这个办法可以做，同时也是一个大门，所以说，对付这个挑战可以说是成功的。"

"而苏州的味道很重，我是说建筑啦。因为味道重，就不能离开太远，离太远就不协调，同时我觉得要变化，苏州的瓦我不用，用大屋顶这条路我不走，我觉得走不通，可是用的还是灰，还是白，苏州最重要的是灰和白要做，其余的还可以变，所以'苏而新'要做一点工作。"

下面是解说词：

"新馆建筑群在现代几何造型中体现了错落有致的江南特色。深灰色的屋面和墙体边饰与白墙相配，清新雅洁，这粉墙黛瓦的江南建筑符号增加了新的诠释内涵。新馆建筑以现代化的钢结构替代苏州传统建筑木构材料。屋面上一种被称为'中国黑'的花岗石取代了传统的灰瓦。黑中带灰的'中国黑'淋了雨是黑的，太阳一晒颜色即变浅呈深灰色。

"新馆建筑充分体现了让光线来做设计的理念，玻璃屋顶与石屋在相互映衬中不仅在视觉造型上令人赏心悦目，而且在使用功能上也使得自然光线透过木贴面的柔和的遮光条的调节和过滤所产生的层次变化，以及不同空间光线的明暗对比，仿佛能让周围的线条流动起来，令人入诗入画，妙不可言。"

然后是园艺的创新。

为了体现"苏而新"和"中而新"的理念，贝老认为，相对于建筑的创新，苏州博物馆里园艺的创新更难些，虽然苏州的园艺世界闻名，但老的园林不能陪衬新的建筑，对此，要做进一步的推敲。

在贝老的精心设计下，中央大厅北边是一座在古典园林元素上精心打造出的创意山水园，山水园隔北墙直接连接拙政园之补园，北墙之下为独创的石片假山，这种以壁为纸、以石为绘别具一格的山水景观，以其清晰的轮廓和剪影效果，使人看起来仿佛和旁边的拙政园相连，新旧园景笔断意连，巧妙地融为了一体。

贝老在施工现场

新馆的陈列布局也是巧妙，独具匠心，突出"移景""取景""借景"等苏州园林特色，序列感、韵律感十足，空间尺度恰到好处，玲珑剔透，小中见大。特别是那棵紫藤，就是特意从隔壁忠王府的文徵明手植藤中嫁接过来的，以示建筑和文化的息息相通，一脉相承。

再就是陈列展厅的设计。

新馆本身的藏品也决定了苏州博物馆的设计，因为新馆的藏品是以明清工艺为主，而明清工艺的特点就是非常小而精细。所以，展厅的采光、展出的布置均围绕展品的特点来设计。对此，贝聿铭提出，色调还要淡雅，这样更能够衬托出展品的珍贵。橱窗的框架应该更细一点，因为里面的瓷器展品比较厚重，橱窗的框架如果粗了，就会显得很笨拙。

下面是贝老的一段同期声：

"因为我们苏博的收藏啊，除了字画之外，都是小件的，因为小件的东西你摆在大的柜子里面好像是友谊商店一样，买卖，不对的，所以我做了很小的，给每一个宝贝都有个框子，有它的照明，这个就是美国和欧洲都没有的。因为他们的收藏跟我们不同，适宜苏州自己的收藏。"

除常设展厅外，位于新馆东路的现代艺术展厅似乎也格外的特别。贝聿铭认为，书画艺术在苏州有深厚的基础，让参观者看了古代的再看看现代的，让人们感受到苏州的书画艺术是延续的，是不断发展的。

创新，是一个国家、一个民族发展的动力和灵魂。创新，也不是年轻人的"专利"，我们从一位八十多岁的老人身上，也看到了一种蓬勃向上的、可贵的创新精神。

我们抓住了"乡情"和"创新"两个关键词，就抓住了此片的关键。以关键词为纲要，为线索，紧紧围绕它展开情节，结篇成章，一层层地铺展开去，此片就显得不松不乱，重心突出，很有章法。

我们觉得这是一部好片子，我们很满意，博物馆的领导也非常满意。我们很有信心地告诉馆长，"你可以把这部电视专题片《贝聿铭和苏州博物馆》作为礼物，寄给贝老。我们相信，他一定会很高兴……"

# 从《中国缘》到《桥》

## ——浅谈专题片主题的深化

人物专题片《桥》，最近在江苏省第三届外宣电视优秀奖评选中，获得一等奖的好成绩。不久前，我们接待了丹麦北方电视台台长本特先生，给他看了这部片子，他连声说好，急切地希望我们制作成无中文字幕的版本，给他在丹麦电视台播放。

《桥》这个片名，原来是叫《皮特的中国缘》。从《中国缘》到《桥》，有一个一波三折的过程，这个过程实际上也是编导对这部作品主题的不断思索、不断提炼、不断深化的过程。

"我还记得大概是五岁的时候，我们丹麦有个说法，如果在地上挖个洞，继续挖，会挖到中国。那时，我就开始挖了一个洞，很好奇，中国。挖啊，挖了好几天，后来我父亲叫我放弃这个做不完的事情，可是我还是想要，现在，过了三十年吧，我就在这边了。"面对摄像机镜头，丹麦人皮特用一口流利的中国话回忆起他儿时对中国的向往。现在，他对中国仍然怀有一种深深的眷恋和敬重，在他的家里，陈列的是中国老式的旧家具，墙上挂的是中国的字画，两个还在上幼儿园的女儿有点"人来疯"地用中国话嚷着"爸爸""爸爸"。

采访结束了，但皮特的这番话一直萦绕在我们的脑海，印象很深很深，因为它很新鲜，很生动。而且，这番话还真的激起了我们的共鸣，记得我们小时候也曾有过这种天真想法，当时，我们也知道，如果朝地底下一直挖下去，我们地球的对面是美国。

皮特到中国来，也许是一种缘分吧，因为他和中国有缘，他从小就有这个梦，以后又娶了一个中国姑娘。他热爱中国的文化，现在又把自己的家安在了中国苏州，在苏州开了家投资顾问公司，为苏州招商引资提供服务……

我们把这个过程用电视手段纪录下来，摄制成一部十七分钟的专题片，取名为《皮特的中国缘》。当时，我们感到这个标题很不错。中国的老百姓是比较相信缘分的，俗话说"十年修得同船渡"，讲的就是缘分，有"不解之缘""一切随缘""有缘千里来相会"之说。用这个标题作为片名，我们觉得很实在，很贴切，也很有点儿意味。这部片子去年年底参加了苏州市电视社教类的评奖活动，因人物的形象生动和新鲜独特，并富有时代气息，在参评的十五个人物专题片中"跳"了出来，被评为一等奖。

但是，我们没有到此为止，总感觉这件事"没完"，总感觉这部片子做得还不够到位，只要再努把力，还可以做得更好些、开掘得更深些。最好能够在中国和丹麦之间找到一种象征性的事物，从物的联系，引伸到人的联系。为此，我们想到了"桥"。苏州是水城，河多桥多，自古就有"君到姑苏见，人家尽枕河；古宫闲地少，水巷小桥多"的描写。而丹麦又是濒临大海，桥也很多，尤其是那世界排行第二的跨海大桥，长桥如虹，架在浩淼的大海之上，气度确实不凡。桥，是一种象征，一种跨越，桥的本身也很具美感。

因此，我们就想将这部片子分成两条线索，一条线索纪录皮特的生活和工作情况；另一条线索就是在片中时时出现桥。将桥，苏州的桥、丹麦的桥集中起来，好像不经意地成段落地出现，作为一种隐喻，包藏在其中，起到一种象征的作用，来美化、深化主题。同时，分三个层次：

1. 皮特这个人物本身是一座"桥"。他热爱中国，从北欧丹麦到中国的江南水乡苏州，经历了巨大的跨越。他在苏州生儿育女，还结识了许多中国朋友，也让中国人在他身上认识了丹麦这个国家和丹麦人。他热爱并努力学习中国的文化，同时，他又将西方的管理和企业文化带到了中国……

2. 皮特的家庭是一座"桥"。特别是他的三个女儿。中午吃西餐，晚上吃中餐，"中西"混合。他们在家既能讲英语，又能讲中文，还能背诵"月落乌啼霜满天，江枫渔火对愁眠""锄禾日当午，汗滴禾下土"。今天她们接受的是中西文化的教育和熏陶，这些孩子长大后，将来不就是一座座更新、更美的"桥梁"吗？

3. 皮特的事业是一座"桥"。在以后的拍摄过程中，由于我们经常在皮特面前探讨"桥"的问题，并告诉他，你起的作用是一种"桥梁"的作用，你所干的工作，是一种"桥"的工作，他非常赞同。聪明的皮特，干脆把他的公司也更名为"桥"，在他和他员工的名片上，公司的形象设计上，甚至在他公司因特网址的主页上，都赫然标上"Bridge"（桥）。

是的，在中国，他最得意的一桩业务，就是为苏州新区引进丹麦佳合无纺布制品有限公司，这个投资三千万美元的独资企业，从工厂最初的选址到落成、投产，他参与了整个过程。佳合的成功，它良好的示范效应，使苏州很快就增添了丹麦格兰富水泵有限公司、丹麦东方进出口公司、丹麦阿尔法尔公司等六家合资、独资企业，它们占了丹麦在中国投资的六分之一。

在整部片子的下半部分，是纪录和讲述皮特到丹麦去招商前后的一段活动：他到苏州工业园区去，向他们要二十五份招商说明材料，他去上海虹桥机场……紧接着，我们要求丹麦北方电视台的同行们帮助拍摄皮特在丹麦招商、谈判等活动的镜头，并将接受北方电视台记者采访的素材寄回来。在采访中有一段话他是这样说的，"过去，中国人在菜场买菜，现在许多中国人都在超市里买东西，因此，丹麦的食品加工业、冷冻以及包装的企业家都应该到中国去考察。"在丹麦，皮特也成了个新闻人物。他的采访，他的一些活动也在丹麦北方电视台播出。他切切实实地在做"桥"的工作，用这一段活动来结束本部片子，我们感到紧扣了主题，比《中国缘》也更加深刻、更有分量。

由于有一条"桥"的暗线串在整部片子之中，许多比较深刻的细节和素材就能串进来。在他回忆儿时"挖洞"的采访后面，紧接着是我们对他的一段补充采访："我在念大学的时候，已经对亚洲地区有了兴趣。我们有个说法，21世纪是亚洲的世纪。1987年，快要毕业的时候，我有机会来到亚洲。我过来跑了几个国家，包括中国，在中国也跑了不少的地方，感觉到中国的发展速度是最快的，发展潜力是最大的。回到丹麦后，我就决定把我的事业放在中国。"他的这番话，就比前面讲的"挖洞"更成熟、更深刻，又很真实。

皮特是个商人，一个精明的外国商人，他到中国来，说到底是为了赚钱，但他客观上起到了"桥"的作用。我们不厌其烦地纪录下他公司的发展，他的生意不断兴旺发达的过程：公司办公室的扩展；除了招收中国雇员，还从丹麦招来律师兼业务员杰克卜；他在全国三十九个城市招收兼职业务员，并召集到苏州来培训等。这些活生生的、具体的镜头联在一起，来说明皮特的公司在扩大在发展，它和苏州新区乃至中国的开放和发展紧紧地连在了一起。我们感到，这样的说法，是很自然很贴切也是很客观的，这使主题既具体又深刻，立意也比以前高出了许多。

在《中国缘》中，插入了皮特在《开放的苏州》晚会中演出的场景，当时他是用中文解说成语"拔苗助长"，非常生动有趣，显然这是从他对中国文化了解的角度上说的。而在《桥》的片子中，我们又把皮特在第二届"开放的苏州"晚会上的表演加了进去，他用苏州的方言表达了自己真实的感受："苏州一天比一天大，苏州一天比一天高，苏州一天比一天好！"他那副咬文嚼字、夸张滑稽的腔调，赢得了观众哄堂大笑，赢得了阵阵掌声。他在两次晚会上精彩的表演，形成了一个递进和深化的关系，我们就是想让观众在欢笑中悟到些什么。

两条线索，三座"桥"的层次，我们开始时在片子中并没有点明，而是把它包藏起来、隐蔽起来，真是煞费苦心，目的就是想让观众看后"仁者说仁，智者说智"，让观众有所领悟，有所发现。

可到了片子送评的前两天，我们对标题《皮特的中国缘》反复掂量，苦苦思索，最后还是咬牙痛下决心，将它改成了《桥》。为什么呢？因为这时我们才知道，电视这手段，不容隐蔽，不能隐喻，它纤毫毕露，明明白白，什么都放在了明处，什么都在电视屏幕上出现，何处可隐？播放时，又是线性的，有强烈的不可逆转性。不像报纸、杂志的文章可以反复看，或思量片刻后再看。那么，就索性来个明喻，直截了当：《桥》。而且，这样的标题与原本的立意相扣，比起《中国缘》来，既有象征意义，又深刻了许多。片名改好后，我们才松了一口气，才算定下心来。参评后，一位评委老师讲：由于是外宣评奖，参评的节目反映外国朋友的很多，而《桥》片中，从皮特、从一个家庭、一个外国公司来自然地反映出中国的发展和变化，是不多见的，也是表现得比较有个性、比较好的。他的这个评价，也是我们始料不及的。

这么一部人物专题片，我们跟踪拍摄了长达一年多，加上后期制作，加了许多班，吃了许多苦，其中有的体会是很深的。

第一，要深思。

遇到一个好题材，很不容易，因此要珍惜它，拼命地挖掘，充分发挥其价值。要做到这一点，编导艰苦地深入地思考是很重要的。人们有时往往浅尝辄止，抓到一个题材，急急忙忙、慌慌张张去做，想到一点、想到一层就心满意足，就自鸣得意，不愿做深入地思考，不愿一层一层地挖掘下去。

我们有时看到一部电视专题片，本来是一部好片子，但冗长、拖沓，应该打住了，它还在那里没完没了。那就是由于编导思索不够，这也要，那也要，不忍割舍。有的明明是两部片子，硬是要捏在一起，编导对自己在这部片子中要表现什么，反映什么，怎么表现，都没有做认真深入的思考，他自己都没有想清楚，观众怎么能看明白？

由于电视节目是以"秒"、以"帧"为计算单位的，工作节奏快，而且电视制作成本高，节目又是天天播，节目的需求量大，所以记者、编导所摄制的电视片很难被"枪毙"掉，这就容易产生一种自满情绪。加上电视连接千家万户，电视工作者很容易干出成绩来，只要稍加努力，就会小有名气，就会弄出点知名度来，这就容易产生一种满足感和成就感，容易产生出心浮气躁的毛病来。实际上我们也常常是这样。

但这一次，我们没有满足，没有浅尝辄止，而是挖掘再挖掘，思索再思索。在后期制作和不断修改的过程中，真是白天想、晚上想，半夜醒来还在想，"思之，思之，鬼神通之"。那种锲而不舍的思维过程，虽然很艰苦，但有所发现有所收获，也是一件十分开心的事。

第二，要讨论。

拍摄电视片是一种集体的创作、集体的劳动，因此要多商量、多讨论。虽然人的思维看似海阔天空，是无限的，实际上还是有它的局限性、片面性，只有集思才能广益，只有善于集中大家的智慧，才能拍摄出好的片子。

在搞学术活动中，社会学家费孝通有一个观点：要讨论，不要争论。我们感到非常有道理。因为，谁也不能"包拍西瓜""包打天下"。那种盛气凌人、老子天下第一的态度是要不得的，而那种互不服气，你说这，我偏说那，你说白，我偏说黑，争得脸红脖子粗，往往于事无补，而且伤了感情。而那种心平气和、如拂春风、如沐春雨式的讨论，互相启发，互相"震荡"，互相包容，往往会取长补短，激发灵感，迸发出闪亮的思想火花。在这种创造性的劳动中，友好合作、互相理解、互相尊重的气氛尤为重要。因为，大家有个好心情，干活效率高，质量也高。

最后，片子出来，我们还请部门的每个同志看，让每个同志发表意见，进行讨论。这样你提一条，他提一条，我们只要感到有道理，就老老实实地改。因为我们认为，欣赏电视片大家的眼光都是较高的，同行们的眼光，基本上也就是观众和评委的眼光。

从《中国缘》到《桥》，是个反复思考的过程，实际上也可以说是一个反复探讨、反复讨论的过程。

第三，要有距离感。

距离感，是一种美感。谈过恋爱的人都知道，太熟悉的对象往往最后不能走到一起，因为朝夕相处，优点缺点太了解，谈之乏味。而保持一段距离，或有距离感的对象，反而会互相吸引，有所期待，有所发现，会产生一种新鲜感。我觉得，搞电视的同志，也要与电视保持一段"距离"。既要专注，又不能太专注。有时就要将自己从所做的片子中跳出来，保持一段距离。业余时间多多读书，开卷总是有益。多读书，多看与电视业务相关的，甚至毫无关系的书，不停地充电，吸收其营养，"休养生息"，同时也要有点健康的业余爱好。这样，就会对电视片时常保持一种新鲜感，培养出一种比较敏锐的感觉，比较犀利的眼光，保持一份灵气和创造力。

我们经常"不识庐山真面目"，钻牛角尖，用"拙劲"，用了不少无用功，那是"只缘身在此山中"。而"后退一步"，有点距离，反而"天地"开阔起来了。

《桥》这部电视片，断断续续拍了一年有余，其中有紧锣密鼓、疲于奔命之刻，也有搁置一边、毫不理会之时。那种既紧迫，又从容所产生的距离感，现在想来，也是这部片子成功的原因之一。

# 田头拾翠

## ——谈摄制《费孝通》片的几点体会

"去吧，小心点，回来给你做荠菜饭吃！"小时候，我常到无锡荡口乡下的奶奶家，我最喜欢的就是挑荠菜。当我告别奶奶，挎着竹篮，握着小铲子，和小伙伴们飞也似的奔向田野时，我的心高兴得都快要蹦出来了。在田埂、堤岸、桑园，东一棵，西一棵，我们挑的是发现的惊喜，是收获的欢乐。现在回想起来，还是那么的新鲜有趣。《费孝通》摄制完成并播出后，我收拾起思绪，不知怎么的，似乎又回到儿时挑荠菜的时候，东一点，西一点，拉拉杂杂，不成篇章。

### 一、遇到问题，不仅是一个挑战，而且是一个锻炼和提高自己的机遇

拍摄像《费孝通》这样多集的大型人物专题片，这是我们从来没有遇到过的事情。以前我们拍创优片都是单集的，一般十五分钟到二十分钟，而且拍的都是小人物。要拍费孝通这么一个跨世纪的老人，一位全国人大副委员长，一位世界著名的人类学家、

社会学家。这么一个厚重的、博大精深的人物，我们怎么把握得了？因此，接到这个任务，我们感到压力非常大，是遇到了一个不小的问题。

"遇到问题是一个挑战"，这是一位外国朋友忠告我们的。那时搞《开放的苏州》大型文艺晚会，他看到我被搞得焦头烂额，十分困难，就这么鼓励我说。后来在大家的帮助和努力下，终于咬牙挺了过来。事后，我就记住了这句话，感到蛮有道理的。在这次拍摄过程中，我们又遇到了许多意想不到的困难和问题，有不少困惑和误区，我就用这句话来"抵挡"一阵，但是我觉得，这句话不够了。接受挑战，还是被迫的、被动的，不够积极，要多从正面、积极的一面去努力。遇到问题，不仅仅把它看作是一个挑战，而要把它看作是一个锻炼和提高自己的机遇。在原有的观念上又有了新的发展，又上了一个新的台阶。就这样，多从积极的方面去想，调整好心态，调整好视点，不仅有了勇气，往往

《费孝通》光碟的封面

还有了办法。

慢慢地我们发现，这确实是一个不可多得的好题材，拍摄这样的大片是给我们一次极好的锻炼机会。我们走南闯北，跟踪拍摄，大量读书，了解费孝通，在如何撰稿、如何拍摄和剪辑上得到了很大的锻炼和提高。同时，跟随费老一年半时间，经常相处的除费老本人外，还有许多跟他在一起的国家级一流人才，耳濡目染，看他们的眼光和思维的高度，看他们是如何讨论问题分析问题，看他们如何做人、做事、做学问。无形之中，他们的人生观、价值观也在影响着我们，使我们在不知不觉中也得到了提高，真可谓受益匪浅，这的确是一个难得的好机会。

遇到问题，把它看作是一个锻炼和提高自己的机遇。这一句话，对我们走好今后的工作之路和人生之路，都将会大有益处。

## 二、走出误区天高地宽

拍摄《费孝通》这样的大型人物系列片，对我们来说是第一次，难免会遇到一些误区和困惑，也会遇到一些好心人错误的指点。这时，自己就要有主心骨，要把准方向，不误入歧途走弯路。在这里，我们曾遇到这样几个误区：

1.《费孝通》不是给一般老百姓看的。有人对我们这样说，他是一个对中国做出巨大贡献的社会学家，要多讲社会学，要做得有深度。但是我们反复体会，却以为，电视是大众的媒体，它就是给老百姓看的，电视节目不适合作学术文章，它只能"深入浅出"，只能做"科普"的工作。而且，只有抓住人，紧紧地抓住人，才能做好片子。因为，人们最关心的、最能打动人心的，还是人：人的遭遇、人的命运；人的思想、人的情感。因此，我们没有和其他《费孝通》摄制组一样，去学习和钻研社会学，沉浸、迷恋于此。我们对社会学，对学术性始终保持着一份警惕，一段距离。我们知道：我们是记者，是电视编导，我们有自己的视点和角度，有自己的任务。我们就是给老百姓讲述费孝通的故事，结合中国的百年历史，讲一个中国的普通知识分子一生的追求，讲他的一种精神和风貌，努力给人以感染、以振奋和启迪。明晰了这么一个想法，我们确实轻松了不少。

2. 拍摄《费孝通》片，就是要跟、跟、跟。彼时费老已是九十岁高龄，拍摄他的镜头既有一定的难度，又十分珍贵。不少人好心地这样提醒我们。开始，我们的摄像机也是追随着费老的身影，跟，跟，努力地跟拍好。但是跟了一段时间后我们发现不妙，总是在那里跟，镜头重复多，变化少，单调、枯燥，镜头的局限性大，与费老拉不开距离。我们立即调整拍摄思路：跟与不跟相结合，要敢于跳开费老拍费老。旋即，我们离开费老赶到广西瑶山、梧州，拍摄费孝通与妻子王同惠当年第一次进入的瑶山，以及王同惠遇难的地方。到昆明拍摄当年费孝通在西南联大和"李闻事件"（李公仆和闻一多）的旧址旧闻。我们远赴西北甘肃定西县，拍摄费老五次视察过的地方，曾为那里的农民脱贫致富费了许多心血的往事和变化……我们的镜头离开了费老本身，但我们拍摄和采访的材料更深入、更丰富，也更精彩，觉得跟费老更紧了。跟与不跟相结合，跳开费老，我们一下子感到天地的宽阔，思路开朗了许多。

3. 电视的特点，就是以画面为主。这是我们的老经验老办法，可这次套用到《费孝通》片上，就不灵了。我们的编导进入后期撰稿和剪辑时，还是习惯以前的专题片和纪录片的做法，不停地考虑着画面，让画面优先，一集的解说词只写七八页纸，剪出毛片来，看看就不像一部大片，都没法进行修改，这使我们大伤脑筋。我们就反复观看人物传记片《邓小平》，经过琢磨和研究，终于发现，传记片和文献片的做法特点就是解说词优先，是把解说词完整地拎出来，是它在领着画面走，我们如醍醐灌顶，茅塞顿开。以后，我们每一集的解说词都写十五六页纸，让它来领导画面，结合我们过去做片子的经验，再剪出毛片来，一看就像那么一回事了，我们大家这才松了一口气。

《费孝通》片现在看起来是成功了，它犹如《孙子兵法》中说的那样："故善者之战，无奇胜，无智名，无勇功。"它看起来显而易见，就应该是那样，就应该成功。但实际上，人的思维不可能一箭中的，办任何一件事情都不可能一蹴而就，这其中有暗礁，有误区，有曲折，只是已经避开、绕开、走出来而已，只是没有把那些说出来，展示出来而已。

### 三、做人要做这样的人

这次我们拍摄《费孝通》，有幸采访和拍摄了不少老人。对此，我们感触很深：他们饱经风霜，却无怨无悔；虽然白发苍苍，满脸皱纹，可头脑仍是那么清晰，精神仍是那么旺盛；他们执著、睿智和渊博，又是那么的谦和、淡泊。反右和"文革"，耽误了费孝通从四十七岁到七十岁这人生干事业的黄金时间，他一"出山"却说，口袋里还有十块钱，不能零星地随意地买些花生米来吃，要买一件自己心爱的"东西"。他估计自己还有十年的寿命，要为国家、为中国的农民再干点事业，把被耽误的时间追回来。一次在沿京九铁路跑的火车上，我们问费老，为什么你九十岁了，还在外面不停地跑，还在不停地搞调查研究？他说："我本质上是一个学生，我的一生一直是在考试，我不知道别人会给我打多少分数。但我给自己打的分数不是很高，我的时间不多了，要抓紧有限的时间给自己再添几分。"

再有一次，我们与费老谈到反右和"文化大革命"时对他的不公正，他却平静地说，这些都已经过去了。

还有费孝通的姐姐费达生，今年已是九十八岁的高龄，她的眼睛几乎失明，耳朵也几乎听不见声音了，但仍在关心着蓖麻蚕的喂养，还在自己动手用蓖麻蚕吐的丝结围巾，结衣服……"孝通嘛最小，姆妈顶顶欢喜他，随便什么事情，只要他去说，姆妈总归听的……"她的声音本身就很具沧桑感。我们知道：眼前的这位看似木讷的老人，实际上是一位可敬的实干家，她和她的丈夫郑辟疆是中国改革纺织业的先驱，费孝通代笔帮助姐姐总结经验，撰写《我们在农村建设事业中的经验》《复兴丝业先声》这两篇文章，时年才二十三岁，没有姐姐的工作实践，没有姐姐与开弦弓村农民亲密而又深刻的关系，也就没有费孝通名声遐迩的《江村经济》。

雷洁琼，九十四岁。我们听她讲费孝通，讲费孝通的前妻王同惠（当时是她的学生），讲与费孝通的老师吴文藻、师母谢冰心的交往。她那一口闽南口音的普通话，把我们带到很远很远……采访结束，我们忍不住请教起她的养生之道，没想到她爽朗地笑了："我的养生之道很简单，就九个字：不抽烟，不喝酒，不锻炼。"不锻炼？我们已经见到书房中她刚刚写的大字，墨汁淋漓，是那么的遒劲豪放，那么苍健有力。

钱伟长，这位在第二次世界大战期间作出卓越贡献，又对我国国防工业作出重大贡献的著名物理学家，没想到对历史这么熟悉和精通，"我是可以上历史课的，从苏州的苏高中考到清华，我语文考了一百分。我是学文科的，是'九一八'事件，是日本侵略中国，让我改学理科。我说，学文科、学历史有什么用？我要学造枪造炮的本领。"他叹道，"反右和'文革'，我和费孝通是一样的遭遇，但我比他晚出生三年。"现年八十九岁的他，仍每年用一半时间奔走在全国各地，指导和帮助他的学生解决各种科研问题，至今他还担任上海大学校长的职务，他在努力培养人才，努力追回被耽误的宝贵时光。

还有杨绛，这位费老中学和大学里的同班同学，初恋时的恋人。虽然费老处的张秘书，在电话里一个劲地叫"钱师母，钱师母"，帮我们说好话，但她还是婉言谢绝了我们的拍摄和采访。我们不能一睹她的风采，没法和那张在苏大校史上的爱好排球、体操的白白净净、漂亮的"瓷娃娃"的照片，作个蹉跎岁月的对比。但我们清晰地听到了她爽朗的声音，体会到她与钱老一样属于他们的

《费孝通》摄制组成员与费老在一起

做人做事的原则。在我们眼中，她和钱钟书一样，就像一对可敬的世外高人。

再就是远在英伦的一百岁高龄的弗思博士——费孝通的老师。当我们远涉重洋去伦敦，再驱车到他家采访时，没想到瘦瘦高高的他，已经站在家门口等候我们，已经是一百岁的人啦！他为了接受我们的采访，作了精心的准备，一切有关费孝通乃至中国的资料、书籍、照片他都准备得妥妥当当。当我们采访拍摄完毕，激动地向他握手告别、并祝他健康长寿时，他一边挣扎着从沙发上站起，一边却轻松地告诉我们：我父亲活到一百零三岁，我一定要超过他！这位老人一直把我们送到门口，我们开车走了，他还站在门口向我们频频挥手。此时此刻，我们的眼睛都湿润了……

每一位耄耋老人都是一部书，一部厚厚的书。他们饱经岁月的风霜，他们有他们一代人的抱负和理想；他们至诚至仁，对自己的信念和追求，坚贞不屈，矢志不渝；他们即将走完自己的人生旅途，但他们就像一块块丰碑，昭示着我们晚辈，应该如何做事，应该如何做人。这一点，也许是我们拍摄《费孝通》片最大的收获。

# 聚　焦

——记新闻专题片《灿烂如绣》的点滴体会

　　专题片《灿烂如绣》获得江苏省电视新闻（专题）一等奖、中国广播电视新闻奖二等奖的好成绩，如此殊荣，我们喜出望外，但也有点在意料之中。因为我们在整个摄制过程中都十分自信："这么好的题材，一定要拍好，一定要得奖！"我们几位编导一直在暗自嘀咕。

　　记得去年3月的一天，刺绣研究所张美芳所长在电话中吞吞吐吐，欲言又止：旅美华人、著名物理学家李政道博士要把一张反映重大科学实验的珍贵照片绣成苏绣作品。这立即引起我们的"警觉"和极大的兴趣。虽然张所长忐忑不安，没有把握，但我们的决心立即就下了：跟，不管这件事是成功还是失败，我们都要把这个故事跟踪下去，跟着看出个结果来。台领导也十分赞同这个想法，给予我们有力的支持。

　　这是李政道博士在美国长岛进行的一次十分重要的科学实验，在超强电流推动下，两个金核子在加速中高速对撞，互相穿透，形成瞬间真空状态，这是模拟宇宙大爆炸开始的一项试验，目的是为了探索真空状态中能量和暗物质的问题。

电子显微镜拍摄下这一精彩的瞬间，那绚丽多彩又密密麻麻的线条，就是对撞产生的介子和重离子在真空中的爆发放射的运行轨迹。李政道十分珍惜这张"实验照片"，急切地希望能用富有表现力的艺术创作形式来表达、表现。他想到了自己家乡的苏绣，想到了苏州刺绣研究所。

近年来，李博士一边仍在世界物理学的前沿阵地探索，一边致力于"科学与艺术"相结合的研究，他提出"艺术和科学的共同基础是人类的创造力，它们追求的目标都是真理的普遍性。普遍性植根于自然，而对自然的探索则是人类创造性的最崇高的表现。事实上如一个硬币的两面，科学与艺术源于人类活动最高尚的部分，都追求着深刻性、普遍性、永恒和富有意义。"他想用苏绣艺术来证明他的观点和发现。同时，这幅作品如能成功，李博士要将它在六

李政道博士与张美芳在一起

月份北京美术馆举办的"艺术和科学"国际作品展中展出。

拍片子是要有机遇，有机缘的，而这部片子似乎在这方面得天独厚。就这样，这么一个珍贵的题材撞到了我们的"枪口"上。

那么，摄制《灿烂如绣》的作品有什么可总结的呢？我的体会是——聚焦。

### 一、人物的聚焦

你想，这么一个有关中国传统工艺苏绣的题材，一部只有十三多分钟的新闻专题片，里面有物理学家、曾获诺贝尔奖的李政道博士；有著名画家吴冠中；全国政协主席李瑞环剪彩的镜头；有江泽民总书记参观"艺术和科学"的展览，观看苏绣作品时的热闹情景，有江总书记在苏绣作品前兴致勃勃、笑容满面的精彩合影。我们是城市台，能获得这样的照片，拍摄到这样的场面和镜头，是多么的不容易！

有人也许会不以为然，你这是用名人、用党和国家领导人来抬高这部片子的身价。实际上我认为，人文也是景观，而且是更重要的景观，是一道非常亮丽的风景线。这些重量级的特殊人物在同一部片子中，都介入了十分传统的苏绣工艺，在里面有不同的活动和评价，这本身就是一个不同寻常的事情，是一件很有意义的事情。这就起到一个非常集中，或者说是一个"聚焦"的作用和效果。

### 二、主题的聚焦

这部片子的主题和立意是什么？我们在跟踪记录这个故事的过程中，一直在思考，在议论，最后我们确定为"创新"这两个字。李政道博士拿着这张异常珍贵的照片来找苏州刺绣研究所，他是一个突发奇想，一种创新，一种冒险；研究所刺绣这样一张照片，本身就是一个很大的冒险，是创新到了一个新的平台，开拓了一个新的重要的领域。

大画家吴冠中说："我说刺绣传统的针法等于零，是说现在的刺绣和传统的、过去的完全不一样了，可能老艺人认为这已经不是他们的刺绣了，这就是创新。"

李政道博士在参观了苏州刺绣研究所绣制的艺术作品时也发出这样的赞叹，"苏绣和我原来的想象大不一样了，你们已经从二维空间突破到三维空间，这一步非常重要。"

虽然这个故事里可说的很多，精彩的思想也不少，但我们把这些不同人物的思想和行动，都归集到一点，都聚焦在"创新"这两个字上。我们虽然有头有尾、娓娓动听地在讲故事，但"看似无心实有意"地在整个过程中，强烈地充盈着一种"创新"的气氛和精神，我们理解：这就是主题的聚焦。

### 三、细节的聚焦

人物活动的聚集，主题思想的聚集，都是具象的、物化的，要靠具体的、典型的细节来表现，来表达。《灿烂如绣》中有许多生动的采访、精彩的细节给人留下较为深刻的印象，起到了聚焦的作用。其中有两个细节最为典型：

一是"金刚钻的原理"。那是在李政道博士见到这幅刺绣作品时，张所长向他介绍，这次是用了一种新材料，一种新型的化纤丝线"三叶异形丝"，它是棱形的有多个横断面，能多侧面折射光线，所产生的熠熠光烁更为强烈，表现瞬间真空中爆发放射产生的光点更加真实。李博士一下就听懂了，点着头笑着说："这是合晶体，

摄制组采访拍摄著名物理学家李政道后合影

和金刚钻的原理是一样的，金刚钻开采出来的矿石并不是好看的，但经过加工，用刀这么一切，它的刀面就有各种反光出来。"他有力地做着一个"切"的手势。这么一个细节，说明艺术家和科学家"所见略同"，科学和艺术确实有许多共同的语言，但刚开始我们没有认识到这个细节内涵的意义，忽略了没有放进片子中。在反复修改时，我们才发现这个细节很有个性和深意，对反映主题、表现人物有生动和特殊的"聚焦"作用。

二是那张江总书记和李政道博士在刺绣作品前的照片。开始，张所长拿来几张江总书记在展览馆弯腰欣赏刺绣作品的照片，说：这是新华社的摄影记者提供的，很珍贵。但我们还不满足，因为我们在北京人民大会堂听李政道博士讲"物理的挑战"大型学术报告会时，看到一张制成幻灯片的照片，江总书记和李博士在一起，笑容满面，神采奕奕，后面的背景正是苏州刺绣研究所绣制的那幅作品。我们立即打电话问李政道博士办公室的主任，提出我们需要的照片，他说李政道的照片很多，你要哪一张，我们说，就要在人民大会堂讲课时制成幻灯片的那一张。两天后，我们收到北京寄来的特快专递，打开一看，正是那张照片！我们非常的开心，因为这张照片太重要，它一下子提高了整部片子的档次和品味。这张照片我们拍成镜头，在片子中用了两次，一次是开始的片头上，一次是快结束的高潮中。这个生动的细节，起到了一个重要的"聚焦"作用。

### 四、场景的聚焦

专题片的结构是讲"块状"的，新闻专题片更讲究现场，讲究场景。我的体会是，专题片的场景也有相当"聚焦"的作用。

记得当时刺绣研究所绣好作品用汽车运到北京，放进了坐落在中关村的"中国高等科学技术中心"的会议室中。大家怀着忐忑不安的心情期待着……刚从美国回来的李政道博士一踏进屋，一看见这幅苏绣作品，眼睛就一亮，"唉呀，好，非常好！"张所长紧张地问，"这是不是有点符合你的要求？""远远超过了我的要求，真是神品啊！"他情不自禁地拍着张所长的肩膀，叹道："看来，'艺术'还是超过了'科学'！"不一会儿，老画家吴冠中进来了，"好，好！"他一下子走近刺绣作品，蹲下身来仔细地看着，"好，好，这给我的感觉就像是宇宙中来了个外星人一样，非常好，这作品要得奖，我投你一票！"我们立即进行采访。

然后，两位大师就为这件作品起名字，他们互相推让了一番，吴老提出一个名字"客自外星来"，因为这是他最初的艺术感觉。李政道博士听后深思许久没有表态，这时，中国科学院院士、李政道博士在西南联大的同学叶铭汉提了一个建议，可否取名"混沌之初"，因为，金核子对撞实验是模拟宇宙大爆炸开始时的情形。李博士这时点点头，说：这个题名意思可以。但是，吴老觉得这个名字缺少一点"人情味"，李博士思考良久提出了一个结合方案："喜见天外秀，来自混沌初。"这个方案赢得了在场宾客的一阵掌声。

过了几分钟，吴老又提出一个将前句改成"问君家何处"，这样上下句意思更加连贯和工整，他的提议又受到宾客的一片称赞。

这时，工作人员拿来笔墨，请两位大师题名，一番谦让后，吴老提起笔，"我题名，请李先生落款。""问君家何处，来自混沌初"，吴老的字迹秀美而又遒劲，他在自己名字的上面空出李博士的位置，但李博士还是把自己的名字写在了吴老的下面。一幅苏绣作品，有两位世界级的艺术家和科学家共同起名并题字，实属罕见。

这样精彩的场景，有人物，有品格，有细节，有主题，还有气氛，尤其是这两个世界级的人物在同一个场景中出现，在为这幅苏绣作品在讨论，在思考，这是异常珍贵的，起到了强烈的"聚焦"作用，当时，我们提前一个多小时来到现场，精心准备，并根据光线适当布置和调整场景，当李博士一踏进会议室，我们两台摄像机（一大一小）、一台照相机，几乎是敛声屏息，不停歇地紧张工作，机会难得呀，这种起到"聚焦"作用的场景简直是"千载难逢"！


专题片为什么要讲"聚焦"？我的体会是：

1. 聚焦，能产生巨大的能量。我们都知道放大镜聚焦阳光可以点燃纸片，可见"聚焦"的威力。在摄制专题片中注重"聚焦"，也能聚集和释放出巨大的能量。《灿烂如绣》只有13分20秒的长度，却体现了强烈的内在张力，产生了相当的冲击力和震撼力，以至参加江苏省评奖时，得以评委全票通过，并以此奖项中唯一的一部新闻专题片代表江苏省去全国参评，得到了全国二等奖的好成绩。

2．聚焦，使专题片更加单纯。摄制新闻专题片、纪录片稍不留神，就会做得拖沓、冗长，就会枝蔓多、头绪多，庞杂起来。而电视片是以线性来播放的，它讲究单纯，讲究"深入浅出"或就是"浅入浅出"。讲"聚焦"，讲集中，片子就容易做得单纯起来。原先这部片子还有一个光明的尾巴：苏绣作品《问君家何处，来自混沌初》成功后，张所长和苏州刺绣研究所又紧张地在为中国驻新加坡大使馆绣制大幅作品。后来感到这样已经离开了《灿烂如绣》的焦点，有点画蛇添足之嫌，就毫不可惜地删掉了。


拍摄这部片子，我们摄制组两上北京，断断续续用了一年的时间，一种责任感促使我们：要有所交待。我们要对拍摄和采访过的、麻烦过的李政道、吴冠中、张所长，对刺绣研究所，对帮助过我们、支持过我们的人有一个交待，对自己付出的心血和汗水有个交待，所以能静下心来，把片子做出来，并做好它。

第四辑

电视解说词

# 灿烂如绣

　　2001 年 5 月 31 号，"艺术与科学国际作品展"在北京美术馆隆重开幕，科技界、艺术界人士纷至沓来，党和国家领导人也纷纷前往观看。诺贝尔奖获得者、著名物理学家李政道与著名画家吴冠中兴致勃勃地进行讲解。

　　近年来，李政道博士在继续从事物理学研究的同时，致力于艺术和科学相结合的探索，他提出："艺术和科学的共同基础是人类的创造力，它们追求的目标都是真理的普遍性。普遍性根植于自然，而对自然的探索则是人类创造性的最崇高的表现。事实上如一个硬币的两面，科学与艺术源于人类活动最高尚的部分，都追求着深刻性、普遍性、永恒和富有意义。"

　　这个作品展，就是一次创导和成功的尝试。

　　这一幅由苏州刺绣研究所绣制的《问君家何处，来自混沌初》作品陈列在序馆的显要位置，传统的苏绣作品登上大雅之堂，跻身艺术与科学的殿堂，她烁烁闪光，谦逊而又自信。

　　这幅作品是李政道博士在美国做科学实验时，由电子显微镜拍摄的照片，这些呈放射形的、色彩斑斓的线条，就是介子和重离子在高速运行中的轨迹。他认为，这是一种罕见的科学现象中蕴含着的一种自然美，正是他艺术与科学研究中的一个典型范例。如何进行艺术表现，他立即想到了苏绣，想到了苏州刺绣研究所。

那是去年6月，李政道博士应邀访问故乡苏州，当他来到苏州刺绣研究所，来到"刺绣工作室""精品陈列室"，特别是看到张美芳所长与美国摄影家罗伯特合作绣制的一幅幅美轮美奂、光彩夺目的风光摄影作品时很激动，他惊叹："苏绣和我原来的想象大不一样了，你们已经从二维空间突破到三维空间，这一步非常重要。"他欣然题字……

参观刺绣研究所，给李政道博士留下了极为深刻的印象。

10月，李政道博士再次访华，一到上海就邀见张所长。

**张美芳**（苏州市刺绣研究所所长）：当时他提供的是实验反转片的图像，拿回来以后我想，这个东西到底怎么做呢？因为我们刺绣以前选择的稿子大部分是画家的稿子，或者是摄影的稿子，或者是其他的一些艺术构思的一些图像的照片。那么作为科学实验的图像，我们的确从来没有接触过，再加上李政道先生是这样著名的一位物理学家，所以当时回来以后觉得压力也蛮大。

这是当时张所长记的笔记。

当她反复解读照片，发现在绣制过程中，必须攻克许多难题。画面上那些看似杂乱的线条，其实极有讲究，每一线条的色彩、粗细、辐射方向、表现力度都是不一样的，要用刺绣方法真切体现极不容易。

**陆丽华**（苏州市科委副主任）：材料的运用上，她用了一种新材料，这种新材料也是一种创新，为什么，她说她原来想用天蚕丝来做底板在上面刺绣，但是天蚕丝很贵，成本很高，不行。她说现在用一种新材料，相当于天蚕丝的效果，但是是人造的一种新材料。所以成本又降低，效果和天蚕丝是一样的。

**张美芳**：这个线有一种光感，从外到内都有一种光感，同样这个线就比较柔和，实际上这就是结构决定的，所以我们觉得，搞传统工艺美术的人，也要去学点科学知识。

张美芳作为此幅绣品的艺术策划和监制，每天亲临绣棚前，与绣工切磋针法，她们精心绣制，但还是绣了拆、拆了绣，这样的绣品从来都没有做过啊！

一针一线都显现出这班苏绣大师的扎实功力，一针一线都反映了苏绣工艺大师大胆创新和探索的可贵精神。

**张美芳**：如果说李政道先生在6月份对我们刺绣研究所的参观，没有留下深刻的印象，我想他绝对不会主动地来寻找我们合作，应当说所里面大家也达成了共识，自20世纪80年代开始，一直坚持走创新的路子，大家达成了共识。

**吴冠中**（著名画家）：老的方法老的题材，使得苏绣越来越窄，越来越走到死胡同了，不开发新的题材，不开发新的手法的话，就没有前途了。所以我讲针法等于零的意思就是说，固定的针法的标准等于零，针法是不断发展的，像这样的针法过去从来没有过，一些老刺绣家觉得，你这不是我们的刺绣了，还可能是这样的。苏州刺绣研究所这个路子闯得非常对的，对工艺美术来讲开拓了工艺美术的新路子。

**罗伯特**（美国摄影家）：我认为我经常提出一些令人头痛的、非常难的新主意给张所长，在此之前，没有人能实现我的想法。对于张所长来说，制作我这些作品，也是冒了很大的风险，因为她的研究所非常有名，抛弃很多传统的东西做我的新的作品，确实有很大的风险，最终她实现了我的这些作品，做出了以前从未有过的这些美丽绣品，所以以后我每次来，还会继续提出让张所长头痛的主意。

**张美芳：**刺绣研究所在1999年的时候，在美国艺术博物馆搞专题展出的时候，当美国人讲"看了你们的展览，觉得中国的传统在发展"，我激动得不得了，因为我们多少年来追求的，的确是这样一种境界。

5个月之后，一张小小的科学实验照片终于变成了一幅精美绝伦的艺术绣品。

5月22日，为了安全和及时，绣品用汽车运往北京，张美芳亲自护送，经过17小时的长途行驶，抵达北京中关村"中国高等科技中心"。

25日上午，刚从美国赶到北京的李政道博士走进会议室。

李政道：非常好，非常好！

张美芳：这是不是有一点符合你的要求？

李政道：远远超过我的要求，艺术超过了科学！

张美芳：这是两面一样的。

李政道：这是神品，这是苏绣又到了一个新的境界了！

著名画家吴冠中也来到这里。

张美芳：李先生刚才一来就说，超出我原来的想象。

吴冠中：应该得奖，我投你一票！

吴冠中：我一看，第一个感觉觉得很美，很有意思，很新颖。我的感觉宇宙来了一个外星人，外星人的这个感觉，无论从手法上、美感上、新颖上，都给人一种出乎意外的感觉。

为这幅作品的题名，他俩费了一番心思。

一幅苏绣作品，由两位著名的大师共同为它起名字，如此殊荣，实在难得。

"艺术与科学国际作品展"如期开幕。

6月4号，江泽民总书记兴致勃勃地来到展馆，在李政道的陪同和讲解下，参观了展品。李政道博士专门对苏绣作品《问君家何处，来自混沌初》进行了介绍。江总书记说："艺术与科学在很多方面可以相互交融，通过艺术的手段表现科学性和科学精神，不仅给人以美的享受而且也可以增强人们的科学精神。"

灿烂如绣，来自古城苏州的苏绣作品在展会中熠熠生辉。

# 创新之路

## ——张美芳和她的苏绣艺术

苏州，历史悠久，风景如画，苏州的传统工艺十分发达。

苏绣艺术的历史可谓源远流长，最早关于苏绣的文字记载是苏州虎丘灵岩寺出土的北宋刺绣经包袱，距今已有一千多年。

古时的江南是中国经济和文化的中心，手工业十分发达，上至皇室采用大量的刺绣品，几乎完全出自苏绣艺人之手，民间的刺绣更是多姿多彩。

近代沈寿创造了"仿真绣"，并将其绣制的"意大利皇后爱丽娜像"作为清政府礼品赠送给意大利，轰动了该国朝野。她的作品在意大利都朗赛会、巴拿马国际博览会上获一等奖，使全世界都知道了中国苏州有一种工艺名叫苏绣。

她叫张美芳，原苏州刺绣研究所所长，1964 年高中毕业，她被分配到这里，20 世纪 60 年代的高中生也算是个不小的人才，她雄心勃勃想干一番事业，但到这里婆婆妈妈地拿起了针线，张美芳老大不乐意。她又是个急性子，坐在板凳上一个月就绣一只小猫咪，她实在感到有点儿委屈和枯燥。

但在老师辛勤、耐心的指点下，慢慢地她对这一针一线也就产生了兴趣，争强好胜的张美芳很快在同伴中脱颖而出。由于她刻苦好学，善于文字总结，所里有意提供机会，让她去湖南马王堆临摹出土绣品，并帮助刺绣艺术家任慧娴总结出版《乱针绣技法》，这使她开阔了眼界，对苏绣有了更深的理解。

1984 年，张美芳就开始负责所里产品开发工作，在工作实践中，围绕她自己最大的问题就是继承传统和发展创新的问题。

传统的刺绣工艺精致、工整，但时代不同了，在改革开放的大潮中，传统的工艺面临巨大的冲击和严峻的挑战。如何使古老的苏绣焕发青春，融入世界的艺术氛围，进入国际艺术品市场，这一问题，时常萦绕着张美芳的心。

她潜心学习，探索研究，不断提高自己的艺术素养，她带领这帮姐妹外出参观展览，汲取营养，拓展视野；她拜师学艺，努力同中国乃至外国艺术家合作，进一步拓宽刺绣的题材和空间。

一定要读懂画家、艺术家、摄影家的语言和光调、影调的用法。刺绣不是单纯的对作品的摹仿，而是一种再创造。刺绣工艺师也应该是一位艺术家。

中国工艺美术学院袁运甫教授来到刺绣研究所，结合作品《彩墨荷塘》《玉兰兰雀》，讲述自己对绘画艺术的理解和追求。

他说，"你们刺绣和我们画家是同行，首先要培养自己的一种审美能力和表现能力，要有一种很出众的品味和审美精神，一定要提高自己的艺术境界。"

中国美术家协会会员、北京清华大学艺术学院院长常莎娜来了，她带来自己的作品与刺绣研究所合作。她的作品色彩艳丽，典雅华贵，别具特色。

她说：（同期声）"苏绣要发展，既要保持它的传统，又要发展，这个思路很明确，所以也很难。她（张美芳）利用了一些名画、国画，用刺绣的方法来表现。另外是，我和她的合作，把我的花卉，我设计了一些花卉，请她做，在首都新的国际机场，贵宾室里高的两面墙的两个四屏风，一个是花卉，一个是动物，敦煌风格的，她理解得比较好，而且我们都是有商量的。另外，我非常支持她的思想——既要保存苏绣的传统特点，又要去创新。"

张美芳还从北京邀请著名画家吴冠中来所指导。

当吴冠中看到一幅幅耳目一新的新作时，无比激动，对张美芳和刺绣研究所对这些作品的思索和努力大加赞赏。

他说："这些新的作品，新的绣法，针法技法同过去是无法比的，苏绣在今天开辟了一条新路，这一点是非常难能可贵的。继承传统必须有创新精神，创新，是对传统最好的保护。"

他欣然提笔："创品种，救传统。"

于是张美芳和刺绣研究所开始与吴冠中合作，一幅幅精品佳作从绷架从绣工的手指涓涓流出，其中有苦恼，有烦忧，也有创造的喜悦。1999 年，北京美术馆举办"吴冠中油画展览"，吴冠中主动提出，再加一个吴冠中刺绣作品展，并亲自剪彩。

他叫罗伯特，美国摄影艺术家。1985 年 10 月，一个很偶然的机会，他背着相机来到苏州刺绣研究所，这个年轻人，谨记老师要他到世界的东方汲取艺术之源、提取艺术营养的告诫，一踏进这里，他立即被这里精湛的绣艺和一幅幅作品深深打动了。

他第一次拿来的作品是《雪松》，这是他在美国阿拉斯加的一片森林中，大雪下得几乎睁不开眼睛，在镜头伸出的一霎那他按动快门。那种大雪纷飞浓浓的氛围，那种童话般圣洁的仙境……

《冒气的池塘》是对苏绣工艺重大的挑战，摄影原稿纤毫毕现，一草一木，包括冒气的池塘里的水泡，都是那么真实得近乎残酷。还有那微妙的关系，那种朦胧的感觉，那是传统的苏绣从来没有做过的！但苏州刺绣研究所的工艺师们做到了。其中，不知花了多少心血，用了多少丝线。光时间，就用了整整三年！

观赏这幅作品，我的心久久不能平静，那真是太好了！不能用语言来表达，来描绘！那种朦胧之气，氤氲之气，那种原始的静谧的气氛，直击你的心灵！这是神品，不，真是圣品啊！

我不禁庆幸自己有如此的眼福！

罗伯特看到这幅作品后，也是激动地说："绣得太好了，真像身临其境，置身大自然中，完全绣出了我摄影的意境。"

《野地红叶》，为了传达红叶那种鲜亮如火的效果，张所长和科技人员一起苦心研究，终于用一种稀土染料配方来染色，用一种化学的办法达到了预期的效果，罗伯特看了这幅作品发出这样的惊叹；"苏绣"完全可以进入世界的艺术殿堂。

罗伯特：（同期声）"我认为，我经常提出一些令人头痛的非常难的新主意给张所长，在此之前，没有人能实现我的想法。对于张所长来说，制作我的作品，也是冒了很大的风险，因为她的研究所是很有名的，抛弃很多传统的东西做新的作品，确实有很大的风险，最终她实现了我的想法，做出了这些作品，做出了以前从未有过的这些美丽的绣品，所以以后我每次来，还会继续提出让张所长头痛的主意。"

在罗伯特的精心安排下，1999年3月，苏州刺绣研究所在美国洛杉矶举办作品展。一件件华贵、精美的刺绣作品，高贵雅致的艺术氛围令美国的艺术家、艺术爱好者们流连忘返，"真没想到，中国的传统工艺保存和发展得这么好!"他们发出这样的啧啧惊叹。一位医生在《百蝶图》前久久不愿离去,竟然掏出一张支票,硬要张所长开个价,张所长笑着告诉他:"这一次,我们是来展览的,这里的作品一件也不卖,你要买,请到中国来,请到我们苏州来!"

(镜头:照片和刺绣的《百蝶图》)

2001年,诺贝尔奖获得者,著名物理学家李政道博士应邀访问故乡苏州,当他来到苏州刺绣研究所,来到刺绣工作室,精品陈列室,特别是看到研究所与美国摄影家罗伯特合作绣制的一幅幅风光摄影作品时,他惊叹道:苏绣和原来的想象大不一样了,你们已经从二维空间突破到三维空间,这一步非常重要!

他欣然题字:"刺出千景万象,全凭一根针,绣心境情意,方显新高艺。"

参观刺绣研究所,给李政道博士留下了极为深刻的印象。回美国后,李博士在长岛进行了一次十分重要的科学实验;在超强电流推动下,两个金核子在加速中高速对撞,互相穿透,形成瞬间真空状态,这是模拟宇宙大爆炸开始的一项试验,是为了探索在真空状态中,能量和暗物质问题,在电子显微镜下,拍到的这精彩的瞬间。

近年来李政道博士在继续从事物理学研究的同时,致力与艺术和科学相结合的探索,他想将这张照片绣成一幅苏绣作品,来印证他科学与艺术相结合的观点。

10月,李政道博士再次访华。一到上海,就约见张所长。

这是当时张所长记的笔记,当她反复解读照片时,发现在绣制过程中必须攻克许多难题,画面上那些看似杂乱的线条,其实极有讲究,每一线条的色彩、粗细、辐射方向、表现力度都是不一样的,要用刺绣方法真切体现极不容易。

用这种新型的化纤丝线绣制作品所产生的艺术光束更为强烈，人们观看线条的闪烁动感更加斑斓，表现瞬间空中爆发放射的观点更加真实，张美芳作为作品的艺术策划与监制，她每天都亲临绣棚前，与绣工切磋针法，他们精心绣制，但还是绣了拆，拆了绣，这样的绣品，从来都没有做过呀！

"艺术与科学国际作品展"如期在北京开幕，传统的苏绣作品登上大雅之堂，跻身艺术与科学的殿堂。熠熠闪光，谦逊而又自信。

2004年10月，为总结苏绣在创新之路上的成果与经验，苏州市科技局和苏州刺绣研究所共同举办"苏绣技术创新论坛"，全国许多工艺界、艺术界专家学者前来参加。

李政道博士专程来到苏州并作了《超弦与苏绣》的学术演讲。他以一个独特的物理学家的眼光来看苏绣艺术和苏绣的发展。在会议期间，李政道博士提出应该创办一所苏绣艺术创新中心的设想。

2006年11月12日，已正式退休的张美芳在她母校苏州市第三中学的支持下，"苏绣艺术创新中心"正式成立，李政道博士兴致勃勃专程从美国赶来为中心揭牌。他期盼张美芳在苏绣创新之路上开始新的征程，攀登新的高峰。

这里安静、静谧，没有了尘世的喧嚣，没有了行政事务的干扰，张美芳更加潜心学习和研究，继续探索着用传统的针法手法创造出更新更美的苏绣作品。

这一幅幅作品凝聚着张美芳的汗水和心血，凝聚着她辛勤的探索和对创新的执著，不断地做出新的尝试，不断地探索，创新不能停顿，创新永无止境……

而人的生命毕竟是有限的，在她的母校，张美芳根据学生的兴趣爱好举办的手工课，开设了自修班，她亲自执教，手把手，一针一线地教。孩子们饶有兴趣专心致志地学，面对这些孩子，她仿佛看到了年少时的自己。面对他们，她的目光是那么的自信，又是那么的深沉和慈祥……

# 彩墨淋漓画苏州

## ——记刘懋善和他的水墨画

苏州，中国著名的历史文化名城和风景旅游城市，历史悠久，人文荟萃，经济发达，又是吴文化的发源地，秀丽的风景和水乡的特色，养育着一代又一代的画家。他们在继承前人成就的基础上，用自己手中的笔，不停地探索和前进，为弘扬中国文化作出了自己的努力和贡献。

他，就是其中一位。他叫刘懋善，中国美术家协会会员，国家一级美术师，苏州国画院副院长，苏州大学艺术学院教授。这几年来，在苏州的园林里，在涉外酒店中，在一些港台的画廊里和诸多的报刊杂志上，甚至在候机大厅中，到处都能看到他的画。

他的作品以清新朴茂、优美抒情的风格独树一帜，深受人们的喜爱并广为海内外鉴赏家、收藏家所推崇。

欣赏刘懋善的作品，情思强烈而悠远，画意鲜明而深秀，在师法自然的同时尤其吸收融汇了印象派的光色处理方法，通过构图疏密对比和水墨渲染变化，特别是粗枝讲究的林木，把画面营造得潇潇洒洒，或春或秋或冬或夏，生动地表现了自然界的美妙交响。

刘先生曾说艺术家的愿望，在于表现他对周围世界的感受，发觉最动人的情趣从而显示自己的理想境界。刘懋善正是以这样的理想来描绘这块生于斯长于斯、魂萦梦绕的江南水乡。他的许多作品在国内外展出和发表，每每获得好评，并被国内外美术馆、博物馆收藏。

瞧，这是以刘懋善的画为样稿，绣工以细腻多变的针法，一针一针绣成刺绣作品。将这江南水乡的风景，表现得如此精美，充满诗情和画意。

这里是刘懋善的出生地常熟。常熟是座小城，离苏州仅四十多公里，又是历史文化名城。依山傍水，风景秀丽。常熟，自古就有"十里青山半入城，山南湖北如映带"的美称。这里有虞山，有尚湖，这一山一湖是刘懋善少年时经常玩耍光顾的地方，那灵秀的轮廓，飘逸的山脊线，优美的湖湾，精致的园林都给他留下了深刻的印象，也给予了他文化的熏染。

1959年的夏天，刘懋善考上了苏州工艺美术专科学校，他挎着一只小网篮，背着画夹，乘船来到苏州。当时的苏州工艺美专位于拙政园旁的一座很大的传统宅院中，一进校门就有一棵紫藤树，枝叶繁茂，姿态优美，十分古老。

宅院很深，他们就在这些厅堂里上课，在这充满古典美学韵味的环境里接受着严格的美术教育。学生的宿舍是在苏州著名的园林狮子林，学画之余，刘懋善和同学们就在假山上寻幽探胜。这里是假山王国，只觉得群峰起伏，气势雄浑。晨光暮色中同学们对着里面的树木石头和建筑写生，他们生活学习在其中，感受着古典园林的美妙风韵，那时的自然熏陶早已融合在他们的艺术思想中，左右着他们的美学趣味，渗透在他们的作品之中。

刘懋善是幸运的。他现在工作的苏州市国画院，也在一个小而精致的园林中，名叫听枫院，像这样的小园林在苏州可以说是很常见的，厅堂、亭子、假山、曲径、花木、小桥，真是麻雀虽小，五脏俱全。

看似普通的小园林却也有着悠久的历史和不凡的来历，当年吴昌硕曾住在听枫院，离刘懋善的画室只有十米之遥。能与大师为邻真是十分的幸运。每天早晨一到听枫园，他就会沏上一杯绿茶，在石鼓上坐上些许时候，与同事们海阔天空聊一番，然后就回画室读书写字作画。

画室有窗，正对着园子的树木亭台，抬起头就可以看见摇曳的绿色，十分养眼。下午五时许是下班高峰，院子被暮霭笼罩着，适意而安静，有点中国传统山水画的意境，令人升起诗意的情绪，因

**刘懋善水墨作品之一**

此，他一般不急着回家，总是静静地坐在亭子里或者随意走走，体味着这一刻的奇妙。事实上，他的很多画作的灵感就来自这个时候。他几乎每天都在听枫园，包括星期天来的朋友也都在听枫园里接待，在满园的诗意中交流对艺术和生活的看法。

他的画都是在听枫园里创作的，这里的氛围实在太适合画画了。

也是在听枫园里，他开始了对苏州水乡风情的细致研究，摸索表现苏州水乡的特殊手法。

骑着自行车，他穿行在以往多次去过的小巷，在曾经熟悉的青砖粉墙上寻找一份陌生，一份新奇，推开一扇扇因为年代久远而渐成黑褐色的大门，在以为平常的景物中发现一丝惊奇，因为沐浴着晨曦暮霭，那坚硬的石板似乎也变得温暖。临近河面的那片屋檐倒映在水中显得生动，春夏时节所有的植物都在争先恐后地呈现生机，而灿烂的色彩，在小巷、园林那秋冬古老的环境里，竟表现出一份宁静和含蓄，仿佛很有修养。

就这样的一天又一天，他努力深入的体味着苏州。

**刘懋善：**（同期声）我一般上班的时候都要经过这些地方，经过的时候呢，我就喜欢看这边上老的房子、老的水巷，因为这个水巷，还有水巷两边很丰富，每户人家、每个窗子里都有个故事，每个故事里面都有很丰富的人文的东西，那么它每个窗子、每扇门，每个台阶，有很多个人在里面，就跟一个美术馆的长廊一样非常丰富。

这里面有文化的，有历史的，有好多故事。所以呢，我觉得苏州水巷，给人一种非常美的感觉。

在听枫园的画案前，他的思绪在宣纸上飘荡游弋，他在国画与西洋画、水墨与色块之间漫游，他在酝酿寻觅表现苏州风情的绘画语言。由于刘懋善早年学习西洋画，对欧洲古典艺术的作品、现代印象派、分离派的绘画以及俄罗斯画派的渊源都有过深入的研究和学习，因而在其后转入中国画的过程中，将对西方绘画的光与色的探索心得融入自己的画中，使得作品呈现出极为鲜明的视觉效果，在掌握中国水墨的晕染特性外，也能传达出其画作所具有的强烈现代感。

刘懋善将西洋画法融入于中国画之中，即无生命的简单叠加之感又无刻意斧凿之意，而表现出来的又正是江南水乡的风情韵味，淡雅、甜美。这是爱的产物，真诚的结果。正如刘懋善自己所说；我的爱是真诚的，因为艺术本身就像情人的眼睛，艺术家真正的心灵感受，所有的追求与向往，以及他对人生深沉的思索，将会完全地表现在他自己的作品中。

**刘懋善水墨作品之二**

画家刘懋善

　　当人们还沉醉在刘懋善营造的清新淳厚的水乡情怀中时，他又背起画夹，踏上了跋涉的旅途……

　　这是新的艺术之旅，是探索之旅，清新的泰晤士河畔，美丽的伏尔加河流域，古朴的罗马城堡和喧哗的纽约曼哈顿，都留下了刘懋善的足迹。他是幸运的，因为多次去欧洲、美国等地举办画展。能有机会亲眼目睹从古希腊到现代国外的数以万计的艺术作品，其中大部分是油画；他经常被邀请到各国展出作品，也就有了机会游历，增长了不少见识。他出去都是要写生的，到了国外也不例外，所以积累了很多有关日本、美国、英国、俄罗斯等地的景物写生稿，而且，还拍了许多照片。

　　回到苏州的画室，他就用毛笔、宣纸等中国画的材料，用东方的绘画语言和审美角度去诠释自己心中的异国风情，中间遇到的问题真是不少，但一个个都被他克服。经过几年不断地实践，不断地体悟，终于，这些中国式的西洋画也被国内外的读者接受了。

　　刘懋善是勤奋努力的，又是淡泊名利的。在这安静的听枫园里，在这静静的画室中，他又在努力地追寻着，探索着……

# "率先"中先行的苏州交通

（播音风格：平实、激昂，有时抒情）

苏州，是我国著名的历史文化名城和风景旅游城市，地处长江下游，是江苏的东大门，历来交通发达，生活富庶，自古就有"鱼米之乡，人间天堂"之美誉。

苏州的交通区位十分优越，东邻上海，南接浙江，西抱太湖，北依长江，是上海通往内地交通通道、长江经济开发带的"龙颈"，也是沟通苏北、江浙的交通走廊。

改革开放以来，特别是苏州市在争创"两个率先"的进程中，经济建设一直保持了持续、快速、协调发展，特别是"十五"期间，苏州经济总量和综合实力跨上了新的台阶。五年内，苏州市 GDP 年均递增 15% 以上，全部工业总产值年均递增 25%，地方财政一般预算收入年均递增 30%，主要经济指标位居全国大中城市前列，五个县级市全部进入"全国综合实力百强县（市）"前十名。

苏州经济的迅猛发展，城乡一体化进程的不断加快，对交通事业发展提出了更高的要求。在市委、市政府的坚强领导下，苏州市交通局，全面履行全市交通基础设施建设和管理、公路和水路运输市场管理、沿江和内河港口行业管理、水上运输安全监督管理和城市公共客运管理的行政职能。

这个职能，责任重大，光荣神圣。为了尽快打破交通瓶颈制约，全市广大交通职工以强烈的使命感、责任感，扬鞭奋进，坚持在率先中先行，务实中前进！

苏州市交通局机关设十二个职能处室，十二个直属单位中，有六个承担行政管理职能，还有六个企业单位，共有六千三百余人。近年来，各级交通干部、职工振奋精神，抢抓机遇，开拓创新，奋力拼搏，加快构筑面向国际、接轨上海、服务长三角的现代交通枢纽。

五年内，苏州市交通建设累计完成投资425亿元，占同期CDP的3%，是"十五"计划的2.2倍，是"九五"时期投资总额的五倍。为苏州实现"两个率先"、富民强市宏伟目标提供强有力的交通设施支撑。并作出了重要的贡献！


**一、全面加快交通基础设施建设步伐**

1. 高速公路网络基本成型，达到公路网现代化水平。"十五"期间苏州市高速公路建设得到了突飞猛进的发展，完成投资达二百十六亿元。"一纵二横一环二射"高速公路网基本建成，先后建成了苏嘉杭高速公路、沿江高速公路苏州段、绕城高速公路西南段、西北段，苏沪高速公路，苏昆太高速公路，拓宽了沪宁高速扩建苏州段，高速公路通车里程达432千米，居全省第一；高速公路面积密度每百平方千米达到5.1千米，超过全省每百平方公里2.87千米近809%。

随着沪苏浙高速公路的全线开工建设，我市"一纵三横一环"

高速公路主骨架已显雏形，苏州市对外交通条件明显改善，特别是中心城区与五市（县）间的交通联系得到显著增强。

另外苏通大桥南接线等项目优质稳步推进，共建成高速公路枢纽九个、互通四十三个，全市88%的乡镇实现十五分钟内上高速公路。

2. 以沿江港口发展为重点，加强港站主枢纽建设。作为上海国际航运中心集装箱枢纽港的重要组成部分和江苏集装箱干线港，"十五"期间，苏州港得到了飞速发展，新建码头泊位四十个（其中万吨级以上码头泊位二十八个），新增年设计吞吐能力四千九百四十一万吨。

目前，苏州港三个港区已形成了各自鲜明的港口特色，已成为具有装卸、仓储、中转，集内外贸、江海河运输为一体的综合性港口。到目前为止，苏州港的三个港区已与世界上一百多个国家和地区的四百多个港口通航通商。2005年，全港完成货物吞吐量一亿一千万吨，集装箱七十万THU，成为江苏省第一个亿吨大港。

3. 以干线航道整治为重点，大力推进水运主通道建设。2001年至今，航闸建设养护共投入资金八亿六千八百万元，整治航道里程97.3千米，改建桥梁二十三座。先后整治了苏申内港线、苏申外港线、长湖申线、苏浏线苏昆段、青秋浦，以及申张线局部航段，建成了虞山复线船闸，有效改善了通航秩序和环境，初步缓解了全市内河运输紧张的状况。通过对航道的整治、疏浚，我市以苏南运河、苏申内港线、苏申外港线、长湖申线、申张线为主，分别沟通了上海、杭州、南京等省内外城市，形成了江湖相通，干支相连的水运网络，基本实现了国家及省级水运主通道在我市境内的贯通和网络化。

## 二、着力改善人民群众出行条件

加快实施公交优先战略。通过加密线网、延伸线路、增加运力，不断满足人民群众日益增长的出行需求。已连续三年将新增公交车二百辆、新增公交线路十条列入苏州市委、市政府实事工程目标。目前都已经完成，最大程度地方便了市民出行。结合市区"三纵三横四段"道路改扩建，对沿线公交站台普遍进行港湾式改造，新建古典式公交候车亭，成为城市新的景观。同时，还建成了华东地区规模最大、水准最高的苏州汽车南站和体现苏州水城特色的苏州轮船码头，有效缓解了苏州城区交通压力。

统筹长途客运和市区公交的发展，围绕"市际高速化、县际便捷化、市区公交化、服务人性化"的目标，协调多种客运方式的发展，为老百姓提供安全、便捷、舒适、准点的客运服务。

全面加快农村公路建设步伐，围绕农业增效、农民增收、农村繁荣的要求，制定了以中心镇到镇、镇到镇二级以上公路沟通，镇到行政村四级以上公路沟通，路面全部灰黑化为主要内容的农村公路建设目标，张家港、太仓、常熟三市率先实现村村通公路，为农村奔小康奠定了坚实的基础。

## 三、建立规范有序的运输市场

充分应用政策调控和市场引导手段，加快建立统一、开放、竞争、有序的运输、建设市场。先后制定出台了《苏州市航道管理条例》《苏州市公共汽车客运管理条例》《苏州市道路运输管理办法》《苏州市客运出租汽车管理办法》《苏州市货运出租车运输管理办法》《苏州市古城河水上交通管理安全监督办法》等法律规章和规范性文件。

以改革和创新的思路加强管理，全力推进所属企业的改制，实现了公路、航道事企分离。进一步整合运政力量，加强市场准入管理，全面深化行政审批制度的改革，转变政府职能，由过去的重行政审批转向重市场监管。以先进的科技手段实行管理。对高速公路实行全路段电子监控。抓紧了公路收费管理监控系统、运政管理系统、海事安全预警系统以及全市公路 GIS 地理信息系统的推广应用。

市区客运出租车营运电调中心建设完成并投入使用后，依靠现代通信及网络技术，通过专门叫车电话和互联网站，极大的方便了市民的用车。通过"三机合一"系统，对市区所有出租车运行动态进行实时跟踪和调度，大幅提高了营运服务质量和效率。同时，还加快了公交智能调度、电子站牌建设的步伐。

成功实施市区出租车扩容，通过市场化手段对出租车经营企业进行兼并、重组，企业平均规模由原来的七十四辆增加到一百二十辆，帕萨特等一类新车占出租车总量近 10%，桑塔纳 3000 型等新车占总量近 20%，车型档次已处于全省领先水平。

积极开行城市"货的"，开通网上订车、电话预约，提高了物流配送效率，缓解了城市交通压力。

积极推进船型标准化工程，加速水运船舶的更新换代，去年共拆解挂浆机船七百多艘，有效地净化了我市航道的通航环境。

加强交通基础设施的养护管理，坚持建养并重的原则，加大养护管理的投入，采用市场化运作的方式，实行长效管理，确保一流的设施发挥一流的效益，为社会提供一流的服务。

加大了行业监管力度，道路客货运输市场秩序整顿成效明显，"黑车"、拉客、甩客及马路市场、家用车载客等违章经营行为得到有效遏制；危货运输专项整治有序展开，各项安全责任制得到进一步落实；水上客运管理逐趋规范，针对环古城河旅游功能的定位，先后就运力投放、船员管理、船舶检验、航行规定等制定办法，保障了水上旅游的安全畅通；全市货车超限超载率由集中整治前的40%下降至9%左右。船舶严重超载率由整治前的13%下降到4%。大大提高了安全水平和服务质量，加快建立统一、开放、竞争、有序的市场秩序。

### 四、着力加强交通队伍建设

一是加强领导干部队伍建设，按照党管干部原则，选优配强直属单位班子，切实做到作风过硬、政令畅通；二是加强交通行政执法队伍建设，严格招录人员程序，对考核不合格的执法人员实行待岗或末位淘汰；三是加强工程建设管理队伍建设，从抓素质、抓制度、抓监督入手，在管理队伍中积极倡导务实、朴实、扎实的良好风气；四是加强职工队伍建设，从提高从业人员的思想素质、道德素质和业务素质入手，加大在岗培训和在职教育力度，在全系统倡导敬岗爱业、奉献社会、服务大众的文明理念，以适应新时期社会各界对交通工作的新要求。

扎实推进系统党建和文明行业创建工作，先后开展"立党为公，执政为民"警示教育主题活动、全市纳税人评议交通系统行政效能建设活动，加强对交通重点工程的监管、政务公开、行政审批制度改革、纠风专项治理等活动，加强了党风廉政建设。

积极开展群众性的文体活动，培育行业文化、单位文化、企业文化，连续十五年举办交通系统文化节活动，倡导奉献社会、服务大众的文明理念，弘扬正气，凝聚人心，激发全体职工的敬业爱岗精神和工作热情。

深入开展"文明诚信伴我行"活动，塑造行业新风，积极创建国家和省级文明样板路、文明样板航道、文明港站、文明单位、文明窗口活动，取得显著成绩。先后有交通双拥工作、法制工作、信息信访、园林城市创建和建功立业活动等三十二个项目荣获省、市政府表彰。

雄关漫道真如铁，而今迈步从头越。"十一五"期间，是苏州市全面落实科学发展观，率先实现基本现代化，推进新兴工业化、城市化和经济国际化，加快发展服务业和调整优化经济结构的关键时期，也是苏州市交通率先实现基本现代化的重要时期。我们将继往开来，开拓进取，团结奋斗，为实现富民强市、"两个率先"，为苏州的交通事业作出新的更大的贡献！

第五辑

记者生涯

# 一次失败的采访

1983年，我刚从一线部队调到北京，调到《空军报》报社任编辑（我们在办公室就是编稿子，出门采访就是记者）。没几天，处长让我去空政歌舞团采访，当时歌舞团搞了一个电视剧，是反映"飞播造林"的故事，其中有首主题歌曲，是请著名歌唱家朱明瑛唱的。说是朱老师正好在团内，让我去搞个采访。实际上也是客气，稿子他们已经写好了，只要去拿一下就可以了。

我两眼一摸黑，具体不知道怎么一回事，便骑自行车去了歌舞团，拿到了稿子。有人说，朱老师就在屋内，你进去吧！我红着脸，很紧张，屋里的人都退了出来，就剩下我们两个人，对面就是一个当红的大明星、大美人、歌唱家，我刚从部队调过来，哪见过这阵势，第一次面对这样的场面，实在没有经验，不知如何是好！

好紧张，好窘迫，好尴尬！吱吱唔唔，脸涨得通红！

朱老师倒很冷静，简单地说了一下对电视剧剧情的理解，说说这首歌，见我这种状态，也不愿多说，草草结束。我嗫嚅着退出屋子。

事后，就有人告诉我，"朱老师说你不是记者"！

这就是我的第一次采访，一次失败的采访！

是朱明瑛老师给我上了第一课！这一课很重要，至今印象深刻！这件事对我的教训与启示是：

1. 做事情之前，先要做好准备工作。

"事先准备妥当能预防不良绩效，所以务必做好准备！"你要采访朱明瑛老师，起码要知道是个什么电视剧，是一首什么样的歌，最不济，你总能说个《回娘家》吧！

2. 再进一步，做好准备工作后，还要把做事的过程、要点，先在脑子里过一遍：这件事的流程是什么，有哪些关键点，哪些细节是要注意、要准确把握的。先在头脑中有个情景预设，遇事多开动一下脑筋，这样，就能沉着应对；看似慢了，实则更快，更有质量。

3. 记者是个杂家，要有广博的知识作后盾。

4. 记者要有较强的沟通能力，简单，质朴。

5. 要平视对方，见到名人，不要自卑，要自信。记者就是"见官高半级"，这样才能不辱使命，完成采访和报道任务。以后，我再采访费孝通、赵启正、吴冠中、李政道这些领导和名人，心态就放平稳了。

6. 以平等的心态对待被采访者，更要虚心向被采访对象学习。见高人，这是难得的学习和提高自己的机会，要珍惜。

这是一次失败的采访，但教益却非同寻常，令人难忘。

# "这里现在有什么可以看看的？"

　　在最近的一篇《一两输出重于一斤输入》的文章中我提到，1979 年，时任国务院副总理的王任重来到苏州，就因为一句"这里，现在有什么可以看看的吗？"被当地的领导领到苏州冷僻的东园，在那里，他不仅看到了要出口美国的精美的"明轩"，还看到了大书法家沙曼翁的书法作品（沙老曾两次赴北京给当时的"中国书法艺术进修研讨班"授课，的确是公认的大家），真是饱了眼福，收获颇丰；沙老也就此得益，极大地改善了自己的境遇。这个真实的故事，容我细细说来：

　　当时的历史背景是，1976 年粉碎了"四人帮"反革命集团，1978 年，邓小平提出改革开放，中国逐步拨乱反正，走上了正常的发展之路。1979 年，王任重副总理来到了苏州。

　　王任重也不是第一次到苏州来，见了当地的领导，随口问了一句："现在，你们苏州有什么可以看看的？"地方官说，有啊，改革开放，文化交流，我们与美国纽约大都会艺术博物馆有一个合作项目，将苏州网师园的"明轩"（一座别具特色建于明朝的小院）出口到了美国，为了慎重起见，我们在东园先造了一个一比一的样品。（"明轩"的成功开启了园林出口的先河，"中国园林"亦成为"乒乓球外交"之外重要的外交手段。之后，在旧金山、蒙特利尔、温哥华、法兰克福等几十座西方城市都相继建起了中国园林。）

"明轩"庭院建于 1979 年，是中国第一例园林出口工程。布局设计吸取苏州古典园林网师园殿春簃小院的精华，建造精巧完美，设计上借鉴了明画山水小品特色，运用空间过渡、视觉转移等处理手法，使全园布局紧凑，疏朗相宜。全园风格淡雅明快，集中反映了苏州古典园林的神韵，是境外造园的经典之作，被誉为中美文化交流史上的一件永恒展品，获得"工艺质量达到了值得博物馆和您的政府自豪的标准"的高度评价。

对于这座中华人民共和国成立以来走向世界的第一座中国园林，也作为我国改革开放政策落地的第一个国际项目，国家层面也给予了绝对的重视，所用材料极尽当世之能事。经国务院特批从成都郊区山林中采伐了珍贵的楠木，自山谷中运向溪涧水中，然后扎成木筏，通过长江运往苏州，用作柱子材料。这种金丝楠木色润棕红色，有一股浓郁的香味，历经几百年也不蛀不朽。

所用的砖瓦全部在苏州陆慕御窑定制（1796 年乾隆在紫禁城营建一座苏式园林时的砖瓦便全部出自这里），苏州市政府重启并修复御窑，还调数万公斤砻糠，采用传统烧制工艺，每块砖均打上"戊午苏州陆慕御窑新造"印记。

五个月后，整整一百九十三箱庭院构件飘洋过海。1980 年 3 月，明轩终于成功地落户于纽约大都会博物馆。

明轩的建成在美国引起了轰动，当时的美国总统尼克松、国务卿基辛格博士等要员数度前往参观，美国各地前来参观的民众更是络绎不绝。当然，这都是后话。

哦，这引起了副总理王任重的兴趣。"那我们看看去！"就在东园，这位领导不仅看到异常精美别致的明轩小院，还看到了沙老的书法作品。苏州人都知道，此时的东园十分冷落，就一大片湖水，没什么像样的建筑，除了有几人去划船，实在没什么人气。此时，但见二十几幅书法作品挂在一个建筑的大厅里，孤傲飘零，冷冷清清，但这却被北京来的首长看重，他饶有兴味地观赏着，反复地揣摩着，不禁击节连声说：好！好！"这个作者呢，我要见一下！"此时的王任重，分管的工作很多，但其中有一项，是文化与教育。"此人现在在干什么？""是个右派分子，听说还在烧砖吧。"地方领导说。"烧什么砖啊，让他继续写字！"

就这样，沙老遇到了"贵人"。

见到王任重，沙曼翁老先生送上了自己的一幅作品。领导十分高兴，忙问，你有什么要求，尽管提！沙老嗫嚅着斗胆提出："房子太小，我家子女多，实在住不下！"

"帮他解决！"王任重指着地方领导，不容分说。

就这样，沙曼翁做梦也没有想到，他会受到北京来的领导的赏识，也就从此开始，他的境遇渐渐地改变了。

我也有过这样的经历，就凭一句"这里，现在有什么可以看看的？"开启了一段奇遇，让我大饱眼福！

那是 1987 年年底，我还在北京的《空军报》社任编辑，1987 年 10 月 14 日，西安阎良飞机城传来喜讯，歼八 II、歼七 M、歼教七三型新机同时胜利完成试飞定型任务。编辑部派我去那里的空军试飞团采访，采访报告定于刊发在 1988 年第一期的《中国空军》上。

我很兴奋，这是我第一次单独完成这样重大的采访任务。

赶到那里，试飞团的同志们仍沉浸在庆祝大会的热烈气氛中（是啊，他们为之苦苦奋斗了两年零十个月），紧接着《解放军报》《人民日报》刊登了《我航空兵 90 年代的歼击机问世 3 种新机型完成定型试飞》《我国航空史上又现奇葩，3 种新型军用机完成定型试飞》的报道。大事，对空军建设来说是件多大的事情！不简单，不容易，了不起！（当然，的确是件了不起的大事！）我很是激动。

见到试飞团的团政委，简单寒暄了几句，我就直奔主题，说明来意，安排采访事宜，临末，我竟然傻傻地问了一句，"这里，现在有什么可以看看的吗？"（我们报社有条不成文的规定，在完成采写和报道任务的前提下，可以去部队附近名山大川看看，以增长见识，开阔视野，提高素养）"有啊！"高个子政委马上兴奋起来，"这里最近来了一架新飞机，但那是一架木头做的一比一的样机，真飞机还在工厂里制造！我们谁都还没有见过！""那就见一下么！"我说。"这要请示北京！"政委为难地答道。"那就试着请示一下！"政委的话引起了我的好奇心。"那好吧！"政委郑重地答应。

然后，我就投入到紧张的"三机定型"的采访中，此事已经淡忘了，也就过了二三天，吃早饭的时候，团政委突然兴冲冲地过来告诉我："北京同意了，就在明天上午十点！"

我很期待，试飞团又有新的任务，我们空军又将装备新的战斗机。

九点半左右，就我与政委两人，走了不少路，七拐八拐，还见到了一些持枪站岗的士兵，我们来到国家试飞中心的一间戒备森严的大厅中，大幕布徐徐拉开，柔和的灯光下，只见一架偌大的双座战斗机陈列在眼前，那真是英姿飒爽，威风凛凛！我的眼睛一亮！

难抑激动的心情。(虽然是一架一比一的木头样机,但油漆锃亮,银光闪闪,完全与真飞机一模一样!)

十点整,总设计师陈一坚准时迈步来到我们的面前,这是一个五十多岁的中年人,身材结实,气宇轩昂,人称"陈大牙"。很好笑的是,他手中举着一根长长的足有三人高的细长竹竿,令人印象深刻!

"这是我设计的歼轰7,它的特点是双座的歼击轰炸机……它的特点是航程长,作战半径大,可带一个2吨半的副油箱,一枚我国制造的'飞鱼'式空对舰导弹……

"当发射导弹,扔掉副油箱后,它就是一架战斗机,可以投入空战……这架飞机的机头本来是水平的,但在征求飞行员的意见时,有人提出在低空飞行时,海天一色,有一种要向海里钻的感觉,所以,现在的机头是微微上翘的……"

陈总举着细细长长的"指示棒",在飞机上指指点点……

"陈总,你这架飞机是参照世界上哪一架飞机设计的?"我提出了一个愚蠢的问题。

"没有,我很想找到世界上哪一款飞机与这架相似,但始终没有找到,我们的国情不同,我们没有航空母舰,以前我们的战略是近海防御,没有'腿'长的飞机。西沙之战,越南占我岛礁,为捍卫海疆海权,需要制空权啊!中央军委催得急啊!这是我们拼命赶制出来的!"

这就是大名鼎鼎的"飞豹"!具有赫赫威名的飞豹!

国防建设的急需,中央军委的命令!西沙之战,中越4.12海战!

总设计师陈一坚拿出整整两个小时的宝贵时间,就为我与团政委两人专门讲解"飞豹"的性能与特色。而我们看的是一架木头做的一比一的样机!

这真是一件奇遇,一个特殊的经历!

在试飞中心,我认识了几位"高高工""特高工",他们戴着眼镜,文质彬彬,气质高贵,都是高级知识分子,有大本事的人。但令人惊奇的是,他们个个都像彪悍的军人,个个都是"好战分子"!"我们希望打啊!真打!不打,不与敌机真刀真枪地较量,怎么知道我们的厉害!就是不如人家,我们也好改进啊!"真是掷地有声,底气十足!

这使我想起一句话,"中国人,总是被他们最勇敢的人保护得很好"。如果我们有机会,也能成为其中的一员吗?或者,我们能为他们做点什么?

我们的国家,真的不容易啊,有多少人为之努力,为之奋斗,才有了今天,才有了今天的国力!

然后,真的飞机从工厂运来了,试飞中,摔了一架,牺牲了一位优秀的试飞员,他的名字叫卢军。

在试飞基地,有好几位高级工程师向我夸赞卢军飞得好,向下高速俯冲,俯冲!寻找着飞行的边界,就差零点几秒就要坠毁!优秀啊,勇敢啊!但还真是牺牲了!事后才知道!我两次去西安飞机城采访,阴差阳错都没有缘分见到让高工们敬佩的卢军!只见到一张戴着飞行头盔英俊的照片,他是武汉人,有一个漂亮的妻子和一个可爱的小女儿。

后来就是"飞豹"的故事。巡航西沙群岛,巡航南沙群岛,巡航钓鱼岛……最惊心动魄的是:一次,我"向阳一号"海洋考查船在日本海进行科考,两艘日本驱逐舰赶来围堵,追逼,对峙,科考船没有任何的自卫能力,情况十分危急,船上科考人员将机要文件、密码本都销毁扔进了大海，都做好了牺牲的准备。此时，两架"飞豹"带弹起飞，及时赶到，在日舰上空凌厉地做低空咆哮俯冲，驱散了日舰，令日本军舰仓惶逃窜……过了好几个小时，我海军的舰艇才"呼哧呼哧"赶到。

这些故事对我来说，都十分熟悉，十分亲切，因为我亲眼见过"飞豹"，哪怕是一比一木头的样机，是总设计师陈一坚举着细长细长的竹竿，指指点点，亲自给我和团政委两人专门讲解的，就是因为一句傻傻的问话："这里，现在有什么可以看看的吗？"

这就是一个人宝贵的经历。我想，经历就像一所学校，像一位老师，有时，我们就要主动去寻找，主动亲近，主动就坐，去"蹭"它一课，去聆听，去观赏，去学习，去积累……

有人说，一个年轻人的成长要"多读书，有经历，见高人，做大事"，我十分赞同。见高人，做大事，是要各种机缘巧合的，可遇而不可求；但多读书，有经历，这是我们可以掌握的。希望年轻的朋友，在多读书的基础上，每到一地，也像我一样，对主人或别人，甚至对自己，傻傻地问一句："这里，有什么可以看看的吗？"

# 航拍大上海

前几天，我看俞敏洪的视频号，很有意思，他在讲自己一个很励志的故事，他复读了三年，才从农村考上大学，从此改变了命运。

有一次，他回村里，见到一个与他同岁并当时一起复读的同学，只见他满头白发，满脸皱纹，完全是一个农村老农的样子。他对坐在下面的同学说："你们看我，头发还很黑，形象还可以吧！我在想，如果当时我不是咬牙复读三年，我现在也是和他一个样子！记得第二年复读考试，他的成绩还比我多一分！但他失望了，退却了，不再考了！但我还要复读，要考试！"

"为啥？因为我小时候，我母亲带我去过上海！"（他的老家江阴，距离上海不到200千米，并不遥远。）

"上海，那些高楼大厦，笔直的马路，电车，那熙熙攘攘、热闹的景象，给我留下了深刻的印象。我立志要去大城市生活和工作，不能在这个只靠着两条河的小小村子里过上一辈子！"

他终于如愿以偿，考上了北京大学！

为啥？就因为他小时候去过一趟上海，开阔了眼界，有了这么一个非凡的"经历"，他的人生就不一样了！

金鳞岂是池中物，一遇风云便化龙。现在的"新东方"，几经风雨，还是被他玩得风生水起。

这不禁使我想起一件真实的往事，我也去过大上海，而且还是带着摄像机，乘着军用的米8直升机去的！在上海碧蓝的上空，俯视，鸟瞰，航拍过大上海！

那是1994年的秋天。那天，我们正在外边拍摄，分管我的黄副台长突然打来电话，要我赶紧回台，说是市委宣传部外宣办有紧急任务！

回来一听，这件事确实蛮大的！

日本的NHK要航拍上海，要做专门的节目。北京与中央外宣办的有关部门都同意了，都联系好了，不料在南京"卡了壳"！在要动用军用直升机米8时被"踩了刹车"！

1994年，是一个平常的年份，却引起了日本的一些有识之士的焦虑，还有几年就要进入新的世纪，仰望21世纪，他们在进行前瞻性的思考，产生了一种战略性的焦虑……日本，要以什么样的姿态进入新的世纪？看看中国，看看上海吧，中国将要赶上来了，要超越日本了！他们在焦虑，他们要唤醒似乎沉睡中的麻木不仁的日本民众！（直到2010年中国的GDP才超越日本，2010年日本GDP为5.39万亿美元，而中国的GDP为5.75万亿美元，成为世界第二大经济体。但是中国人均GDP在世界的位次只排在第95位。）

北京同意了，让他们来看看吧！改革开放，国门打开！让他们看看也不是什么坏事。

但在中国，还是有忠于职守的"守门人"！他们不同意！

毕竟，我们与日本有过世仇！1932年、1937年，军国主义的日本人曾经打过、炸过上海两遍！满城战火，死伤无数，满目疮痍，真是惨不忍睹！国仇家恨，永志难忘！而且日本人又有善于窃取情报的嗜好和技能，要是他们乘坐着中国军方的直升机，肆无忌惮地窃取上海的经济和防卫的军事情报，那真是要遭天谴，遭天下人笑话！

不可不防啊！

于是，就有了"可以航拍上海，但必须是中国的记者、中国的摄像师，日本人不能上这架军用飞机"这么一个坚决的要求！

可敬的"守门人"！真的要给南空的那些家伙行个军礼！


天上掉下了一个好大的"馅饼"！

这个任务就落到了我们苏州电视台国际部头上。

我们认真做了准备，要用两台摄像机，一台拍摄的磁带给NHK，一台拍摄的磁带给自己留下！这可是宝贵的影视资料！还要有一台高档照相机，在飞机上再拍点照片！再带点小礼品……我们组织了精兵强将，一定要圆满完成任务！

第二天一早，我们驱车准时赶到光福军用机场。只见几个日本记者、摄像师已经在飞机旁，一个个阴沉着脸，可以看得出来，他们很郁闷，也很无奈。我们暗自好笑。从北京中央外宣办来的那个姓张的同志倒很客气，对我们如何航拍，具体的要求一一做了交代。

然后是进行安检。"这是什么？"部队的小个子保卫干事指着几份包装好的漂亮的丝绸围巾，态度严肃。"这是我们给飞行员的一点小礼品，感谢他们！"我笑着解释道。（这里，有我们的一点"小心思"！）他迟疑了一下，还是放行了！

上了飞机，我们立即把礼品分发给了飞行员和随机的机械师，说，"麻烦你们了，我们希望改变一下航线，从我们苏州的新区、干将路、工业园区、昆山开发区的上空飞过！我们要留点影视资料！""可以！没有问题！我们军队就是要为地方经济发展服务！"飞行员们很爽快地答应了！我们松了一口气，领航员立即对航线进行了调整。

在飞机上，我们用安全带将摄像师、摄像机固定起来，就是用皮带在摄像师的腰上缠上几道，另一头固定在机上的铁勾上，毕竟要在空中打开舱门。航拍，还是有一定的风险，有一定的危险性！

这个机会太难得了！那时没有"大疆"，没有无人机，哪能遇到这么好的航拍机会！我们要给为苏州发展建设的决策者、规划设计者、建设者们一个交代，给古城苏州一个交代！为它留下珍贵的影

"米8"前合影，左一为照片提供者许天德，左三为本人

视资料!

飞机轰鸣着起飞了，苏州新区紧挨着光福，不一会儿就到了，我们按捺住激动的心情，迎着呼呼的大风，贪婪地拍摄着……我们从狮子山顶上徐徐飞过，感觉有点奇特：前面就是干将路了！现在不觉得，当时这条贯通东西的干线，拆迁了许多的人家，是一项苏州重大的战略性的城市建设工程！道路笔直，车水马龙，一直伸向远方……

然后是苏州与新加坡合作开发的工业园区……

从空中看，城东高速公路的交汇枢纽，像一只美丽的蝴蝶翅膀……

我们从绿色葱茏的玉山顶上飞过，来到了自主开发的昆山国家经济开发区……

苏州拍摄完毕，我们长舒了一口气，告诉飞行员，"可以了！"我们对今天的拍摄，已经非常非常的满意！这真是一个意外的大收获！

直升机立即关闭舱门，拉升高度，快速地朝上海飞去。


哈，大上海，我们来啦！

按照北京老张的交代，飞机嗡嗡地飞翔在上海的上空，亮闪闪的苏州河；南京路，这路竟是那么窄，那么的小！我们围绕着东方明珠塔转了好几个圈，这可是上海的标志性建筑！外滩，那些洋建筑，奇形怪状；浦东开发区，一排又一排整齐的标准厂房……哦，到了，黄浦江！江水有点浑浊，船也不太多，个头也不算大，但还是很开阔，水天一色，气势恢宏！

我们在米8飞机上，在大上海的上空，真有点儿"指点江山，

当时孤零零的"东方明珠"，现在已有一个建筑群

激扬文字，粪土当年万户侯"的感觉，如果俞敏洪也有这般经历，那一定也是大饱眼福！要大大地赞赏和感慨一番！

事毕，米 8 稳稳地降落在光福机场，告别飞行员，我们立即将一套磁带交给了老张。摄像机是通用的，都是日本松下公司制造，我们台里使用的摄像机都是日本货，连磁带也是！

我们满面笑容，圆满完成任务！在直升机前拍了一张合影，以志纪念。（我的一张找不到了，这些珍贵的老照片是当时摄像师许天德提供的。）

其实，这是我第二次乘坐米 8 直升机了，第一次也是有些讲头，也是令人难忘！

那是 1986 年的夏天，我还在北京的《空军报》社当编辑和记者。当时，对越自卫反击战还在进行，老山还在反复争夺。（一共打了十年，我军各陆军部队进行轮战，在真实的战场上提高部队的战斗力，同时消耗越南的国力，拖垮了他们的经济。）

我独自一人来到空军的前线，云南蒙自前线机场，在部队采写报道，组织稿件。

用直升机抢救和转运陆军的重伤员，这是我们空军前线部队的一个重大题材，必须采写！

那天清晨，在轰鸣的米8直升机旁，我向穿着威武的黑色皮夹克的飞行员请求："带上我吧！""行，上来吧！"飞行员很爽快！我有点紧张，有点兴奋，甚至有点激动！在飞机里东张西望，一切是那么陌生，又那么新鲜和刺激！

一阵器叫，夹杂着一串串响亮而又坚决的口令，飞机起飞了！

"华记者，等会儿你吐在这里！"不料，一位身材修长、年轻貌美的空军女护士走到我跟前，她手里拎着一只黑黑的铁桶，竟是一只垃圾桶！

乘坐直升机还要用上这个物件！真是兜头一盆凉水！原来，直升机在山区低空飞行，气流强烈而又紊乱，颠簸得厉害，人有时会晕机，呕吐不止……

直升机嗡嗡的飞得慢，到前线的野战医院，有40分钟的行程。一路上，山峦起伏，绿色葱葱，滇南的景色十分秀丽，我们正有说有笑的，突然扬声器传来严肃的声音："距离边境20公里！"机舱里的气氛一下子紧张起来，谁也不再说话！20公里，已经进入越军远程火炮的射击范围，越军善打冷炮，前几天总政的一个工作组乘坐吉普车在前线战备公路上疾驶，被越军三两炮就击中，连驾驶员共四人全部牺牲！

这就是前线，伤亡随时可能发生。

飞机在一个篮球场般大小的空地徐徐降落。巨大的悬翼桨叶卷起尘土飞扬，四周绿树环绕，隐蔽性好。重伤员被医生护士用担架快速地抬上飞机，我也同他们一起，奔跑着，抬扶着，参加了抢运任务。伤员共有十多个，在身体不同部位用白色的纱布包裹着，个个因失血而脸色苍白，但神情还是很坦然。担架在飞机上有特制的钳子紧紧地固定在架子上，形成了一排高低铺。我轻声问身边一位英俊的小伙子："干什么的？伤在哪里？"战士小声回答："机枪手，胸部中弹，气胸。"我点了点头，没敢再问下去……

回到机场，回到"前指"招待所，我奋笔疾书，写下四五百字的一篇纪实散文：《空中救护队》，还是不过瘾，还是有话要说！我又写下了一百五十字左右的短评，一同寄回报社。没想到，报社领导将这两篇报道刊登在了第一版。在第一版上发表纪实散文，实属少见！

与米8直升机的飞行员有点熟悉了，一问，这位担任机长兼驾驶员、长得十分剽悍的中年汉子姓刘，竟是空军某直升机团的副团长！

在蒙自前线机场，他一再热情地邀请我去他们团，要我写写他们直升机团！他们的团驻在河南省，说是有许多好听的惊险的故事！

他急切地说，中国大啊，每年都有不少重大灾害，地震啊，山洪暴发啊，但主要是水灾。奉中央军委、空军的命令，我们都要去一线抢险救灾，有时是非常危险和紧急的，有时真的是千钧一发，命悬一线！情况非常危急！那些个故事，那些个人物，真是生动、感人，惊心动魄！

（是啊，在汶川地震时，米8直升机紧急出动救灾，被美国人关闭GPS，飞机失去导航，直接撞上大山，机组人员全部牺牲！）

真的？！我十分向往，这可是一个难得的、宝贵的素材库！当我没有什么好写的时候，我就去河南，去刘副团长所属的直升机团，起码，那里有我一个熟人！我很高兴！

不料有一天，在北京的空军大院里，突然遇到了刘副团长，我有点诧异，他告诉我，他调到陆军去了，陆军各大军区都成立了直升机团，他被调走了！我有点惋惜："在空军多好，到什么陆军去啊！"他却说："到陆军好啊！在空军，我们不是主力的作战部队，是辅助机种，到了陆军，却成了'宝贝疙瘩'，大军区首长三天两头来视察，对我们可重视啦，要什么给什么，福利待遇也好！"哦，现代化战争的需要，我们也开始重视起直升机了，开始组建陆航！于是，我们有了直8、直9、直10、直18……想必，现在我们已有无人机团、无人机旅了。我们的国防建设正在快速发展。

哦，米8直升机，我同它还是有点缘分：在1986年的云南前线，我乘坐它参加抢救伤员，对它进行《空中救护队》的报道，然后，刘副团长调到陆军，不久，我也转业到了苏州电视台。没有想到1994年，在八年之后，我又乘坐它，又见驾驶它的空军飞行员，航拍了大上海，续上了这个缘分！真是又惊又喜，倍感亲切！

当然，我也要感谢新东方的俞敏洪老师，是他讲述自己小时候去过上海，开阔了视野，有了一番经历，从此定下一定要考上大学的决心——正是他亲身讲述的那个小视频，点燃了我尘封多年的记忆……

# 试 飞

## 上 篇

十月，金秋，谷黄稻香，红叶尽染，正是收获的季节。种瓜得瓜，种豆得豆。种下腾飞的誓愿，必将收获一副刚健的翅膀！

机场。坐落在八百里秦川的中国试飞研究中心的机场。今天，"热烈祝贺三机定型"的标语在阳光下格外耀眼。

人头攒动，人声鼎沸。人们的目光不约而同仰望东方。是啊，焦灼的期待，热切的期盼，盼望了多少年了，真是望眼欲穿！

东方，高空上，三架新型歼击机翻滚、俯冲、升跃，忽而似鹰般凶悍，忽而似精灵飘忽，忽而又似光点莹莹……三架飞机是在做定型前的最后几个科研项目试飞。

地面上，人们欣喜、鼓掌、蹦跳，在为这新型的歼击机发出高声的赞赏。也有人在为今天的科研项目捏一把汗：可不能有丝毫的松懈和麻痹啊，为山九仞，功亏一篑，这也并不少见。

是的，武器都靠人来操纵。任何建立在高、精、尖科学技术基础上的现代化武器装备，只有和掌握、操纵它的人浑然融为一体，才能真正发挥效能。同时，它对掌握操纵它的人的素质，他的觉悟、智慧、勇敢和成熟提出了越加冷峻、越加苛刻的要求。那么，天上这些试飞员，这些驾驭新鹰的人，是些什么样的人呢？

## 廉颇老矣，尚能饭否？老一辈试飞英雄

王昂，今年五十二岁，1980年曾被中央军委授予"科研试飞英雄"的称号，现任我国航空工业部副部长，担负着振兴我国航空工业的重要责任。如今开会紧急，他还能亲自驾机，从北京飞往飞机城，再从飞机城飞往沈阳、上海……

试飞，需要高超的驾驶技术，也需要深邃的理论知识。一些发达国家对试飞员的要求，首先必须达到工程师的水平。王昂飞行之余，深入钻研航空理论，刻苦学习外语，借助字典，可以阅读俄、英、日三种文字的书刊，他辛勤积累飞行资料，还经常给战友们上课。

"谁言书生无意气，拼将热血酬壮志。"这位长得魁梧奇伟，具有高等专业知识的试飞员，毫无文弱书生之气，彪悍英武，一些从战斗部队来的试飞员对他刮目相看。

科研试飞，做特技飞行，他刚做完下滑倒转，拉起，飞机突然发生剧烈摆动。耳机插头被甩掉，安全带断裂，头部被撞击流血，前额碰肿，口腔出血，他几乎在空中昏了过去。绝不能毁了飞机！他双腿夹住驾驶杆，腾出手指接好耳机，克服重重困难，安全着陆。

空中打炮前的检验飞行，突然"啪啪啪"三声巨响，（后来查清

是右发加力燃油导管断裂，燃烧气体从操纵杆联结处冲出，把机体打了三个黑黑的大窟窿）火，橘黄色、淡蓝色的火在发动机的外表和机身蒙皮内刺刺啦啦燃烧，他立即飞回机场，冒着危险请求直接着陆。减速伞放不出来（已烧坏），飞机箭一般飞鸣而下。不好，跑道上有人！一位骑自行车的妇女带着一位老太太正与他同方向悠然行驶。应急刹车握到底！左轮当即呼地爆破，起落架扭得变形，自行车安然无恙！飞机却冲出跑道 31.4 米。当他跳离座舱时，机身下已窜出好几条火蛇，丝丝向他吐着鲜红的信子……

1983 年，正是鲜艳的款冬花和紫罗兰开放的季节。英国试飞中心和宇航公司接待了专程来考察的中国试飞研究所所长王昂。这位气宇轩昂、风度翩翩的王所长仅分别用一小时的准备时间，就驾驶英国的鹰式飞机和 B AF-146 飞机飞行。空中，他飞得优雅、漂亮、勇猛、果敢。

因为，他曾当过试飞员。

滑俊，今年五十七岁，面色红润，身板硬朗，高高壮壮。他与王昂同时被中央军委授予"科研试飞英雄"的称号。现在已经离休在家，但他不甘寂寞，仍在上函授大学，每周两节课，补习文化。

他是个苦出身。十五岁就到处打短工，当长工。参军了，当过机枪手，学过轰炸机，又改歼击机，曾担负抗美援朝和国土防空的战斗任务。1951 年国庆节，他曾与战友们一起，英姿勃发，编队矫健地飞过天安门，接受毛主席和朱总司令的检阅。

这个公认的"老黄牛""大老实人"，来到试飞团后，他不声不响，科研试飞三百六十九架次，次次出色完成任务。

那是 1975 年，航空部下令，加快某型高空高速歼击机的定型试飞。飞机从一架增至三架，能飞此型飞机的试飞员却只有一人。

谁上？"老黄牛"不紧不慢上来了。找政委，找团长，又来一份申请书：

"……我在飞行事业上为党工作的时间不多了，更应该争取在有限的时间里为发展祖国的航空工业多做些工作。"

精诚所至，金石为开。

试飞任务：测量机身温度。要求发动机在接近极限下工作。滑俊驾机爬到两万米高空作高速飞行。突然，双发同时停车。第一次，他第一次遇到这种险情，全团也是他首开记录。重新开车，一次、两次、三次，统统失败。"老黄牛"不慌不忙，不紧不慢，又开第四次，开车成功！老试飞员驾机漂亮地飘然落地。

化险为夷，像这样漂亮的飘然落地，对他来说，可不是第一次。

新型歼击机要进行空空导弹试验。可那时导弹还没过关，地面试验时两次发生爆炸，还试不试？争论不休。

试！一旦决定，滑俊站了起来，我是党员，我上！

先发射一枚，成功。加挂两枚，再次起飞，当滑俊按下发射按钮，两枚导弹刚出现在机头，一枚就不见了，不好！飞机有异常声响。导弹发射 0.45 秒，导弹由于发动机受热不匀，在飞机前头爆炸了。他立即报告指挥员，驾机脱离危险区。着地，刚下飞机，一群科研人员奔上来，连声嚷嚷："怎么提前爆炸，不可能，不可能！"他瞪起圆鼓鼓的眼珠，脸涨得通红，飞行帽猛地摔到地上！"怎么不可能！你们上去看看！"

科研人员爬上飞机，乖乖，七个坑，座舱前沿挡风玻璃的整流包皮上有巴掌大的陷坑，还打了个核桃大的窟窿……

这就是试飞，这就是试飞员。

# 布依族飞行员李少飞

李少飞，是我空军中少有的能够驾驶和指挥十几种歼击机的试飞员，也是空军部队遇到空中险情最多的飞行员之一。他曾被空军党委评为建设社会主义精神文明先进个人标兵，被兰州军区空军评为"试飞尖兵"。

他有高而宽的额头，一双睿智、善良、忠厚的眼睛闪闪发亮。一眼就能认出来，这个试飞员来自云贵高原。出生于贵州省黔南山区一个布依族家庭的李少飞，祖祖辈辈都是凶恶的土司头人的奴隶。1949年，灿烂的阳光照亮了黑暗的布依族山寨，照亮了这个奴隶娃子前面的路。

读书。选飞。

"少飞，少飞，你一点也不少飞，你是多飞！"试飞团的战友们常拿他的名字开玩笑。

对，他就是要多飞。整天找领导软磨硬泡，要试飞任务，要飞！

打开这位布依族试飞员的日记，那遒劲的字迹记载着：

×月×日，我首次试飞低空大表速课目，当打开加力，速度急增时，突然飞机仪器板急剧摆动，随即飞机出现强烈震动，难以驾驶。这是危险的征兆，国外在试飞这一课目时曾发生过飞机解体、机毁人亡的严重事故。我意识到问题的严重性，立即关闭加力，收油门，放减速板，终于安全着陆。

×日，发现右发转速下降，把油门推到全加力位置，不一会儿右发停车，下降到十二公里开车，未成功，下降到十一公里高度第二次开车，成功。请示塔台在高度五公里继续做科研试飞动作。由于最近科研任务紧，要争取在空中多做一些动作……

任务紧。任务紧。临危不惧，千方百计要在空中多做试飞动作，这位布依族试飞员啊！

## 女试飞员张玉梅

说说我？说说我们家？说说我是怎样战胜疾病的？呵呵，我可没什么好说的，写写其他试飞员吧！

张玉梅笑了，笑得那么开朗，那么爽快。非要说不可？那好，我就随便说啦。

我是我国第三批女飞行员，1965年6月入伍，老家在河北定兴县。今年四十二岁了，飞了二十二年。我是飞运输机的，里2、安26、运7，都飞过。

呵呵，和老阎……我们是组织介绍的，是团长鄂纯太同志介绍的，那时，就兴听组织的。那时候这方面要求也严，二十五岁才准谈对象，我就是二十五岁时谈的。

我们俩都当过机长，是四种气象的飞行员，四种气象的指挥员、教员，他比我飞得好，理论也比我强。

老阎调到试飞团搞试飞，师长、副师长还不放哩。我半年后也过来了。有一半是为了支持他，也当了试飞员。刚来时，不少人劝我：当试飞员太危险，你也四十多岁的人了。可我要飞，来，就是来飞的嘛，要是不飞，我就不来了。

我是1984年9月26日报到的。10月8日，过了国庆节第一个飞行日就安排飞行了。当时，我飞行服也没带，就提一个网兜来报到的，赶紧去借飞行服，那个高兴劲哟！

怎么得病的？那是 1985 年 10 月，科研试飞任务正紧张。星期六我还好好的，还在飞，星期一就不行了，头晕、无力、血压增高。几天后全身浮肿，住进了医院，确诊为"肾病综合征"。这一住，就住了七个月。得了这病不让你动，就那么躺着。为了早日治好病，吃了不少苦，头发脱落，心脏跳动加快，肝功能下降，吃的药不少是激素，体重猛增到一百七十多斤……

1986 年 5 月，病情好转了，医生说可以下床活动了，可这时我已经四肢麻木，力不从心，迈不动步子了，胖得连蹲都蹲不下，一蹲就趴在地上。我就从练蹲开始，扶着床沿，一个、两个，倒在地上，老阎就把我拉起来。那时，我一天能蹲两个就很高兴。然后就练上下楼梯、散步。就像小孩子走路似的，老阎带着我，在院外的马路上，慢走，快走，慢跑。后来，我还能打旋梯、滚轮呢。

当时，有人劝我："张玉梅，你活下来就不容易，别飞了，在家好好休息吧，你们俩也该有个顾顾家了。"可我这么练，还不是为了要飞么！人活着就要奋斗，在家里养着怎么行呢。

那次到西安空军医院体检，体检完了，主检医生骈国勋悄悄地问我："你真的想飞？""那还有假，真想飞，真的想飞！"于是他在体检本上写：飞行合格。我高兴死了。

不少人见了我都说，没想到张玉梅你又飞了。我们的航医也说，没想到，没想到。

现在？你看我，又跑步又练气功，身体比生病前好多啦，又飞了四十多小时了。无论怎么争取，我飞行的时间也不多了，我要加倍珍惜！

## 科研失利，飞机进入螺旋，跳伞

"砰"，一颗绿莹莹的信号弹带着啸声升上天空，随之，一架双座歼击教练机隆隆呼啸，拔地而起。

前舱，副参谋长胡朝德；后舱，试飞员杨步进。任务："应急电动操纵传感器"试飞。

时间：1984年12月4日15时25分。

这个科研项目，在地面已经进行了一万多次各种试验，现在安到了飞机的操纵系统上。

这是第三个起落，第一个起落飞行正常，第二个起落试飞员感觉飞机有些异常，但安全落地。他们立即把情况向科研人员汇报。

再飞！

第三个起落，两名试飞员调换了舱位，要再去仔细探索那个稍微有异常的地方。

高度3500米。飞机突然昂头急剧跃起，紧接着猛一个俯冲，飞机失控，进入右螺旋。胡朝德立即关闭电门，操纵飞机改螺旋，但高度太低，已经无法挽救飞机！

跳伞，快跳伞！此时胡朝德只觉天旋地转，大地歪斜着狰狞的面目，飞速地向他扑来……

**杨步进**　砰，我猛地一拉舱座上方的弹射手柄，只听到半个音，就被弹射到空中，翻了几个筋斗，与座椅分离，开伞。老胡出来没有？飞机怎么样？一看下面的空中有一个洁白的伞，好，他也跳出来了……

**胡朝德**　飞机已无法操纵了，我检查仪表，观察飞机状态，判断是飞机失速还是进入螺旋。确定是进入了螺旋后，改了一下，改不出来了，高度实在太低，立即命令后座杨步进跳伞。我是指挥员，得让他先跳！过两秒钟，我一个回头，后座没人！才一拉弹射手柄。

"轰"——脑子骤然一片空白，弹到空中，恢复知觉后，第一个念头：小杨跳出来没有，他的伞开了没有？在空中转了一个圈，没有！再一抬头，哦，在我顶上呢……

飞机掉进一条河沟，砸进去八米深，二十几个人，挖了三天，才挖出飞机残骸。黑匣子保住了，数据保住了。与他俩汇报的情况完全一样。

结论：被试系统瞬间失调，飞机失去操纵，进入螺旋，两名试飞员判断准确，处理及时，果断跳伞，安全着陆，减少了损失。

# 下　篇

空中，三架新型歼击机正在做经过精心编排的科研试飞动作。你看，它在飞火控雷达的最后的科研项目，正在做各种战斗动作：加速盘旋、减速盘旋、小半径转弯，纵向飘摆，侧滑、蛇形平飞……

"轰"，"轰"——一架歼击机从高空流星般划一道弧线直扑地面，一团火光。又一团火光，地面盛开朵朵优雅的白莲花，响起一片雷鸣般的掌声……

## 后生可畏，又是一代天骄

驾驶这架飞机的是个壮实、英武的试飞员，叫谭守才，1976年入伍，今年三十一岁。现在，他正向地面发射火箭。你看他，拉起，平飞，"唰"，一俯冲，一道漂亮的弧线，咚咚咚，一串串火箭弹击中靶标，把天空和大地震得直颤。飞机"嗖"地掠地而起，又向碧空笔直地升跃……

这个试飞团歼击机大队年轻的大队长，今年7月到8月，在驾机打航炮和发射火箭时，先后曾遇到四次空中停车，他都沉着正确处置，次次化险为夷。这个平时不太爱说话的年轻人，成了试飞团又一个挑大梁的人。

像他这样的年轻试飞员还可以一个个往下数。

卢军，三十一岁，1977年入伍，中等个，年轻的脸上书卷气十足，文文静静。

他兴趣广泛，一双机敏、灵巧的手把业余生活编织成一只彩色的花环。练小提琴、吉它，还练书法。现在他正自学英语，计划用五年业余时间攻下这门语言。从今年春节学到现在，他已能借助字典看一般的英文杂志报纸了。

作为一名年轻的试飞员，他是怎样完成试飞任务的？正好，有一位工程师写了一份有关他们的材料。题目：《颤振试飞的新突破——看某型歼击机试飞员的功绩》。

颤振边界作为新机来讲是一个未知领域，设计的边界和实际的边界往往有差异，要求试飞员具有开拓和探索精神，胆大、心细，在接近最大使用速度边界时，要能准确地控制速度。某型歼击机试飞员胡朝德、王东南、谭守才、卢军等同志，在课题主管的配合下，利用势能转换动能原理和飞机俯冲中飞机的运动力比平飞时增大，其大小等于飞机推力加上飞机重量的分力之合的力学原理，想方设法为增加完成大表速试飞的运动能量。这种试飞方法俯冲增速量值不易控制，风险性就更大些，在我国颤振试飞史上还是前所未有的。

......

挂 4 枚导弹：7 月 4 日卢军在高度 × 公里表速飞到了××××：接着 7 月 5 日卢军在高度 × 公里表速飞到了××××。

挂两枚导弹为颤振最严重状态：6 月 22 日卢军在 × 公里表速飞到××××；6 月 23 日卢军接着又在 × 公里表速飞到××××；6 月 24 日卢军在高度 × 公里最后飞到了××××……不但飞到了低空大表速的使用边界，而且还有突破，顺利地完成了颤振试飞任务。是此型歼击机定型试飞中最早完成的第一大课题。

在带外挂试飞中，卢军发扬了敢想敢干、敢于探索新的试飞方法而在低空获得了极限。大速度的可喜试飞结果，为此型歼击机颤振试飞和新机定型做出了贡献。他们这种精神值得宣扬、学习，并建议给他们立功授奖，以推进新机试飞进程。

签名：某型歼击机总设计师系统试飞副总师陈启亮。1986 年 7 月 17 日。


这就是卢军。一个拉小提琴、练书法、学外语的文文静静的年轻试飞员试飞生涯的一张素描，一个剪影。


李存葆，1975 年入伍，今年也是三十一岁。

瞬间高温座舱试验，温度高达 63℃、68℃。汗如水泼，如雨淋，代偿服全都湿透了，浑身没有一处干的地方，衬衣就像从脸盆里捞出的湿毛巾，一绞，哗哗流水。

要在平时，谁愿意飞这种课目！

但他没有一句怨言，飞机一个起落接一个起落。科研人员、工厂通过他试飞取得数据，改进了飞机座舱设备。

以后的飞行员会少流多少汗啊，他的汗水没有白淌。

新型歼击机首次夜航试飞。灯火、星星闪烁着晶莹而又神秘的眼睛，静谧的夜的海洋深不可测。会发生什么样的意外？天知道！

他跃进座舱，昂然驾机，像一柄利剑刺破沉沉夜幕……

这是我国空军 20 世纪 90 年代的主战飞机……

他叫陶有奎，两鬓斑白，目光炯亮，穿一件褚色的飞行服，身上焕发着一种属于军人的威武、干练的气派。他是研究所的副所长，高级工程师。

在他那简朴的宿舍兼办公室刚坐定，他就笑着抱歉："怠慢啦，没有水，这里就我一只缸子。"

我哪要喝水，我要听他讲！

这三机定型的意义？他沉吟着，深邃的目光向窗外眺望：这是完全由我国自己设计制造的三个新机种，为我国国防现代化提供了新的武器装备。这一次任务重，时间紧，要求高。科技人员不用说了，没日没夜，付出了极大的心血。试飞团也是个关键，黄炳新团长、彭迪宇副团长是某型歼击机的首席试飞员，彭副团长还是另一机型的主管试飞员。他们为"三机"定型作出了特殊贡献。

试飞团那天在动员会上怎么说的？就像上满弦的表，只要上级一按（航空表按后才走）我们就"嗒嗒嗒"分秒不误，准时行走，绝不在我们这里卡下、停住。为了完成任务，很多试飞员近三年内没有探亲，没有休假，没有疗养，牺牲的星期天那就更没个数了。今年8月，试飞最紧张的阶段，一天最长在机场十三个半小时，一般都在机场十小时左右。飞行量大，体力消耗也大，后勤保障人员把灶也搬到了机场，一天吃四顿、五顿饭。

去年7月，天最热的时候，跑道面温度53℃。座舱63℃，铝合金的飞机都不敢用手去摸，烙手。试飞员戴着大头盔、氧气面罩，穿代偿服，那厚厚的橡胶密封的代偿服，边穿边湿。为防止虚脱，上飞机前必须喝足水，一个架次下来，高腰的飞行靴里能倒出汗水来，这一点也不夸张！我看着都心疼啊！就这样，试飞员一般要在天上飞一个半小时，都没有怨言，要争时间啊！

## 赫赫英雄，试飞团的头雁

当最后一架飞机从寥廓高空飞燕似的归来，随着机轮与跑道的磨擦飘出一缕袅袅青烟，机后，绽开一朵红绿白相间的减速伞，宛如鲜花娇艳。看台上人们欢声雷动，全都站立起来。

握手。握手。首长、科研人员们一个个激动地互相紧紧握手，不管是认识的，还是不认识的。因为，此时大家心里都十分明白：这，意味着什么………

飞行员走下飞机，大步朝看台走去，他中等个穿紧身的代偿服，戴银色密闭保护头盔，脚穿锃亮漆黑的飞行靴，显得十分清瘦，显得异常英武。

他能飞我国所有型号的歼击机。我国第一次被航空工业部任命为某型歼击机的首席试飞员。

试飞十几年来，完成一百二十项科研项目，其中风险项目三十项，难度大的有四十项。共担任科研试飞八百三十架次，每次都能拿到数据，从没有报废过一个科研试飞架次。

空中遇到重大险情十四次，创全团试飞史之最，全都化险为夷。

他是试飞团团长黄炳新。

当年，大队民兵连长吕明林被这个还是少年的黄炳新死乞白赖、软磨硬泡缠得实在火了，竟把手上最后一张入伍体检表一扔！纸片白蝴蝶似的飞翔。

河南南阳是个穷地方，他这个喝玉米糊、啃地瓜干长大的瘦弱的孩子一会儿就得耷拉脑袋回来。

一只还瘦小的手惊喜地捉住了这只白蝴蝶，飞了出去……

吕明林没想到，他这么随手一扔，竟扔出个呱呱叫的飞行员，扔出一个响当当的试飞团团长，扔出一颗重磅炸弹！十六年后，他俩重逢，仍是民兵连连长的吕明林笑呵呵地又提起这件很有意味的往事。

**试飞英雄黄炳新**

哥俩都去体检。

哥哥被刷下来。他眼睛不好，垂头丧气。

弟弟一路绿灯。个子不到一米六，体重只有九十斤。

他来到野战部队某军，这是在朝鲜战场上战功卓绝的部队。他在一个机枪连当通讯员。后来，在陆军进行挑选飞行员的试点，这个瘦瘦巴巴的黄炳新，又是一路绿灯，被选上了。

1972年4月，作为优秀飞行员的黄炳新调入试飞团。

十六岁的孩子长大了，当他得知苏联空军已经装备米格－25战斗机，美国空军已经有了F－15、F－16，而我们主战机种至少比他们落后两至三代时，当他知道国产新型飞机试飞多年，迟迟不能定型，部队装备了十多年的飞机无法更新时，他懂得了试飞工作在国防现代化建设中的重要地位，他开始理解"速度"的焦灼的现实意义和历史的深远而又厚重的内涵。至于他在试飞中所遇到的十四次重大险情，本身就是一篇好的报告文学，一部惊险的传记。他为加快"三机"定型的进度立下了特殊功勋。

7月的北京，烈日当空，百花盛开。黄炳新胸佩鲜艳的红花，参加庆祝建军60周年在人民大会堂举行的全军英模报告会。

会上，黄炳新第七个发言，讲试飞，讲试飞员，讲为加速国防现代化他们所作的种种努力。他心情激动，他话语铿锵。

《解放军报》头条报道——《他，蓝天上一颗鲜为人知的星》。

黄炳新没有陶醉。8月8日，从北京回来，在西安空军指挥所作了两场报告。回试飞团，他没有休息，立即准备飞行。从8月14日到10月14日，两个月时间，他又做科研试飞三十架次。

这是最后一个起落。黄炳新离开他的新鹰，大步向看台走去。

激动的人群向他涌来，向这位清瘦而又异常威武的英雄走来。

# 没有采访我们就无法生存

A

说个老笑话，一位秀才做文章，他哼哼唧唧，搜肠刮肚，仍挤不出字来，娘子在旁乐了："瞧你这副苦相，难道你写文章，比我们妇人生孩子还难？""啊，你们生孩子是肚里有货，我可是肚里没货啊！"秀才痛苦地说。

我想，他说的"货"并不是指四书五经，要不然他怎么能当"秀才"，他肚里没"货"，是没可写的东西，没有新鲜的写作素材。

作为一名记者或报道员写稿，首先当有被报道的事物，要不然，新闻、报道就无从谈起。所报道的事物从哪里来，获得的途径在哪里？

——在采访。

"采访是获得新闻的基本手段"；

"记者好像是一个勘探者，他要挖掘、钻探事实真相这个矿藏"；

"不论多么优秀的撰稿人，如果他不是一个卓有成效的采访者，

他的才干就会受到限制。今天的新闻业中最有价值、最有独创性的稿件，通常得之于采访";

"一流的采访者必定是一流的撰稿人";

"采访就是云游四方，会晤三教九流——它，惊心动魄";

"采访者探求真理";

"采访是我们这一行的基本手段，没有它我们就无法生存"。

瞧，外国新闻界对采访问题异常重视。

是啊，且不说马克·吐温、海明威等大作家在当新闻记者时，采访，对他们积累生活，思考和观察社会，对他们以后的写作生涯产生重要的影响。你看美国记者埃德加·斯诺，他冒着生命危险，毅然深入"匪"区，行程三千里，历时逾百日，从后方到前线，从工农群众、红军指战员到共产党的最高领导人，进行广泛深入的采访，终于写下了震动世界的名著《西行漫记》，引起了巨大反响。

你看中国的司马迁、徐霞客、李时珍、蒲松龄，他们或是遍游南北，采集史迹；或是"闻奇必探、见险必载"，爬山涉水、风餐露宿；或是搜奇说异，聚沙成塔。这些令人尊敬的大手笔们之所以能写出传世之作，首先在于他们不畏艰辛，勇于探索，亲临体察，广为收集，进行了异常艰苦、深入、细致的采访。你看中国现代作家萧乾，抗日战争爆发后，他毅然中断小说创作，不畏艰险，到中缅边界深入采访，写出了《湘黔道上》《血肉筑成的滇缅路》等报道，引起轰动。他又穿上军服，佩戴"中国战地记者"的证章，到英国、法国、德国进行战地采访，写出了《银风筝的伦敦》《到莱茵前线去》等名篇。新中国的一代作家，刘白羽、周立波、柳青、孙犁、杨朔等，在抗日战争、解放战争中，他们都曾当过军事记者，活跃在枪林弹雨的战场，调查、挖掘、采访。消息、通讯、特写、评论……一篇篇脍炙人口的报道，记录着烽火和硝烟，记录着英雄的事迹，他们对火热的现实斗争、人民的解放事业作出了重要的贡献。对越自卫反击战中，不是有好几名记者就牺牲在战场上吗？他们执行采访任务，甚至献出了自己的鲜血和生命。

"材料就是文章作者的'空气'，没有材料，作者的思想永远也'飞腾'不起来"。

"只有正确地解决了材料的问题，才谈得到写作技巧的问题"。

"要研究事实，对比事实，积累事实"。

"事实是最顽强的东西""事实胜于雄辩"。

"事实是毫无情面的东西，它能将空言打得粉碎"。

这些精辟的论述，都从正面和侧面证实，对一个新闻工作者来说，采访、挖掘事实有着极其重要的意义。

记者，我想，顾名思义，不就是一个怀揣采访本，迈着双脚，用自己的头脑思考，用自己的眼睛观察，去探索事物，挖掘事实，然后揭示事物的真相，用事实来说话的人吗？

B

对采访、对发掘事实的重要意义的认识，我也是在实践中不断加深的。这其中也有沉痛的教训。

去年 10 月 14 日，西安阎良飞机城传来喜讯，歼八 II、歼七 M、歼教七三型新机同时胜利完成试飞定型任务。编辑部派我去那里的空军试飞团采访，采访报告定于发表在今年第一期的《中国空军》上。

我很兴奋，这是我第一次单独完成这样重大的采访任务。

赶到那里，试飞团的同志们仍沉浸在庆祝大会的热烈气氛中（是啊，他们为之苦苦奋斗了两年零十个月！），紧接着《解放军报》《人民日报》刊登了《我航空兵90年代的歼击机问世 3种新机型完成定型试飞》《我国航空史上又现奇葩，3种新型军用机完成定型试飞》的报道。大事，对空军建设来说是件多大的事！不简单，不容易，了不起！我很激动，头脑很热，找几位"知名"人物、作出突出贡献的同志谈，再找几个人开个座谈会，开始了我的采访。好，你说我记，我问你答，一个个笑逐颜开，喜气洋洋，哗哗哗——哗哗哗——我像被人抽打得飞快的陀螺，不停地记录，晚上又整理厚厚的采访本，每天工作十几个小时。我心潮起伏，兴奋不已，完全沉浸在三机定型的喜悦中，仿佛也亲身参加了这场艰苦的、意义深远的大战役。

殊不知，我这种头脑发热的采访，是一次失败的采访。我并没有真正潜入试飞的生活的激流，并没有深入地发掘出那些生动的、内涵丰富、极其感人的事实。虽然有的同志也谈到试飞过程中一些挫折、矛盾，一些很有意味的东西，甚至令人回肠荡气的十分悲壮的故事和细节，但没有引起我的警觉，没有留意，没去捕捉和挖掘，而让它们悄然从笔尖下滑过了。

我为这种浮光掠影、心浮气躁、浅尝辄止的采访付出了代价。我回来了，带着那篇粗浅的、夹杂着自己许多慷慨激昂的平庸议论，洋洋两万字的稿件回到了编辑部。被《中国空军》的主编狠狠地删掉了一半，标题改了，冠上"试飞"这个标题（当时，自己还好不服气哩）。虽然稿件仍在《中国空军》今年第一期的头版发表了，但很快，我就在内心承认：这确是一件失败的作品，它没有真实反映三机定型惊心动魄的过程，没有充分反映试飞团干

在《中国空军》杂志上发表《试飞》一文

部战士那种崇高的献身精神和战斗风貌。面对这一片印成铅字的黑黑的文字，我感到愧对那些信任我的，对我敞开心扉、倾吐心声的同志；愧对那些为三机定型含辛茹苦、舍生忘死、无私奉献的战友。

在总结教训时，我仍执迷不悟，以为写得不好，是在"写"上下的功夫不够。身边一位颇富写作、采访经验的老同志却指出："不，问题出在采访上，你在采访上下的功夫不够，你没有抓住材料！"一语中的，一针见血，使我醒悟过来。抓材料，好一个"抓"字，那是要用全部的心力，张开手掌，伸出铁钳似的十指，去抓啊，像饕餮的饿汉！我愣住了，好几天，一直在思考这个问题。

从此以后，每每执行采访任务，我都慎重对待，像面临一场战斗。认真做好采访准备，仔细制定采访计划：问些什么问题？12345……思考、推敲；是否带上录音机？磁带，电源，熟悉录音机的使用方法……本子，笔，备份笔……采访完毕，认真整理，仔细核实，甚至还要进行必要的补充采访。不敢草率，不敢马虎，不敢懈怠。我慢慢地学乖了，因此，也尝到了些甜头。

## C

采访是记者，是有志于从事新闻报道同志的基本功，同时，它实践性强，并不是靠看几本书就可以解决问题的。下面，我再谈谈自己的两点体会：

采访是记者德识才学胆的最好的检验。跃入实际生活的海洋，你捞的是海草贝壳，是小鱼小虾，还是采撷闪光的珍珠？采访，最能检验出一个记者、一个新闻工作者马克思主义水平，政策、思想水平，检验出他把握时代潮流，洞察、探索事物真正蕴涵的能力，最能反映出记者的素养和他的个性特点。

在采访中，为什么有的人得心应手，游刃有余，如鱼得水；有的人却心慌气促、捉襟见肘，显得是那么的窘迫和狼狈？因此，我觉得要提高采访能力，必须在提高自身的德识才学与胆识上狠下功夫，不断提高自己在这些方面的修养和素质。

跳下水才能学会游泳，一个记者或新闻工作者，也只有在采访实践中，才能不断磨砺他的品格、才学和胆识，才能逐渐成熟起来，舍此没有其他的途径。

采访与写作浑然一体，不可分割。采访重于写作，这不仅因为采访先于写作，决定写作，而且采访的过程其实也是写作的过程。

不是吗？你全身心投入采访中，急切、敏锐地寻找、探索，被那些人和事所打动，为他们的命运而悲喜，被那里的氛围所包围，你紧张地辨析、判断、综合、概括、提炼，去伪存真、去粗取精、由表及里、由此及彼，思维运转，咯咯有声。突然，一个灵感、顿悟如同闪电，在你脑际划过，一个精辟的思想、独到的见解倏地清晰地打在你的头脑的屏幕，你急忙拿起笔，激动、兴奋不已。

采访并不只是收集、记录事实的过程，也是出思想，不断深化报道主题的过程。

你看，在采访中，那些越积越多的材料在你头脑中不停地翻腾、搅和，不断在进行排列、组合、调整，咔，好！这篇报道、文章的结构有了！你顿时感到轻松了不少。

采访的过程，往往也是这篇报道、文章的构思和结构的过程。

你看，在采访中，你为主人公的事迹、命运所感动，你把自己的情感投入进去，你的感情之火燃烧起来（可不能燃得太旺），你的思辨、你对材料的取舍无不打上你主观的烙印，无不涂上你感情的色彩，你为之唏嘘，为之激昂，为之呼号。读者也为你折射的感情或悲或喜，或快或痛，被你所深深感染。

你再看，在采访中，你挖掘到几个生动感人的细节，你喜出望外，如获至宝，眼睛顿时放出光芒。你对写好这篇报道、这篇文章骤添信心。

因此，在采访中，一篇报道和文章的轮廓、甚至腹稿你往往已经打好，你已为它提炼好主题思想、安排好结构、确定了情感基调、重要的细节，也已分配、安顿完毕，只等伏案疾笔，一气呵成，付诸笔端而已。

对一个记者或报道人员来说，七分采访三分写作，或者八分采访二分写作，甚至九分采访一分写作，是实践经验之谈，我愿意在今后的实践中继续去验证它。

# 围棋那些事儿

## 一

再过几天，小孙子就要参加围棋的升段考试了，看他跃跃欲试十分期待的样子，着实让人喜爱！

自从小班、中班，升级到了升段班，他就与那些大孩子们混在了一起，只有二年级的他，神情也是坦然自如，毫不拘谨；棋艺也明显有了长进，不像以前，与我的围棋子一碰触，就一触即溃，溃不成军；现在的棋也有了点"分量"，还会耍点小手段，设个小陷阱，一个"倒扑"，一个"接不归"，狡黠地看着你的脸，让你上当。有时，一个不小心，真的就着了他的"道"，而且毫无回手之力！只好认栽，再去别处"找回来"！

以前可不行，输不起！眼看要输了，非要我"假装没看见"，有时捂着棋子，不让我"提"，有时懊恼地哭了，把棋子扔在地上，弄得满地都是。这时夫人就会责备我："你就不能让让他，他这么小，刚刚学，你弄围棋多少年啦！"搞得我好尴尬，只好不欢而散。

这一天，围棋班下课了，我去接他，一路上他跟我讲起了围棋十诀，"不得贪胜，入界宜缓，逢危须弃"，我就说，"舍小取大，弃子争先"，他就说，"攻彼顾我，动须相应"；他突然奇怪地转过头来："爷爷，你怎么也知道这个？！"是啊，早晨，也就是刚才，我还在复习韩国李昌镐的著作《不得贪胜》的读书笔记，正好又看到这个"围棋十诀"。

我当时在想，这么一个才二年级的小孩子，就在背诵这么富有哲理的围棋"十诀"，对他今后一定是有好处的。一个人、一个团队、一个组织的竞争，竞争到了最后，拼的就是哲学的层面，看谁的层次高了。然而这些东西看不见，也摸不着，但又是那么的真切！小孙子这么小，竟能将"围棋十诀"这么高深的东西刻印在脑子里，一定会终身受益！

我有一个观点：围棋水平到了业余初段、二段水平，就是"本科生"了；到了三、四段，就是"硕士生"；到了"五段"，就是一个"博士生"！围棋真的太深奥、太奇妙了，当你已经达到围棋的"本科生"，就能对你的其他学业、其他术业有很大的帮助和益处。要知道，人的知识、智慧、能力是会相互迁移、相为支撑的，所以有"一通百通"之说。学围棋可以提高人的想象力，前瞻性的思考与判断，提高人的智商、情商、胆商、逆商，好处真的多多。小孙子就说，"学下围棋的小孩，数学就会好！"看来，他是有切身体会的，你看，这次期末考试，他的数学是 99 分！并列全班第一，语文 100 分，英语 98 分，和姐姐一样，被评为"三好生"。看来他对付语文、数学、英语这三门主课，还真是绰绰有余！

# 二

我儿子小时候也让他学围棋，参加围棋班，老师是当时苏州最有名气的围棋高手章德辉，章老师专业四段，业余六段，属于苏州最高水平了。但小孩子学围棋，免不了对弈，要下棋啊，一局棋辛辛苦苦，下了近一个小时，动了不少"小脑筋"，最后不小心还是输了，就失声痛哭，哇哇地哭！（围棋其实还是蛮残酷的，两人对弈，总有一个是要输的！）我看了实在不忍心，这样对小孩子的身心打击太大！说句不好听的话，是在摧残幼小的心灵啊！学习围棋，本来是件好事，但总让小孩哭哭啼啼，那不是个事啊！就此作罢！咱们不学了！

可现在的教学改变了方法，以鼓励、奖励为主，每堂课下来，老师都会发一种特制的小卡片，根据小朋友课堂的表现：答题，做题，对弈的成绩，算出分数，给积分的小卡片，一人一百分，二百分……积到一定的数量，就可以去老师那里换小玩具：魔方、乐高、小汽车、变形金钢，等等，小朋友不再哭了，都在笑，轻松、活泼，不再特别关注棋局的胜与负！

我感慨：谁想出这样的好办法，真是功德无量！

我感慨：就这样一个小小的改变，成效却如此巨大；但是，竟用了整整一代人的时间！

现在，我儿子单位的小孩不少学了围棋尝到了甜头，学习能力大涨，有的考上了名牌大学，有的还上了中国科技大学少年班。

有一个同事的小孩，就在那里学的，如今出息了，六段！从幼儿班就开始学了，那时太小，还很好动，坐不住啊，那也不管，让他靠在垫子上听，听老师有板有眼地讲！我对他父亲说，六段是怎么考的？一般都是到业余五段啊！他说，那年在南京，举办大陆与台湾的少年围棋比赛，他儿子拿了冠军，就是六段了！这也是一个机缘巧合，一个人生的机遇，很少能够遇到！这个小孩现在还在读高中，不怎么打游戏，功课紧张，业余时间就是弄弄围棋，看看围棋书什么的。平时的学习根本不用大人操心。我想，这么个小孩，长大了，肯定也是北大、清华、南大、科技大学科少班的料，一定会成长为国家的栋梁之材！

学习围棋，可以提高人的形象思维能力、抽象思维能力、逻辑推理和计算能力，真的能很快地提高他的学习能力，是一个培养人的速成方法，速成的"班级"！

这位同事如今有了二胎，有了一个小女儿，才上一年级，也领来上围棋课了，父亲陪着，又开始从头培养了，一点一点，不厌其烦。

与费老下围棋

他已经尝到了甜头。（顺便做个小广告：这里的负责人，年轻的胡老师也是一位六段，获得过全国业余围棋比赛的冠军，他头脑灵活，为人随和，教孩子很耐心，也有方法；他是从北京过来的，是聂卫平的学生，在这个围棋学校，他已经培养出了四五十个围棋业余四段、五段了！也算是一个大功臣！）

三

我喜欢上围棋，已经是很晚了。在农场时，我们闲下来几个小知青是下象棋，看到他们南京来的老知青下围棋，棋盘那么大，棋子那么多，有说有笑的，有时又沉思不语好长时间，显得那么高深，那么高雅，真的很羡慕，也很向往！但是不知如何入手。到部队后，才开始学起来，但在连队没有条件，主要是对手难寻！直到我调到师部后，才慢慢开始下起来。

我没有老师，我的"老师"就是书本。在各地的新华书店，我就去寻找各种围棋的书籍，像集邮一样，利用各种机会，用心寻找，聚沙成塔！买到吴清源的围棋书，当成了宝贝，都用厚纸包上封面，很珍贵的样子。

当时，我还在师政治部组织科工作，我发现积攒的当年《围棋天地》杂志（月刊），就差一本，也是"求全"心理作怪，我居然利用探亲路过北京的机会，根据杂志背后的地址，换了好几次公交车，问了好多次路，拐弯抹角总算找到《围棋天地》杂志编辑部，那是在国家体委院子中一个很破旧的楼里，在一个空荡荡的办公室，正好有人在闲聊，我就向他们说明来意，提出购买那期杂志的要求，有人手一摊，高声说："没有啦，早就卖完了，这都是订的，没有多余的！"正在失望之际，有一位高个子中年人，也许看我是一个年轻的解放军，又是远道而来，就慢慢地站起来："你在这儿等一下，我家还有几本，我去给你拿！"等了好一会，他回来了，手中拿着一本杂志，我眼睛一亮，一个惊喜！就是它！忙问："多少钱？"我要付钱给他！他却摇摇手："送你了，不要钱！"我如获至宝，真是不虚此行啊！

遥想当年，我对围棋的追求，还真是十分地执著！

那时正是围棋热，中日围棋擂台打得正酣，聂卫平、马晓春、刘小光、江铸久、芮乃伟；武宫正树、小林光一、大竹英雄、加藤正夫……那些个名字，真是如雷贯耳，响彻云天！

真正围棋水平的提高，还是到了北京，到了《空军报》社，那时才有了真正的棋友，有了对手，围棋的技艺才有机会得以提高。北京的书店多，我见到围棋书就买，后来闲来无事，我点了点，居然有三百本之多。放在专门的书柜中，这是我十分珍爱的书籍，随便拿出来翻翻，每本都感到很热乎，很亲切！

大院里还组织围棋比赛，丰富了生活的色彩。工作之余，下班之后，与棋友下一盘围棋，真是人生的享受，不亦乐乎！

## 四

诺贝尔和平奖获得者特蕾莎修女曾有一段经典论述：
请注意你的思考，因为它会变成你的语言；
请注意你的语言，因为它会变成你的行为；
请注意你的行为，因为它会变成你的习惯；

请注意你的习惯，因为它会变成你的性格；

请注意你的性格，因为它会变成你的命运。

看看，首先是思考，然后会影响你的语言、行为、习惯、性格，甚至会影响你的命运、你的人生！

思考，长久的思考，（现在在网络上下棋，时间大大缩短了，以前有点质量的对弈，一般都要两个小时左右。）高强度的激烈思考，深入的抽象思考：那里有丰富文化底蕴的思考；有高质量的哲学、哲思的思考；那里有强悍的碰撞，激烈的厮杀，硝烟弥漫，尸横遍野，血流成河！杀人不过头点地啊！

这里也有"宠辱不惊，闲看庭前花开花落；去留无意，漫随天外云卷云舒"的闲适和优雅，更有"心黑如漆、胆硬如钢、杀人如麻、视死如归"的激越和畅快！

围棋，确实可以培养你遇事动脑筋、长于思考的习惯，培养你可以深长并强烈思考的习惯。


回到苏州，学习和下围棋的条件是好了许多，但我业余时间关注的重点已经转移，电视这个专业对我来说，是个新玩意儿，要抓紧学习，不断提高业务水平，要不然，就没了"话语权"，没了"立足之地"；加上工作的节奏加快，压力山大，对围棋就有了一些疏远……但是，那些个功底还在，还在默默地支撑着我……不得贪胜，舍小取大，弃子争先，势孤取和，动须相应，攻彼顾我……大局感，节奏感，胜负心，平常心；大与小，急与缓，攻与守，"见合"，"气合"，不要怕输，敢于争胜，正确面对胜负，越挫越勇，屡败屡战，等等。同时也能培养你的细心，"一着不慎，满盘皆输"，培养你进取意识、危机意识、防范意识，提高你的思考能力。长久思考，深度思考、强度思考，最起码，提高了我的记忆能力。那时候，一局棋250多手、280多手，下完之后，我能再一手一手地复盘下来！清晰，准确。

江湖险恶，竞争无时不在，无处不在；稍有不慎，就会处于不利地位；人生苦长，不如意事常有八九，在艰辛的岁月中，你必须要有一个陪伴你长期的业余爱好，以平静你的心态，滋养你的心灵，激发你的斗志！

俞敏洪在《我的成长观》一书中就讲，"要钻研你所喜欢的某个专业、某个领域，深入钻研的一个好处就是让你的思维垂直地形成一个系统。而当这个系统思维培养了你的习惯之后，你就可以随时随地把它应用到工作和研究中……"难道真的是这样吗？

一天中午，在电视台的办公室里，我正面对电脑下着围棋，一位我的部下、一个高材的硕士生，突然像发现了一个惊天的秘密，惊呼："华主任，难怪你这么厉害，原来你是玩围棋的！"是啊，我一个下乡知青，一个当过兵的人，只有小学水平（后来在北京参加自学考试，考了十几门，拿到一个所谓的"大专"文凭），我的手下都是名牌大学的本科生、硕士生，有一个还是苏州市某一年的高考文科"状元"，考入了复旦大学的新闻系，我要率领他们冲锋陷阵，有所建树，有所作为，没有一点功夫、一点本领，不能服众啊！

那时在电视台，我也是个主事的人物，曾担任过专题、文艺、国际部主任，一个人管了三个部门，（所以，后来我可以主事搞大型的文艺晚会，就是有了分管文艺部的这一番历练。）当时，我的手下有二十五六个编导、记者和摄像师，个个都是人才，真是"人人自谓握灵蛇之珠，家家自谓抱荆山之玉"；每天晚上都有栏目要播出，思想管理、业务管理、节目质量、收视率高低，真是压力山大啊，但我还是坚持了下来，还是有点思路清晰、反应迅速、判断准确、行动果断的味道，在那里玩得也算风生水起。现在想来，也许也有围棋的功劳，我的知识结构、思维层次中还有一个完整的体系，在默默地发挥着支撑的作用……

五

我的围棋对手可以说说的也有几位。在空军大院里，组织部青年处的小卞，他是镇江人，算是半个老乡，个子不高，一副南方小伙子聪明的样子，我们棋力相当，年龄又相仿，很是合得来。他年少时，在镇江少年体校集训过，专攻围棋，后来学业紧张，就搁置了。他下棋非常专注，喜欢长时间思考，逼得你也只能坐在他对

**在首长专列上与费老下棋**

面，面对黑白棋子，想了又想，想了又想。一次比赛前，我到他家里，就看他在棋盘上摆弄"死活题"，十分专注的样子，这使我很受启发，毕竟他是受过专业训练的，知道做死活题，能提高你的计算能力，计算的深度，比打谱、背定式要长进得快；还有在比较宽松的比赛时，他会让一个同事坐在边上观看，说是为他助阵，他在旁边坐着，默不作声，却给你无形的压力，他还善玩心理战哩！与他的对弈，对我围棋水平的提高，有很大的帮助。

再就是乔良将军，那时他是副团职，我正营，就比我高一个军阶，我们算是邻居，离得很近，他闲来无事，也会来我家下棋。这位西北的汉子有一个硕大的脑袋，长得十分壮实，他为人善良、憨厚，读书多，也善于学习。那时，他正在学习英语，有一个教授专门到他家，上门教他英语。他的棋风犀利，好进攻，善搏杀，一副军人的气派，也是十分了得！后来，他与王湘穗合作出版一本《超限战》，提前两年半预测到美国的9·11事件，一时名震中外，引起美军的关注，这真是我国的栋梁之材！

令人难忘的清华大学的唐老师，先在力学系，后来调到了精密仪器系，一个留学过苏联的老教授，胖墩墩的，为人和善，又是动手能力很强的那种。他的夫人程老师是我母亲的同事，又是我母校金门小学的校长，还教过我数学，自然十分亲切！

来到清华大学，校门口，那镌刻在院墙上的校训"天行健，君子以自强不息"的雄健的字迹，令人振奋，也发人深省。校园很大，到程老师家，要走二十分钟到半个小时。有一次，唐老师骑自行车让我参观校园，这是教学楼，这是图书馆、体育馆、学生楼……一一指点，骑到一个奇怪的建筑跟前，都是管子，像一个化工厂的样子，唐老师说，这可是宝贝，这是清华物理系的一个小型核反应堆，国家花了大价钱。是啊，我们国家穷，为了搞科研，也是下了本钱的！看到那些"幸运儿"，那些个莘莘学子，拿着书本在校园里走动，我真是羡慕不已！他还带我去附近的圆明园游览，好大的园子，断壁残垣，满目苍凉……圆明园，看来也是一个爱国主义的教育基地。

与他交往，也长了见识，增长了一些在部队不知道的知识。原来，大学的老师不光是上课教学，还要搞科研，帮助大企业攻关，解决他们遇到的现实难题。有的在北京，有的在外地，在武汉，在东北，企业也会付给学校一定的经费。我问，都能解决吧，他说，一般都能解决，但有的时间要长些，要晚几个月，科技攻关也不是一件容易的事！他们就用到许多的数学知识，要到中关村的计算所计算各种数据，那时我国的大型计算机都是进口的，很昂贵，很稀少，用户都要排队，按小时计费。一次，他和一个老师在家中用一个小的计算机在算，就是巴掌大，就是现在日常用的，当时我是第一次见到，很是稀罕。他说，小的数字计算，我们就用它，很管用，我问，这是从那里来的，"香港，有朋友从香港带来的。"看来，香港对西方的文化、科技的扩散和传播也是很有作用的。当时我们落后啊，与西方发达国家的差距还是很大。

还有一次，在70年代末吧，我到清华园，见到不少解放军战士，心里着实一惊！见到程老师，马上询问，她笑了："哦，这是邓小平派解放军工程兵为我们清华的老师盖住宿楼的！"我不禁感慨，邓小平真的了不起！为了抢时间把中国的科技水平搞上去，要调动知识分子的积极性，解决他们的实际困难，无人可派（那时还没有建筑公司），就派解放军工程兵来了！后来，看一栋栋高楼拔地而起，这真是要托起国家的科技现代化的春天了，中国，就这点"家底"啊！

与唐老师下棋也是一桩乐事。他会拿出一副旧棋子，也是黑是黑，白是白。我们部队是保密的，不能问，不能说，那就"手谈"吧！一下一两个小时，程老师在厨房忙着做饭，炒菜，她女儿在旁乐滋滋地帮忙。有时程老师也会埋怨："一过来也不说说话，来了就下棋，脸涨得通红通红！"我们一老一少，正杀得难分难解啊！他的棋风与他的为人一样，比较温和，但"正手"多，算路精细、深长。看来他一心扑在工作上，手生得很，不像我，几天不下棋，手就"痒"得很，我们也是棋逢对手，将遇良才！

回到苏州，在电视台工作，一次拍摄费孝通专题片，要去北京，临走去看望母亲，母亲说，程老师、唐老师都病了，得了癌症，正住院治疗，要我到北京后抽空去探望，我一口答应。但到了北京，拍摄任务重，我完全沉浸在片子的采访与拍摄之中，抽不出时间，当时的压力大啊！做片子就是赌博，何况投资这么大的一个片子。回到苏州后，不久就传来消息，两人都去世了，程老师比唐老师晚了三天，她是送走唐老师后自己才走的。真是人生的一件憾事！我以为今后还有时间与机会探望，不料成了永别！看来，一些生死离别的事，是绝不能耽误的，要不然会成为终身的遗憾！现在用这段文字，来寄托感恩和怀念这两位可敬的老师！

## 六

再就是费孝通了，我围棋的另外一位特别的"对手"！

我们在拍摄他的专题片时，为了反映他的业余生活，增加一些细节和文化元素，也增加一些镜头的差异性，有一点出彩的镜头，就加了一些他下围棋的场景，对手自然是我啦！找来棋子，我们一老一少就开始对弈厮杀起来，旁边有摄像机、照相机在紧张地工作！

费老虽然是一个国家领导人，一个大知识分子，但为人谦和，平易近人，没有一点架子。我一共与他下了两盘，一盘是在北京的家里，还有一盘是在领导人的专列火车上，列车在大京九的铁路上疾驰，我们在车厢内下着一盘围棋，他的贴身警卫员小刘，一个帅哥，就在旁边紧张地看着，是啊，列车颠簸震动，生怕他一个闪失摔倒了，毕竟是九十多岁的老人啦！

这部专题片的标题是《志在富民——费孝通的人生追求》，这一组下围棋的场景，生动、新鲜，也是寓意深刻。而且，这盘棋是在只有乘员十人的一节车厢，一个国家领导人的专列上下的围棋，实属一件珍贵的往事！费老，真是我最"伟大的对手"了！

我很荣幸，这也是我一生中的一次重要经历。


刚回到苏州，一次，我被人鼓动，不知深浅，参加了苏州一届新闻界、文化界的围棋比赛。我真是人生地不熟，但"初生牛犊不怕虎"，抽签遇到了一位对手，是一位作家，名叫谷新（是位很有亲和力的老兄，后来我再也没有见到他），他的棋风十分凶悍，也有点欺负人的味道，我还真有点不服气！抓住他一个漏洞，一个"恶手"，一直扭住不放，死缠烂打一直"追究"到底，终于吃掉了他的一条"大龙"，弄得他好没面子。组织者范老范万钧老先生（著名作家范小青的父亲）很是高兴，他笑道："华平，没想到你能赢他，他可是上一届的冠军啊！一个二段！"呵呵，我也很开心。

那一届，我胜了四五个初段，还胜了一个二段，但也输了不少，获得第四名的好成绩！我与范老的棋力相当，他是个初段，与他对弈，我胜他只有"半目",看他那种说不出的痛苦与懊恼的样子,着实让人心疼!他早已退休在家,老问我空不空,要我陪他在棋室,甚至到他家下棋,可我哪有空啊,初来乍到,工作繁忙,没有心思啊!

岁月如梭,时光荏苒,围棋时断时续,一直陪伴着我的生活。

没想到,今年的高考题目竟然有"正手""妙手""俗手",那都是围棋的术语啊,是围棋的路数!想来,那些会下围棋、有点围棋知识的小青年可是赚了便宜,可以在考卷上夸夸其谈。

这是一个强烈的信号,我们国家要从应试教育向素质教育转变。这真是一件上等的好事!在社会上,在青少年中,会掀起一场围棋热吗?这对提高我们整体的国民素质一定会有很大的帮助,对我们国家文化的振兴和复兴,文化的自信,一定是大有好处!

至于我的棋力,真是难为情,估计弄来弄去,顶多也就是一个围棋的"本科生",业余一二段的水平。因为时断时续,又是业余爱好,真的不值一提。

倒是小孙子口气很大,才二年级的小屁孩,左一个吴清源,右一个聂卫平,又是九段、十段的,真是不知深浅!不过,他的棋力成长很快,看来形势不妙,不久的将来,他就能赶上并超过我,到时他会说,"爷爷,你怎么这么笨啊,这样的棋你都看不出来?""爷爷,你又输了!让你二子还不行,得让你三子啦!"

我也算是一个争强好胜的人,到那时,真不知是悲还是喜!

# 家有藏书

## 一

一天，几位男同学在一个小饭馆聚会。大家都是下乡知青，同是"天涯沦落人"，共同的遭遇，共同的命运，也有了许多共同的语言；少时的友谊，经过岁月的磨洗，越加纯真；都已经"白了少年头"啦，一个个喝着小酒，热热闹闹，直抒胸臆起来……这时，只见一人陡然举起酒杯站了起来："上山下乡，不光影响了我们这代人，连我们的下一代，再下一代，都受到了牵连，影响了三代人啊！很难翻身了！"

是啊，我们都是初中生就下乡了，说是68届初中毕业，其实初一只学了一个学期，期终考试都没来得及考，就"文化大革命"了，然后是"停课闹革命""大串联""助农劳动"，最后就是"上山下乡"，有的一下就是十年！回城安排工作，都在小巷里的工厂，都是大集体；学文化也是补习班，在夜校、电大补文化，补文凭；工资又低，有的还有下岗经历……生活在社会贫困艰辛的底层，影响了孩子的培育。家庭底子薄啊，看不到翻身的希望……

停顿片刻，我慢慢端着酒杯站了起来，认真地说："看来，只有藏书，家里要有藏书，并有小孩认真地去读，才能翻得了身！"

"家有藏书？"他疑惑起来。"是的，据我观察，家里只要有五百本、一千本书，就是'书香'之家了，在这样的环境中生长的小孩就不会太差，就会有出息！"我说得很肯定！

"按概率来算，家里藏有100本书里面，总会有10%，会有10本好书；总会有1%，有1本算是极品的书了；如果有500本藏书，就有50本好书，有5本极品书，那就很好了。如果有小孩能用心去读，一定会大有收获，会有持久的效果！"我继续说。

他半信半疑，慢慢坐了下来。

是啊，曾国藩就有这样的远见卓识，他目光深远，传给子孙的就不是金银财宝，而是书籍！所以，他们曾家的子孙人才辈出，给中国，给社会作出了贡献。

新东方的俞敏洪总是自豪地说自己有一万本书，这的确是一个了不起的数字！他在北大读书时的同宿舍同学王强家中藏有六万册各种图书。那就更不得了了！你想想六万册，光放那些书，就要多大的房子！这一定是祖上传下来的，这六万册书，应该有一个"藏书楼"了吧，这是一笔巨大的文化、物质财富。这就是"祖荫"吧！不知道这些书是怎样逃过"文化大革命""破四旧"劫难的，一定也有很精彩的故事！

我知道苏州沧浪亭的"五百名贤祠"（其中有历史上苏州本地和与苏州有交集的文人贤士如陆机、李白、白居易、欧阳修、苏轼、张旭、米芾、沈周、文徵明、唐寅、范仲淹、海瑞、文天祥等珍贵画像594幅），当时在"破四旧"时，苏州的红卫兵不敢下手，是请北京的红卫兵过来"破"的，当时苏州园林修建队的队长薛福兴闻讯，连夜将整个门用旧砖瓦砌了起来，将它封闭得严严实实，"五百名贤祠"是在沧浪亭一个很冷僻不起眼的小角落。北京来的"红卫兵"找来找去，没有找到，悻悻离去，这才躲过一劫！有一次我采访薛老，他对这段往事记忆犹新，说着自己如何保护苏州园林的历史功勋，讲得也是神采飞扬，激动人心；我听得也是津津有味，惊心动魄！

像王强这样的人物考上北大是顺理成章的，学成后，去了美国，在美国待遇丰厚的贝尔通信研究所工作，被俞敏洪招回国内一起创业"新东方"，又在美国上市，然后从董事会退出，分得四十亿元人民币现款，成立了自己的投资公司"真格天使投资基金"。这些都是后话。他的这些成就，这些机遇，我想，也许就有他前辈的"祖荫"，家有六万册藏书的功劳！

韩国的围棋国手李昌镐，年幼时拜曹熏铉为师，就住在老师家里三年。在三年中，李昌镐读遍曹老师家里数千册围棋藏书，每本三遍以上，棋力大涨，最后战胜了他的老师，成了"石佛"，成了世界冠军。可见，家有藏书是多么的重要！

我的小孙子，在今年暑假里，围棋考上了初段，在苏州新区的科技城里，在三百多个考生中，获得第20名的好成绩，才八岁，真的让人高兴！一天，我跟他算起账来，说爷爷原来有300本围棋书（也是多年的有心积攒），最近一二年，为了培养你，又买了有三十本（现在的围棋教程书，都是四五本一集，数量会很快增加）。我们现在有330本围棋书了，爷爷这辈子会有500本，你呢，再攒个500本，到你孙子一辈，我们家就会有1000本围棋书啦。也许，到那时，我们家也会出一个围棋的高手！

但他听了，不可置否，一脸的懵懂。这么有趣有意义的话题，他却反应冷淡，真的令我有点失望！也许，对一个八岁的小孩，讲他当爷爷时的状况，真的有点异想天开，大大超过了他想象的范围！

二

家有藏书，对一个家庭来说，是一个战略性的举措；对一个人的成长来说，也能起到关键的作用。这一点，我深有体会。

我们家是一个很普通的家庭，父亲是机关一个普通的科级干部，母亲是个小学的老师，家里小孩多，日子与大多数人家一样，过得很贫困。那是我下乡的第二年回苏州探亲，闲来无事，在家里翻找着书籍，翻来找去，没有什么书啊！就有几本父亲上党校时的马列教材，其中有一本艾思奇的《历史唯物主义辩证唯物主义》，封面发黄，印刷十分粗糙。但对于我这样求知欲十分旺盛的年轻人来说，也很珍贵！毕竟，那时的农场真是文化的荒漠，实在没有什么书可读！

"这几本书借给我看看吧！"我向父亲恳求。"喜欢你就拿去吧。"他倒很爽快。我很高兴！

谁知道，这些书真是难读啊！马列书，哲学书，十分抽象和枯燥，距离太遥远！我只有小学水平，而这些教材都是大学的，太艰涩，我是硬着头皮读啊读啊！我那时有个小板凳，对着床铺坐着，看看就发困，看看就趴着睡着了……

这些马列的哲学著作，都是高质量、高能量的书！那么厚重、那么深邃，这是五千年文明史上最灿烂的花朵，最富营养的花露！中国共产党是一个学习型的政党，之所以能打江山，坐江山，建江山，护江山，不就是靠学习、掌握并在实践中发展和运用了这一理论、文化、精神的武器吗？这是一张底牌，也是一张明牌，又是一件"秘密"武器；所以抗日战争时期有了"抗大""抗大分校"，培养了十万干部，后来一直有各级的"党校"，九蒸九晒，培育了一代又一代的共产党人。

能啃下这样的书，什么样的书都能读进去了！

我很庆幸，在我还很年轻的时候，能读到这样的好书！

我很庆幸，在我家里居然藏有这样的好书！

在农场的连队里，那些南京来的老知青瞧不起我们："你们这些苏州来的小屁孩，'老什么老'，只有初中、小学水平，什么叫国家、上层建筑与经济基础，什么叫物质、运动、否定之否定？你们懂吗？"

现在，我可以和他们"平起平坐"了，起码，他们说的这些，我懂了。

通过这些书，这些教材，我对马列、对哲学有了兴趣，不再要看小说什么的书籍。抽象思维、哲学思维有了长进，能够独立思考，思想水平有所提高，再写文章，看问题有了高度、深度，有了独立的见解。参军后，多次参加师部宣传科的报道组，报道、写稿，稿件逐渐进入了编辑的"法眼"。我曾在师报道组，在半个月之内，连续在《解放军》报发表两篇文章，轰动了师政治部。这也为我的职业生涯打开了局面。

马列哲学著作，真是一件神奇的利器，它威力无穷啊！

后来调到北京《空军报》社，有一次我突发灵感，认为不能再零打碎敲式地读书，肚子里要有几块像样的、结实的"砖头"。当时，在报社的资料室，有两套书打动了我，一套是《莎士比亚》全集，一套是《列宁全集》，要阅读哪一套呢？我斟酌再三，最后，我还是决定读《列宁全集》。这套书共有六十本，两千六百万字，通读下来，也就大半年时间，但对我来说，真是得益匪浅、受益无穷！这是一块结结实实的大"砖头"！

一次闲聊，乔良将军问我："华平，你为什么要读《列宁全集》？"我说："马克思、恩格斯的著作我读了不少了，但这些都是从理论到理论，列宁就不一样了，他不光有理论，有哲学，最重要的是他有实践，有实际的操作；你想，'十月革命的一声炮响，给中国送来了马克思列宁主义'，十月革命，不正是列宁领导的啊！"

"哦！"他郑重地点了点头。

60本《列宁全集》我读了下来，并认真做了笔记。这套书，光芒万丈，不同凡响！（翻译并出版这套书的人，真是功德无量！）这是我人生不多的一张"底牌"。在以后的人生之路上，给了我许多无形的支撑和底气，可这是我许多年之后才发现、才悟到的！

现在想来，这些林林总总，它的"核"，它的"源"，都要拜"家有藏书"，那些党校的马列教材所赐啊！

三

但是，这并不是我的第一本藏书！

谁也不会想到，我的第一本藏书，竟然是一本武术的书，一本《少林拳拳谱》，有图画的那种！

当时，68届初中毕业，时兴"上山下乡"，我还不满十六周岁，有政策可以不去苏北农场，就在苏州附近的吴江、太仓、昆山的农村插队，但我离不开自己的同学，哭着闹着要去苏北，最后，父亲叹了一口气："你人生的道路你自己决定，将来也不要怨我们！去农场也好，与同学们在一起，过集体生活。"于是，我破涕而笑！

前面讲过，在 20 世纪五六十年代，我们家与中国的其他人家一样，比较贫穷，家里子女多，弟兄姐妹共五个，还有荡口乡下奶奶要赡养，家里的经济负担很重。由于长期的营养不良，我长得十分瘦弱，当时体重还不满九十斤。

临走，我父亲送我这本《少林拳拳谱》。也许，这是他在解放前的街头地摊上淘到的吧！也许，他认为我太小、太瘦，而且要去的地方是苏北的最北边，他要我学点"拳脚"用于防身。

这真是一本"奇书"，是我的"秘密武器"，我十分珍惜，反复阅读、研读，对着图画一点一点地比划着……但是只有半个月的功夫，我小心地压在被褥底下这本《少林拳拳谱》就失去了踪迹，被人偷走了！

这是父亲给我的第一本藏书啊，就这样没有了！也不知道去找谁，把它再要回来！这对我打击很大。

作者在年轻时练习武术

但我毕竟对这套简单的"少林拳"有了点体会，我起码会打一套"少林拳"。一天傍晚，我在靠近"烧香河"的场部小学操场上练拳。那边有一片小树木，十分偏僻和安静。突然沙沙地有脚步的声音，来了一位姓陈的同学，他也是来练拳的，也看中了这块僻静的地方。我们交流了一下，这时我才惊讶地发现：我遇到了一位真正的高手！他从小就练武，基本功扎实，武术的套路会得很多，而且武艺高强，如果不是"文化大革命"，他早就去南京的省体校武术班深造了！从此我拜他为师学艺，刻苦练习，他也乐于施教，倾囊相授。（他的师傅更是一位高人，在1959年全军大比武时，曾在苏州体育场与27军侦察连的战士公开比武，在这万人注目的场合，表演精彩的"空手夺刀"，大获全胜！在苏州武术界也是一位一流人物。）他有一张与名震江南的海灯法师的合影照片，十分珍贵，令我羡慕不已。

在他那里，我学到了少林拳、螳螂拳、大洪拳、小洪拳、查拳

在农场场部的小树林，练习"二起腿"，由我师傅拍摄

等，特别是那大开大合的"四合拳"，十分舒展和潇洒，我十分地喜欢，还学会两套棍子、两套刀、一套匕首拳。（那时才知道，陆军战士刺刀劈刺动作，是吸取了中华武术棍术的精华。）那套匕首拳十分特别，也很实用；有侧手翻，"滚钉板"，前、后扫腿，旋风腿等高难度动作。他还特意为我用一块竹片，削成了一把匕首的模样，也是十分顺手。这套拳十分罕见，可见我们传统武术中精华璀璨，有许多宝贝。这套匕首拳伴随我多年，时时练习，我十分地珍惜。后来，他调到其他农场去了，我曾经骑自行车一百多里路，去他那里，就为再跟他学个套路和"刀棍器件"。

到部队后，有从河北沧州、山西洪桐来参军的战士，这都是有名的武术之乡！有几个战士也是习武之人，他们都是好孩子，诚实

摄于大同市公园，此时我已是一名技师（排职干部）

好学，守纪律，能吃苦，他们身体壮实，内在有着一种凛然不可侵犯的气质。奇怪的是，有的优秀战士完全有条件报考军校，但他们家里都不同意，三年服役期满，就都回家啦。似乎他们为国家尽了服兵役的义务后，就不再留恋，并不想当军官再往上走，也许，这就是民风使然。其中有一个战士姓赵，年龄有点偏大，是一位党员，还是一个农村的大队书记，他少年老成，十分成熟，没想到他武术还十分了得！我们交了朋友，互相学习，经常切磋，他对我那个极有爆发力的"二起腿"非常欣赏，我学到了他的一些非常实用的拳术，看似简单朴实，但击打力却非凡；还有他的敏捷、快捷的步法，真是十分灵动。他的拳术套路十分简短，没有多少动作，但都是精华，招招管用，只要时时练习，就能"一招制敌"。而我的拳术在他面前真有点"花拳绣腿"的味道，锻炼身体，做个表演还可以，真正实战还是缺乏"火候"。回苏州探亲，我立即将那几套实用的拳路教给了我的"师傅"。

中国的武术真是博大精深，有许多奇花异草，真是一步一景，惊喜连连。这是一个人的人生不能穷尽和完全领略的。

这样，我练习武术的生涯也有近二十年时间。后来，因为调到机关，环境变化，没有了朋友切磋，练习武术的兴趣慢慢淡了下来……

直到近年，为了锻炼身体，调节身心，跟孟老师、安老师学习陈式太极，可总是慢不下来，一套86式，人家打30分钟、35分钟，我只能打20分钟、15分钟，怎么也慢不下来！也许，因为骨子里还是有年轻时练习武术的底子，还是要"行如风"啊！

"君子藏器于身，待时而动"。学习、练习武术，我没有遇到除暴安良、见义勇为的机会，可以施展我的拳脚，却增强了我的体质，强健了我的筋骨，舒展了我的身心，锻炼了我的毅力和耐力，特别是增强了我的"精气神"，我的"志气"。

中国的传统文化中有一个"志气"文化，虽然有一个"弱其志"的说法，但更多的是激励志气的文化。诸葛亮在《诫外甥书》中教育外甥要"志当存高远"，王阳明把立志当作人生第一要务，他说，"志不立，天下没有可成之事"。还有"天行健，君子以自强不息""匹夫不可夺志""必先苦其心志，劳其筋骨，饿其体肤……"，等等。

志气，它会产生一种可贵的自驱力。一个人能走多远，不是看你的脚力，而是看你的志向是不是高远，是不是坚定。同样，一个团队、一个集体能走多远，也是要看它的精神力量，看它的自驱力，看它的志向。

在我还很年轻的时候，就一直暗暗告诫自己，要"能文能武，文武兼备"，才能立足社会，有所作为！

酒壮怂人胆。以前，我就是一个"怂人"，瘦弱，懦弱，孱弱，还不满十六岁，体重不到90斤，只有小学水平，就独自"闯荡江湖"。

而江湖险恶。人性有善的一面，也有恶的一面，有其动物性和攻击性，所以，要有自卫能力，有不被人欺负的本领。学习和练习武术，我的实力有所增强（一个人似乎也有实力问题，也有硬实力、软实力），有了这个武术的依凭，我的胆子也"壮"了起来，不再是一个"怂人"，精神强健起来，使我有了一种鄙视强暴、昂扬斗志、敢迎挑战、勇往直前的那种气质和气概，一种昂扬向上的精神状态。学练武术，成了我的一张底牌！

中华的武术除了有强身健体之外，还有一个更重要的功能和作用，就是可以"励志"。志，要养，要蓄，更要时时地激励。

"人，是要有一点精神的"。这个精神，这个志向可以从长期的读书中获得，也可以非常直观地在长期练习武术中获得。这是我的一个切身体会。

回顾那个时代，回顾在我很年轻，也很关键的时刻，那些党校发黄的印刷得十分粗糙的教材，那本珍贵的在我手上只有半个月就被偷走的武功"秘籍"，那些珍贵的知识和精神的食粮，都是我父亲送给我的。

家有藏书，真好!

# 后 记

　　这本小集子得来纯属偶然。一天，我听说上三年级的小孙女华小粟在上课外的"作文辅导班"，心中有点儿不爽！她还用上辅导班吗？费这个钱干吗？有点愤愤然……我在想，我们华家的小孩一定是会写文章的，应该有这个遗传因子！

　　我从小就喜欢读书，写作文，小学时的作文一直很好，在班上朗读过，刊登过学校的墙报，（这种启蒙时期的激励，居然会影响人漫长的一生！）然后不满十六岁下乡，在十八岁时，我在当时的生产建设兵团的一个武装连当负责军事的副排长，成功组织了一次迫击炮实弹打靶。事后，我难抑激动心情，写下了第一篇自以为最正式的纪实散文《打靶》；然后参了军，由于在连队喜欢读书、作笔记，被上级认为此人会写文章，几次参加师政治部的报道组，居然在《解放军报》《空军报》《中国青年报》《北京日报》《张家口报》陆续发表文章和诗歌。然后调到《空军报》任编辑记者，后转业到苏州电视台搞影视传媒，然后自己创业，时断时续的，似乎一直是在跟文字打交道，从事着文字的工作。

儿子受我和家中藏书的影响，从小语文就好，常常是免试。初中，高中时的作文也好，读硕士学的是"电视新闻"专业。他最好的成绩是 2007 年硕士生实习期，在我的影视工作室一年，创作了反映费孝通学术研究和人生之路的《江村故事》，纪录片有六十分钟，分上、中、下三集，每集二十分钟，由他独立撰稿，拍摄，剪辑，获得当年"全国纪录片二等奖"。那篇 1 万多字的解说词，被收入厚厚的一本书里。到目前为止，这是他的人生的最高荣誉和成就了。

怎么到了我们华小粟这一代，居然还要上课外的"作文辅导班"？

我就说："华小粟，你怎么不会写作文呢？看你爷爷给你写两篇，我其他的本事没有，就是会写作文。你爷爷可比那些辅导老师厉害多了！"

说着，我真的动起手来。于是，有了《口福》，有了《马》，发在朋友圈里，获得了不少点赞。有好事的朋友给我制成了有音乐有照片的"美篇"在网上发表，居然有一千多人阅读，有不少人点赞和评论，还获得五颗星，得到"精彩散文"的殊荣！这使我有点儿小得意了：看来，"宝刀未老，霜刃犹在"，写文章，还真的是我的"看家本领"。

感谢小孙女华小粟！（她真是我的贵人！）由此，我就索性信马由缰，一路信手写下来。在工作和读书之余，开始交"作业"，写"作文"，真是一发不可收拾；特别是那篇《眼神》，是我写得最为得意之作。在网上查了一下，还没有人专门写过！（也许今后也没有人写！）"眼神"，这么奇妙，这么传神，这么精微的东西，太难表达，太难表现啦。这要多少因缘际会，多少阅历、多少经历、多少笔力啊！

所以，我把这篇随笔的标题，作为集子的标题，并要华小粟给我设计的封面上画一幅画，很朴素的那种，我告诉她，就画一只"眼睛"！

"画一只眼睛！"她笑了，正要扭身去找资料，突然小眼睛一转，一个机灵，"唉，有了！"她笑着拿起书桌上的一面小镜子，照着自己的眼睛，画了起来！真是聪明如我的小孙女！看来，这本小集子，真的是我们爷孙俩的合作之作！

这本集子，还收进了我以前写过的一些文章，特别是记录着我的记者、编导的生涯，有着许多岁月的沧桑，折射出历史的斑斑点点……这也算是我人生的一个"小结"吧。

前些日子，我在读著名物理学家杨振宁先生的《读书教学四十年》，很有点历史感，1985年出版的薄薄的小册子，只卖2元钱，现在我在网上购买，要120元，还有一本要卖到240元，真是漫天要价了！

他在书中的前言写道：

"这不是一本自传，而是一些演讲、访问和其他文章的小集子，反映了在不同时期的经历、想法和意见。在有些方面，也许比自传还更有自传性……"

对此，我也有同感，或者说，深以为然：这本小集子，也许就算是我的一个自传吧！

2022年12月